100세 클럽 가입을 위하여

For Joining the 100-Year-Olds' Club

100세 클럽
가입을 위하여

For Joining the 100-Year-Olds' Club

초판 1쇄 인쇄일 2016년 2월 11일
초판 1쇄 발행일 2016년 2월 19일

지은이 김종박
펴낸이 양옥매
디자인 황순하
교정 조준경
일러스트 유금효

펴낸곳 도서출판 책과나무
출판등록 제2012-000376
주소 서울특별시 마포구 월드컵북로 44길 37 천지빌딩 3층
대표전화 02.372.1537 **팩스** 02.372.1538
이메일 booknamu2007@naver.com
홈페이지 www.booknamu.com
ISBN 979-11-5776-159-3(03810)

이 도서의 국립중앙도서관 출판시도서목록(CIP)은 서지정보유통지원 시스템
홈페이지(http://seoji.nl.go.kr)와 국가자료공동목록시스템
(http://www.nl.go.kr/kolisnet)에서 이용하실 수 있습니다.
(CIP제어번호 : CIP2016003473)

세 번째

수필집

한불 **김종박**

100세 클럽
가입을 위하여

For Joining the 100-Year-Olds' Club

책과나무

책머리에

 두 번째 수필집 『어느 공무원의 서울 이야기 I 』을 낸 지 18년 만에 세 번째 수필집을 냅니다. '어서 제3집을 내야지.' 하고 되뇌었지만 실천으로 옮기지 못하고 허송세월만 보낸 것은 저에게 문재(文才)가 없는데다 의지가 워낙 박약하고 게을러서 그렇게 되었다고 봅니다.

 이번 18년 만에 책을 낼 수 있었던 것은 금년 병신년(丙申年)은 아내가 41년 이상의 교직생활을 마감하는 해, 아내에게 정년퇴직 기념선물을 한다는 명목으로 작년부터 저를 채근해 억지를 부려 본 결과입니다.

 2집을 낸 지 오랜 세월이 흘렀기에 알찬 내용이 담겨야 하고 여러 사람의 마음을 풍요롭고 윤택(潤澤)하게 해 주는 원천(源泉)이 되어야 하는 것이 문학의 몫이자 수필문학의 몫이라고 저는 평소 생각해 오면서, 그러한 궤에 충실하려고 했습니다마는 실은 그렇지를 못했군요. 그저 저의 관심사에 머문 어쭙잖은 신변잡기를 쓰고 말았으니……. 사실 이것이 마음만 먹었지, 그간 제3집을 못 낸 이유이기도 합니다.

 유종의 미를 거둔 아내의 정년퇴임을 축하하고 이를 고려하다 보니, 기존의 수필집에서 몇 편 간추려 싣게 되었고 그대로 재수록한 것은 '1재', '2재'

를, 수정을 가한 것은 '1-1', '2-1'로 제목에 붙여서 구분하여 표기하였고, 1집이나 2집과 마찬가지로 표지와 삽화는 아내의 도움을 받았음을 참고로 밝혀드립니다.

　나이의 더께가 더할수록 세월이 빠름을 느낍니다. 어느덧 이순(耳順)이 되고 보니, 여느 사람들처럼 건강히 오래 살고 싶은 마음이 배가(倍加)되는 감이 들어 책명을 고심 끝에 『100세 클럽 가입을 위하여』로 하였으나, 나이가 들수록 머리가 텅 비어 가고 지식이 부족해져 많은 분들로부터 자료를 원용하거나 인용하였음을 겸허히 말씀드립니다.

　마지막으로, 시니어 그룹에 드신 분들은 건강관리를 잘하시고 유쾌하고 즐거운 삶을 계속 유지하셔서 100세 클럽에 가입되시길 진심으로 기원하면서 글을 마칩니다.

2016년 1월 22일 행당동 한불재(齋)에서

김종박 씀

목 차

나의 마음 (1재)

한 편의 시가
나올 것 같은 상큼한 아침인데
퍼어런 심연 저편에서
파아란 하늘만큼이나 큰
서글픔의 회한이 서리는구나

근원을 알 수 없는
우울로 여울진 진한 서글픔은
어디에서 오는 것인가

흐르는 통시적 세월 속에서
아픔으로 생채기진 안의
마음에서인가
부대끼는 외줄기 인생 속에서
아픔을 던져 주는 밖의
환경에서인가

우울이 도사리는
회한이 깃을 튼
나의 마음에

어느 날이라도
그저 좋으니
환희와 즐거움의 기름이
진정 부어지고저…….

내가 수필을 쓰는 이유(1재)

생활하는 가운데 나는 가끔 무엇인가를 쓸 때가 있다. 직장 동료나 가족, 친구들한테 글을 쓴다고 말하기도 한다. 쓰고 싶어서 쓰기도 하고 하지만, 어떤 때는 글을 쓰지 않으면 안 된다는 나 자신에 대한 객기가 일어 쓰기도 한다.

내가 여기서 무엇인가 글을 쓴다고 하는 것은 시·소설·평론·희곡 등 문학의 여러 장르 중에서 수필을 의미한다.

세계의 최고봉인 에베레스트 산정을 세계 최초로 정복한 영국의 대등산가 힐러리 경에게 "당신이 험난한 산에 오르는 이유는 무엇인가요?"라고 기자가 물었을 때, 그는 "특별한 이유는 없다. 그저 산이 저기에 있기에."라고 답변했다는 유명한 일화가 있다. 산에 오르는 것을 생활화한 등산인 힐러리 경은 "산이 저기에 있기에"라는 말로 자기가 늘 하는 등산에 대하여 스스로의 정당성을 부여하였으며, 이 명구(名句)는 후배 산악인들에게 지속적으로 설득력 있는 격언이 되어 오고 있다고 본다. 어쩌면 이 말은 등산에 대한 최고 달관의 경지에서 자연스럽게 체득된 값진 명언이기 때문이리라.

이와 같이 대등산가의 경우처럼 등산에 관하여 달관의 경지에서 값지게 체득된 간명하면서도 함축성을 지닌 극명한 이유와 같은 것으로 비견할 수는 없지만, 나는 내가 글을 쓰고 있는 이유를, 좀 더 정확히 표현하면 내가 궁극적으로 수필을 택한 이유를 나 나름대로 가져 보려고 생각해 왔었다. 글재주가 통 없어서 지금껏 감동을 줄 만한 좋은 글을 써 보지지도 못했고 또한 발표해 보지도 못한 내가 수필 쓰는 이유를 갖는다는 것 자체가 어떻게 보면 쑥스럽고 좀 외람되기는 하다. 그러나 곰곰 생각해 보면 수필을 쓰는 이유쯤은 나 나름대로 정리하고 있어야 영원히 습작으로 끝나 버릴지도 모르는 나의 글이 그래도 조금이나마 나아지지 않을까 하는 소박하고 간절한 바람에서 나는 수필 쓰는 이유를 수필이라는 틀을 빌려 한 편의 수필로써 보고자 작정한 것이다.

그럼, 나에게 있어서 수필을 쓰는 이유는 무엇인가?

첫째, 문학의 여러 장르 중 직장 생활인 공직 생활과 양립할 수 있는 분야로서 나에게 가장 적합한 것은 무어니 무어니 해도 수필이기 때문이다.

대체로 문학가의 생활을 한다는 것은 퍽 어려운 것이다. 원래 지고한 정신노동을 본질적 속성으로 하는 창작 활동인 문학이라는 것은 항상 현실세계 또는 상상의 세계를 대상으로 풍부한 상상력을 발동시켜야 하는데, 꽉 짜인 일과로 스트레스 쌓이기 마련인 직장 생활을 하면서 글을 쓴다는 것은 상당히 어려운 일에 속한다고 본다. 그것도 유수한 선배들이 노력하여 지속적으로 쌓아 올린 기초 위에다 새로운 값어치를 더하는 의미 있는 창작을 한다는 것은 일반 직장생활인으로서는 여간 어려운 일이 아닌 것이다. 더욱이 문학으로 조금이라도 빛을 발하기 위해서는 때로는 현실 세계에 대한 신선한 비판 의식도 가미되어야 할 경우가 많은데, 국민에 대한 봉사를 목적으로 하는 정부 관료로서는 업무 성격상 그러한 문학을 직장 생활과 양립시킨다는 것 자체가 그리 수월한 일이 아닌 것이다.

가만히 살펴보면, 일반 행정 공직자로서 훌륭한 문학가가 되는 경우는 극히 드물다. 직장 생활과 문학 생활을 비교적 자유롭게 함께 할 수 있는 공직의 예를 든다면, 정의와 진리를 가르치는 교사 · 교수 등 비판이 어느 정도 가능하다고 보이는 교육 분야의 공직자들이 대부분이다. 나아가 비공직자의 경우에는 공직자의 경우보다는 넓어서 기자 · 종교인 · 변호사 등 개인 자유업에 종사하는 직종에서 쉽게 찾아볼 수 있으나, 이러한 경우에도 제한적인 것으로 보인다. 이에서 볼 수 있듯이 문학은 문학만을 삶의 목적으로 삼고 오로지 정진하는 사람들이라고 할 수 있는 순수 문학가만이 담당해야 할 분야라고 생각된다. 즉, 시는 시인이, 소설은 소설가가, 평론은 평론가가 담당해야 한다는 말이다.

그럼에도 불구하고 오래전부터 문학에 관심을 가져왔고 이에 참여하고 싶은 소망을 지녀 온 나, 이러한 나에게는 어떤 장르가 가장 타당할까 하고 공직에 들어서기 전에 일찍이 고민하던 중 그것은 수필밖에 없다는 나 나름대로의 결론을 어렵게 내렸었다. 주지하듯이 수필은 어쩌면 붓 가는 대로 쓰는 것으로 알려져 와서 다른 장르에 비해 직종 선택을 그리 고려하지 않아도 가능한 것으로 나름 판단되었기 때문이기도 하다. 말하자면 두메 시골의 어느 교장 선생님도, 구로동의 어느 노동자도, 서초동의 어느 주부도 수기를 쓰는 등 거의 직종에 관계없다시피 수필을 쓰고 있는 것이 현실이라고 느꼈기 때문이다. 지금도 수필 분야만은 비문학인도 직장 생활과 양립시키면서 문학으로 연계시킬 수 있는 문학 장르라는 기본적인 나의 입장에는 변함이 없다.

둘째, 수필을 쓰는 생활은 나의 인격 도야에 크게 도움을 줄 수 있기 때문이다.

수필과 인격 도약이 무슨 상관관계가 있다는 말인가?

좀 의아한 것 같으나 나의 경험으로 볼 때는 양자는 밀접한 관계가 있다고 생각된다. 사람들은 살아가면서 자신에 대한 부단한 성찰을 하게 된다. 누구나가 세상을 살아가면서 생겨나게 마련인 각박한 마음을 좀 더 윤기 있게 하려고 하고, 세상 보는 눈을 좀 더 원시적으로 보려고 하며, 손가락질과 질시의 대상이 되기보다는 최소한 선량한 보통 사람이 되려고 하는 것이 인지상정인 것이다. 그러기 위해서는 사람마다 정도와 횟수의 차이가 다소 있을 것이나, 경우 경우마다 자기 자신을 겸허히 들여다보는 시간을 갖게 마련이다. 그리고 자기 자신을 들여다보는 방법도 사람에 따라서 여러 가지일 것이라고 생각된다.

이러한 맥락에서 나는 수필을 쓰는 생활이 나 자신을 들여다보는 데 매우 유익한 순기능을 하고 있음을 경험을 통하여 잘 알게 되었다. 한 편의 수필을 쓰기 위해서는 사소한 것이라도 세상을 주의 깊게 천착하여 보게 되며 깊게 사고하게 되는데, 그러한 과정에서 불가불 자신의 과거·현재·미래 등을 찬찬히 들여다보게 되며, 좀 더 나은 나를 만드는 지혜를 생각해 보는 시간을 자연스레 갖는 때가 많다. 그러할 때마다 부끄러움투성이의 나, 부족함투성이의 나 자신의 실상을 발견하곤 한다. 그러면서 일일삼성(一日三省), 삼사일언(三思一言)하는 자세로 그러한 나 자신을 겸허히 반성하고 새롭게 각성해 본다. 그러한 과정을 반복적으로 거치면서 나의 모자란 인격이 조금 조금씩 나아져 간다는 감을 얻게 된 것이다.

셋째, 내 자신이 수필을 씀으로써 우리나라의 문학 발전에 나름대로 조금이라도 동참하고 싶은 개인적인 소망 때문이다.

앞에서 지적했다시피 문재(文才)에서는 비천한 나이지만 문학에 대한 관심과 열정은 상당하다고 자부하며, 아울러 문학을 사랑하기에 대학도 국문과를 택했었다. 내가 할 수만 있다면 우리나라의 문학 발전에 작은 기여나마 이바지할 수 있었으면 하는 작은 마음이 잠재해 있다는 것도 솔직한 심정이다. 허나, 공직자인 내가 시·소설·평론 등 본류 문학을 꿈꾸거나 시도한다는 것은 대단히 어렵고, 더군다나 이러한 장르에 대한 문학적 재능이 전무함을 재삼 절감하고 있으니…….

따라서 공직 생활과 비교적 양립할 수 있다고 생각되는 문학 장르인 수필을 통해 문학 대열에 동참함으로써 우리나라의 문학 발전에 조금이나마 기여하고 싶은 것이다. 본격 수필은 감히 흉내도 내지 못하고 잡문만 빚어내더라도 말이다.

지금까지 지적한 이유가 내가 수필을 쓰는 이유의 전부라고는 단언할 수 없겠으나 당위적인 그 대강인 것만은 틀림없는 사실이다. 그러나 이러한 이유들에도 불구하고 가끔은 수필을 쓰는 내 자신이 처량해지고 한심스러워질 때가 있다. 그런가 하면 쓰면 쓸수록 어려운 것이 수필 문학 같기만 하니……. 말하자면 어느 때에는 글 한 줄 쓰지 못하고 제목만 써 놓고서 구상하느라 밤새 끙끙 앓기도 하고 며칠씩 생각해도 펜 하나 들지 못할 때가 있는 등 도저히 글재주가 없음을 나 스스로 너무 잘 알고 있다.

그러나 그러다가도 고통 끝에 완성된 나의 글을 보게 되면 글을 쓰는 것이, 글을 쓰는 생활이 역시 나에게 좋다는 생각이 들게 되고 마냥 행복한 희열감마저 느껴지니…….

그래서 계속 나는 수필을 쓰고 사랑하는 모양이다.

- 1988년 2월 -

공원 예찬(1-1)

공원은 현대인의 귀중한 안식처이다.

현대의 핵가족에 의해서 추방당한 실버그룹 노인들의 둘도 없는 보금자리이며, 거친 인생항로에 부대끼며 살아가는 여느 나그네들의 휴식처이자 티 없이 맑은 동심이 무지갯빛으로 수놓아지는 아기자기한 놀이터이다. 즉, 그곳은 금세기 첨단과학 문명이 빚어낸 공해에 찌들어져 심신이 극도로 피로해진 현대인의 평온한 안식처이기도 한 것이다.

공원은 만인의 대화의 광장이다.

귀여운 어린아이들의 참새 같은 재잘거림이 있고, 한발씩 물러나서 세상을 보는 노인네들의 여유 있는 인생 관조의 한담이 흐르기도 한다. 때로는 싱싱한 젊은 연인들이 호젓이 만나 속삭이는 사랑의 달콤한 밀어(蜜語)가, 어쩐 일인지 휘영청 조명등 아래 홀로서는 보이지 않는 벗들에게 휴대폰으로 나누는 애정 어린 속삭임이, 눈앞의 푸른 공간에 또는 별빛 하늘에 여울지기도 한다. 망국한을 씻었던 순국선열의 뜨거운 정신이 여전히 스며 있는가 하면, 오늘의 조국을 미래지향적이고 폭넓은 글로벌한 차원에서 지속적으로 국격을 고양시키기 위한 뜻있는 사람들의 무게 있는 사자후가 열변으로 토해지기도 한다. 즉, 현대인의 만견(萬見)이 자율적으로 조화를 찾아가는 대화의 일당(一堂)인 것이다.

공원은 웅혼한 하나의 생협화음(生協和音)이다.

수줍은 듯 감추어진 골짜기에선 맑은 물이 조잘거리며 흐르고, 뭇새들은 아름다운 자기 노랫소리에 취해 목청을 돋운다. 이름도 알 수 없는 풀벌레는 밤새도록 온갖 재주를 다 부려 환상적인 주악을 연주하는가 하면, 고추잠자리와 나뭇가지와도 상상 그 이상의 듀엣을 이루기도 한다. 그리고 바람이 불 때나 비나 눈이 내리는 때에는 영혼을 흔드는 바람소리, 빗소리, 눈 소리를 타고 나무와 나무들도 자신의 손을 들거나 자연스레 흔들면서 춤추는 살랑 소리로 맞장구를 치는 장관을 빚어내기도 한다. 때때로 공원에 들어서면 이러한 코러스가 우리의 귀를 노크하며 발길을 저절로 멈추게 한다. 순수한 자연에서 빚어지는 협화음은 인위적으로 조작되는 그것보다 우리 현대인의 마음을 한층 더 포근하게 안정된 곳으로 인도하여 침잠시켜 주는 것이다.

공원은 현대인들의 다양한 사색의 전당(殿堂)이기도 하다.

벤치나 정자에 앉거나 한적한 공지에 서서 조용히 눈을 감고 파란 하늘 아래 무언가 생각에 잠긴 사람들의 조용한 모습들이 눈에 들어올 때가 많다. 그럴 제면 공원이 자연(自演)하는 코러스에 도취되어 나도 어떤 사람들처럼 눈을 감게 되고, 저절로 타임머신을 탄 채 태고를 향한 산책을 나서게 된다.

시계를 장식하는 것은 이끼를 머금은 크고 작은 숱한 태고의 나무들, 나무에 깃을 튼 시조새 그리고 아름드리 태고의 고사리류들, 그

지없이 해맑은 산소로 가득 찬 태고의 공기, 파란 원색의 극치인 태고의 하늘, 그 사이를 흐르는 시원한 태고 천(川), 감히 오염이란 것은 존재하지 않는 온갖 순수한 태고만이 숨 쉬고 있는 신비의 태고시대를 호기심 있게 들여다본다. 말하자면 단군 성조(檀君聖祖)의 크신 홍익인간(弘益人間)의 개국이념 아래 우리 민족 고유의 비기인 선도(仙道)를 통한 높은 정신수련으로 중원 일대를 실력으로 주름잡은 을지문덕·연개소문 등 호탕한 고구려인의 말발굽 소리가 지금도 아스라이 고동쳐 오는가 하면, 심오한 정신세계인 선(仙)의 대경지에 달하셨던 이율곡 선생이 왜침(倭侵) 대비책으로 주창하신 10만양병설의 예지가 감지되기도 한다. 그런가 하면 현대로 내려와서는 소설「단(丹)」에서 예언되고 있는 "미국을 거쳐 태평양으로 그리고 우리나라로 다가오고 있는 희망찬 3천 년 만의 대국운"이 새삼스러이 조망되면서, 12년 장기독재를 무너뜨린 4·19학생혁명, 동족상잔의 갈등해소의 물꼬를 트는 남북정상회담 실현과 지구촌의 축제인 월드컵축구에서 4강 달성, 오은선의 히말라야 8천 미터 8좌 세계최초 여성등정과 국제화대흐름에서의 반기문 UN사무총장의 재선, IT시대에서 삼성전자의 스마트폰 세계제패 그리고 우리나라 대한민국에서도 조만간 노벨문학상 수상자 나오기 등이 선명하게 오버랩 된다.

아뿔싸! 하늘을 나는 현대의 궁전인 점보기 소리에 사색의 꿈이 불현듯 저지당하다니……. 그러나 이처럼 태고에 대한 사색의 산책을 나섰던 것은 매우 감동적이고 흥미로웠던 것이었으니, 그것은 아마도 현대인의, 아니 배달겨레의 후손으로서 평화를 사랑하는 백의민족의 시원적인 고향을 평상시에도 무척이나 그리워하고 있었기 때문이리라.

공원은 공사(公私)를 초월한 영원한 각자(覺者)이다.

봄에는 꽃을, 여름엔 신록을, 가을엔 단풍을, 겨울에는 하얀 눈을 변함없이 연출하면서 불안과 모순과 부조리의 잉태·소멸을 반복하는 도회지의 인간 세상과 전통의 전승에 더하여 새로움을 추구하는 지방의 인간 세상 모두를 후덕한 자태로 내려다보며, 엄숙하면서도 정중한 자세로 각종매체의 침투에 무방비로 번쇄한 두뇌가 돼 버린 우리 현대인에게 하늘을 우러러 옷깃을 여미는 청량제 교훈을 주는 영원한 각자의 상을 저만치서 그대로 보여 준다. 따라서 공원을 대하는 우리의 마음 자세는 신성스러움의 발견과 아울러 매일의 자신을 성찰해 보는 것이 되어야 하는 것이다.

그리고 공원은 우리 현대인에게 만년건강인의 영상(永像)이다.

대저 사람이라면 누구나 건강하게 오래오래 살고 싶어 한다. 건강하게 장수하는 것을 큰 복으로 여겨 왔기 때문이리라. 3천 년 만의 대 국운이 오고 있어서인가 평균수명이 늘어나는 선진 국제수준 대열에 합류해서인지, 우리나라도 21세기가 진전되자 '호모 헌드레드(Homo Hundred)' 시대에 접어들었다고들 한다. 바야흐로 건강 100세 시대가 도래하고 있다는 얘기이다. 원래 단군성조가 개국했던 태고 시대에는 오염되지 않은 자연 그대로의 천연환경에서 자연 그대로의 삶을 지속하였으므로 태고의 우리 조상들은 100세 이상의 천수를 누리곤 했다는 사실이 47대에 이르는 단군성조들의 장수연령에서 보여 주고 있다는 것을 현대의 배달겨레 후예들은 지혜로운 안목으로 제대로 받아들여야 한다.

건강하기 위해선 무어니 무어니 해도 운동을 빼놓을 수 없다.

남녀노소 불문하고 공원에 와서는 가벼운 산책이나, 걷기, 조깅하기, 달리기, 줄넘기, 배드민턴, 공놀이, 자전거 타기, 인라인하기, 축구, 농구, 테니스, 시소 타기, 운동기구로 몸 풀고 단련하기 그리고 나무에 대고 몸 안마하기 등 각자들 운동하는 사람들이 많다. 이렇게 스스로들 건강을 평상시에도 관리하는 좋은 행동들을 습관화하고 있는 것이다. 특히 현대인들이 살고 있는 주위의 공원을 벗 삼으면서 말이다. 사사사철 푸르게 자신의 건강상(像)을 쉼 없이 영원히 보여 주는 공원을 현대인들도 부지불식간에 닮아 가기 위해서이리라.

공원이 많은 나라는 복 받은 나라라고 생각한다.

우리나라도 많은 공원을 갖는 나라이기를 바란다. 많은 사람들이 쉽게 접근할 수 있는 각종 공원이 많으면 많을수록 건강한 삶에 다다익선(多多益善)이리라. 나는 내가 살고 있는 근처의 대현산공원을 밤낮으로 자주 가곤 한다. 여러 현대인들과 군데군데 붉은 장미울타리와 메타세콰이어로 이어진 1.2킬로미터의 트랙을 꾸준히 돌면서 건강을 챙긴다. 그리곤 그곳에서 현대를 사는 시원하고도 따뜻한 삶의 행복을 느끼곤 한다. 공원을 찾는 사람들이 다 그러하듯이……

나아가, 오늘날 건강한 생활을 위해 공원을 찾는 현대인이 매우 증가하고 있음을 보게 되는데, 이는 건강 100세 시대인 호모 헌드레드 시대를 맞아 매우 고무적인 현상이라고 생각된다.

- 2013년 6월 -

서정을 잃어버린 현대인들(1-1)

그 어느 대(代)보다 물질적 풍요를 누리면서도 어느 일면에서는 현대인들은 불행한 존재라고 생각된다. 자신도 모르는 사이에 본신인 영혼을 잃어 가거나 잃어버리고 말았기 때문이다.

현대인들의 머릿속엔 부(富)의 신(神)인 매먼(Mammon)이 무적의 제왕이 되어 거기에서 부산(副産)된 여러 신하를 거느리고 있다. 바꿔 말하면, 돈에 의해서 잉태되고 분만된 시가에 즐비한 하늘을 찌르는 고층 건물들, 차도를 활주하는 고급 승용차들, 오대양을 쾌속으로 누비는 초호화 대형 크루즈선들, 대륙 간을 단숨에 나는 점보기들……. 현대를 포괄할 수 있는 모든 것들은 역시 매먼에 귀착되고 있으며, 그렇게 됨으로써 현대에는 유례없는 황금만능주의로 시종일관하는 배금주의 철학이 가장 보편적으로 잘못된 현세 철학(現世哲學)으로 변신되어 가고 있으니…….

매먼 제일주의. 매먼은 이제 현대인들의 어쩔 수 없는 새로운 믿음으로 받아들이지 않으면 안 된다고 열토하는 자도 생겨났다. 작년 4월 16일 무고한 304명을 졸지에 불귀의 바다의 원혼(冤魂)으로 만들어 버려 전 국민의 공분(公憤)을 샀던 세월호대참사의 세모그룹 유병언 일가의 행태의 한 예에서 보듯이, 매먼이 현대인들의 확고부동한 신흥 종교로 신앙화 되어 간다는 것은 서글픈 사실이라 아니할 수 없다.

그러면 왜 이다지도 매먼만이 영생할 수 있는 매먼 왕국으로 현대 가 변해 버리고 말았단 말인가?

그 대답은 지극히 간단하다. 그것은 현대인들의 찰나적인 과도한 물질주의 추구에 그 상당한 원인이 있다고 보인다. 좀 더 자세히 말 하면, 현대인들의 머릿속엔 대부분이 딱딱한 개념(槪念)이나 유연하 지 않은 사유(思惟)·사고(思考)만이 오또마니 육중하게 깃을 튼 지 오래 이기 때문이다.

원래 인간은 인식의 차원에서 서정과 사유의 이원적 인식 구조를, 세계관의 차원에서는 자연과 마음의 이원적 세계관을 지니고 있는 것으로 여겨진다. 서정은 외계의 자연을 마음속에 아무런 거리낄 것 없이 바로 직투시키는 인식이고, 반면에 사유는 외계의 자연과 마음 속 사이에 개념을 개입시키거나 개념만을 마음속에 집어넣는 인식이 라고 생각한다. 그런데 그것들 각각 상호간에 상보 상우하는 공존이 야말로 가장 이상적인 인식 방법이거나 세계관이라고 평가되고 있다 는 것이 오늘날의 주지의 사실이리라.

시원적인 태고의 인간들은 압도적인 서정의 세계에서 심신을 온통 향수하며 자신들의 삶을 살았었다. 파란 하늘과 푸른 나무들만이 시 계(視界)를 장식하는 광릉숲 속의 뭇 새들의 지저귐, 태고의 신비를 함초롬히 안고 있는 고씨동굴 속의 해맑은 천연수, 아름다운 저녁놀 의 하늘을 운무로 치장하는 수많은 철새 떼들의 장관인 천수만의 풍경, 마음속 저 밑바닥까지도 붉게 물들이는 내장산의 그윽한 가을 단풍, 오색 꿈 실은 파도가 하얗게 부서지고 일어나는 가없는 수평선을 조망하는 태종대의 검푸른 바다……. 맑고 맑은 서정의 대해에서 마음껏 심신을 풀며 훼손하지 않은 자연을 한가로우면서도 온전히 만끽하며 순정으로 벗했었다. 주위의 자연이 그대로 서정이며 순수의 전부였었던 것이다.

따라서 태고에서의 인식은 사유가 거의 있을 수 없는 곧바로 서정의 세계, 바로 그것이었다. 사람들이 많아지고 개발되고 복잡해지는 근대 사회로 진전되어 감에 따라 인간들은 사유의 세계에도 자연스레 인식의 눈을 크게 뜨게 되었으나, 서정과 사유의 공존을 도모하는 지혜로운 인식방법을 꾸준히 견지해 옴으로써 하서(河西) 김인후(金麟厚, 1510~1560) 성인(聖人)의 경우처럼 '녹수도 절로절로 청산도 절로절로' 하는 등 사유하면서도 항상 자연과 가까이하려는 유유자적하는 현명한 태도를 우리 선조들은 오랫동안 지속해 왔었던 것이다.

하지만, 현대로 내려올수록 인간들은 서정·사유 공존의 인식 체계에 변모를 가져오기 시작하여 시간이 흐르면서 양자는 괴리의 길에 접어들었고, 그러고도 서로 멀어진 상태는 지속되어 온 것이 아닌가 생각된다. 어떻게 보면 사람마다 정도의 차이는 있겠지마는 인식 체계의 커다란 붕괴인지도 모를 일이다.

서정의 인식 체계 차원에서는 자연을 싱싱한 자연 그대로 마음속에 거침새 없이 이미지화시켰었는데, 사유의 인식 체계 차원에서는 외계의 자연을 마음속에 넣을 때 그 과정상에 생경한 개념을 매개시키거나 아예 개념만의 연쇄 작용의 인식을 취하게 되었었는데……. 그런데 현대인들은 살아오면서 어느 사이에 사유의 인식 방법에 지나칠 만큼 그저 익숙해져 버린 것이다.

자연이 거의 지워져 버린 현대인들. 그들의 마냥 커져 버린 두뇌 속엔 딱딱하고 둔탁한 개념들과 사유의 쇳덩어리들만이 덩그마니 놓여 있게 되었다.

그러므로 여러 면에서 가장 세련되었다고 자부하며 우쭐대는 그들의 두뇌는 오히려 황량할 수밖에 없는 것이다. 육중한 사유의 덩어리들을 상호 연결시켜 주는 부드러운 윤활유로서의 서정이 어느샌가 없어지거나 놓쳐 버렸기 때문이다. 갖가지 사유의 쇳덩어리만의 무모하고 무리한 충돌이 반복되더니, 종국에는 자기 자신이 만들어 놓은 걸작의 총집합으로 물들인 문명을 한없이 위하시키는 무서운 공해를 만들어 내고야 말았다는 생각이 드는 것은 나만의 잘못된 생각일까.

공해! 현대인들의 지고의 적.

그것은 말하자면 서정을 저버린 약은 현대인들의 심대한 과오에 대한 자연의 정당하고도 필연적인 응죄이리라.

그런데도 현대인들은 자신들의 찰나적인 쾌적성과 자기도취적인 편의적 욕심을 제어하지 못하는, 즉 과도한 물질주의 추구의 연장선상에서, 새로운 문명을 창조한다는 거창한 미명하에 자연의 본래의 모습을 마구 바꾸어 버리는 자연 파괴의 작업들을 계속해 왔다고 판단된다.

허나, 세기가 바뀌어서인가 21세기에 들어와서는 자연과 친해지려는 노력들이, 그러한 모습들이 보이기 시작하더니……. 최근에는 "현대인이면 누구나 의당 100세의 천수(天壽)를 누리고 살아야 한다."

는 건강백세 '휴먼 헌드레드 (Human Hundred)' 시대를 맞이하여 건강하게 살려는 강한 원초적인 기본 욕구들이 늘어나서인지 삶의 주변에서 자연을 찾아 자연과 절로 호흡하는 현대인들이 눈에 띄게 늘어난 것 같다. 아예 '자연인'이란 이름을 붙이고 자연 속에서 삶의 보금자리를 틀고 자연과 더불어 살아가는 현대인들도 하나둘 나타나게 되었으니 말이다.

일종의 서정을 되찾아가는 청신호 과정이 아닌가 생각된다.

그렇다!

아직도 늦지는 않았으니, 갖은 사유로 심신이 피곤해진 현대인들이여!

당신의 잃어버린 태고로부터의 참 영혼(서정)을 되찾기 위해 한가한 틈을 이용하거나 시간을 내서라도 조용히 주위의 자연을 찾아가 보시라. 그리고 가만히 침잠하여 자연과 내면적인 일체감을 느껴보도록 하시라. 어머님 품속처럼 인자한 자연은 당신에게 생각지도 못한 값진 새로운 삶의 생명수를 가득 선사해 주실 것이리라.

‒ 2015년 6월 ‒

김치 예찬

　계미년 양의 해인 2003년에 접어들어 순한 양의 해답지 않게, '충격과 공포의 작전'으로 불리는 이라크전쟁이 발발해서 이제 끝났나 싶더니, 또 하나의 '충격과 공포'의 집단적 두려움이 전 세계를 무겁게 짓눌러 오고 있으니……. 말없이 중국에서 비롯된 급성중증호흡기증후군(SARS)이라는 전대미문의 신종괴질이 급속도로 지구촌이 좁다는 듯이 창궐해 가고 있는 불가사의한 현상이 시방 빚어지고 있기 때문이다. 그래서 올해도 잔인한 4월은 이어지는가 말이다.

　졸지에 많은 사망자를 내고 있는 사스도 결국은 현대의술의 발달로 치유되게 되겠지마는, 중국에 거주하는 우리 동포나 우리나라 사람들은 대체로 사스 안전지대에 있다고들 요즘 세계의 언론들은 의미 있게 보도를 하고 있는데 이것이 바로, 나에게는 매우 흥미로운 주목거리가 되고 있으니. 그 사스 안전 주요 이유 중의 하나가 한국인들이 김치를 먹고 있기 때문이라고 하니, 김치애용가인 나로서는 우리 조상들이 우리 후손들에게 물려주신 훌륭한 발효식품인 김치가 새삼 고맙게 여겨지는 것은 유독 나만의 소박한 생각에서인가?

사실 김치는 한국인의 식탁에서 한 끼라도 빼놓을 수 없는 부식이며, 주식인 밥과 함께 가장 궁합이 잘 맞는 식품이다.

최근의 항암 작용연구 등을 통해 널리 알려지면서 세계인의 식탁으로까지 진출하고 있는 김치의 맛과 영양 및 건강 기능성은 우리 선조들의 생활의 지혜를 한껏 엿보게 해 주고 있다.

김치는 당과 유산균이 있는 어떤 채소류로도 담글 수 있다. 채소를 소금에 절이는 동안 부패균은 사멸되고 소금에 잘 견디는 유산균이 발효에 참여하여 채소의 당 성분을 이용해서, 유산을 비롯한 유기산·탄산가스·알코올 등 여러 물질을 만들어 내는 발효식품이 바로 김치인 것이다.

김치의 맛은 주요 원료인 배추 등의 채소를 비롯하여 소금·고춧가루·마늘·생강·파·젓갈 등과 이들의 발효되는 과정에서 만들어진 물질들에 의해 좌우되나, 재료 가운데에는 젓갈이 주요하다. 또한 발효 시 소금의 농도와 발효 온도가 중요한 영향을 끼친다. 소금의 농도를 낮추고 저온에서 숙성한 김치는 유산, 초산과 CO_2가 많이 생성되어 맛을 더욱 증진시킨다. 5℃의 저온에서 발효시키면 유산균 중 류코노스톡 메센테로이데스(Leuconostoc mesenteroides)가 많이 자라서 맛과 유용한 영양소를 많이 만들어 낸다. 김치 유산균은 공기가 없는 상태에서 잘 자라므로 김치를 담근 다음 손으로 누르고 뚜껑을 꼭 닫아 두는 것이 좋다.

전라도와 경상도를 제외한 대부분의 지방에서는 입동(立冬)을 전후해서 김장을 준비한다. 이는 얼지 않은 재료로 김장을 해서 김치의 맛을 최대로 살리기 위함이다. 김치는 2℃~7℃에서 2~3주간 숙성

시켰을 때 가장 제맛이 나고 영양가도 높다고 한다. 최근 30년간 11월 입동의 서울지역의 평균기온은 9.4℃, 최저기온의 평균값은 5.3℃다. 조상들의 생활의 지혜가 어느 정도였는지 짐작이 가고도 남는다.

김치는 저열량 식품이나 식이섬유소, 비타민, 무기질의 함량은 높다. 김치의 아미노산과 지방질은 젓갈류나 굴의 해산물 또는 육류의 첨가에 의하여 증가되며 이들은 유기산, CO_2, 조미 향신료와 함께 독특한 맛에 영향을 끼친다. 김치의 비타민C와 카로틴의 공급원은 채소류로부터 유래되고 비타민B군은 젓갈류 등의 해산물에 많으며, 마늘은 알리신 성분의 강력한 살균효과와 함께 알리티아민(allithiamin) 이 되어 비타민B1을 몸속에 오래도록 보관하도록 하여 활력 증진과 신경안정 효과에 중요한 역할을 하고, 마늘의 알리신 및 함황(含黃) 물질과 불포화 지방산은 항암 작용이 있는 것으로 알려져 있다.

김치는 특히 대장 건강에 중요하게 작용한다. 발효 중 생성돼 유기산과 김치 재료로부터 오는 식이섬유소 때문에 변비 예방에 효과적이며, 생성된 유산균과 합쳐져 대장암 예방에 중요한 역할을 한다. 잘 익은 김치 국물 한 숟가락엔 수억 마리의 유산균이 들어 있는데, 요구르트도 이와 함량이 비슷하다. 유산균은 정장작용을 하고, 변비를 예방하며 장염 및 설사를 치료하는 등 장의 건강 유지에 큰 역할을 한다. 그리고 김치와 요구르트의 유산균체는 암을 예방하고 면역 기능을 높인다고 한다.

김치 발효 시 과량의 소금 첨가는 좋지 않으나 김치는 암을 예방하는 채소류가 주원료이기에 항암 영양소인 비타민C·베타카로틴·식이섬유소·페놀성화합물·유산균 등 여러 항암 영양소 및 기능성 물질을 많이 가지고 있기 때문에 암 예방과 항암 효과를 갖는다.

헌데, 김치의 제조방법과 발효 방법에 따라 다소 차이를 나타낼 수 있는데 유기농 배추 등 좋은 재료의 선택과 저온 숙성으로 적당히 익었을 때 그 효과가 좋다고 한다. 그리고 김치와 고춧가루는 다이어트 효과가 있으며, 김치 속의 마늘은 활력 및 정력을 증가시킨다고 해서 남성들에게 인기가 좋다. 김치 연구소의 최근 연구 결과에 따르면, 김치는 항노화 효과 및 피부노화 억제, 또한 혈관질환 예방에도 중요한 역할을 하는 것으로 나타났다고 한다.

이제 "김치를 먹으면 암과 동맥경화를 예방할 수 있고, 피부가 고와지며, 살이 빠질 뿐만 아니라 정력도 좋아진다."는 김치의 여러 효능이 과학적으로 입증되고 있는 것이다.

이러한 김치는 우리나라의 경우, 삼국시대 이전부터 존재한 것으로 알려져 있으나, 문헌상으로는 고려 중엽 문장가인 이규보 (1168~1241)가 지은 『동국이상국집』에 실린 '가포육영(家圃六泳)'이란 시에 염지(鹽漬)라는 용어로 김치가 처음 등장하고 있다. 오이 · 가지 · 순무 · 파 · 아욱 · 박 등 텃밭에서 재배하는 여섯 가지 채소에 대해 언급하면서 "순무를 장에 담그면 여름 석 달 동안 먹기에 아주 좋고, 소금에 절이면 겨울 내내 반찬이 된다."고 했다. 장절임과 소금 절임이 고려시대의 김치 담그는 방법이었던 것이다.

'맛을 지배하면 모든 것을 지배한다.'고 했다. 아이들이 김치 먹기를 꺼리고 주부들이 김치 담그기를 귀찮아하면, 김치의 맛도 점차 잊힐 수밖에 없을 것이다. 21세기의 최초의 괴질인 사스사태를 계기로 식품으로서의 김치의 중요성을 우리 모두 재삼 음미하면서 김치의 효능을 세계에 지속적으로 알리고 세계화 방안을 모색하는 등 세계 식품시장에서도 세계인이 즐겨 찾는 주요한 식품으로 확실히 자리 잡도록 끊임없이 노력하는 것이, 전 세계에서 유일하게 김치냉장고 문화까지 창조해 낸 우리가 오늘날 배달겨레의 후손으로서의 작은 책무를 다하는 것이 아닐까 하고 생각해 보게 된다.

- 2003년 4월 -

배달겨레의 음식 김치

여느 날처럼 오늘도 나는 아침 식탁에서 김치를 먹었다.

우리 집 식탁차림은 으레 어머님의 차지다. 칠순이 훨씬 넘으신 어머님께서 상차림을 하시는 것은 아들인 나로서는 좀 안됐지만 당신께서 가족에게 손수 상(床) 차려 주시는 것을 즐거운 하루 일거리의 낙으로서 삼아 오신 지 퍽 오래되어 이젠 어머님의 일이 되었다. 물론 때로는 누리 엄마가 상을 차리는 경우도 있지만, 그러할 때면 직장 생활을 하는 며느리에게 부담을 주기 싫어서인지 며느리가 상을 차리는 것을 달가워하지 않으신다. 어떻게 지내다 보니, 우리 집의 작은 주방은 자연스레 나이 드신 어머님만의 권능이 미치는 어머님의 특별한 성역으로 자리매김해 버린 것이다.

그래서인지, 우리 가족은 어머님께서 만들어 주시는 음식을 항상 맛있게 먹는다. 누리와 한해, 처 그리고 나도 건강하신 어머님이 손수 만들어 주시는 음식에 길들여져서 무슨 음식이든 맛있게 먹게 된 지 오래다. 아마도 가족을 사랑하시는 어머님의 정성이 그대로 만드신 음식에 방울방울 배어서인 것 같다. 또한, 식탁을 차리게 되면 밥과 찬 등 조촐한 몇 가지 음식이 마련되는 것이 여느 집의 경우라도 보편적인 상례라고 생각되는데, 우리 집의 경우도 이와 마찬가지임은 불문가지이다.

허나, 꼭 필수적으로 빠지지 않는 한 가지가 있다.

그것은 바로 김치인 것이다. 우리 배달겨레가 창조하여 유구하게 간직해 온 우리 민족 고유의 김치인 것이다. 스위스 제네바에서 개최된 제24차 국제식품규격위원회(CODEX) 총회에서 우리의 대표적인 전통 발효식품으로서 만천하에 국제규격으로 공인된 자랑스러운 김치(Kimchi) 말이다.

지금 우리나라에는 재료 및 제조법에 따라 80여 종 이상의 김치가 있다고 하는데, 배추김치 · 총각김치 · 깍두기 · 물김치 · 갓김치 · 고들빼기 · 파김치 · 가지김치 · 무 · 동치미 · 겉절이 등이 우리 집에서 자주 먹는 김치에 속한다. 어머님이 만들어 주시는 김치는 매콤, 시원하고 새콤 달짝지근 항상 내 입에 맞고 맛있다. 아내의 입에도 마찬가지라고 한다. 아마도 각종 좋은 양념을 듬뿍 넣음과 동시에 당신 나름대로의 손 제조 노하우가 함께 어우러진 결과라고 생각된다. 누리와 한해는 나만치는 좋아하지 않지만, 그래도 이제는 맛있게 먹게끔 되었다. 우리의 조상인 배달겨레가 김치를 좋아했듯이 나의 자녀도 배달겨레의 후손이기 때문이리라.

며칠 전, 점심 후에 국가전문행정연수원 뒷산의 오솔길을 호젓이 산책하면서 파란 하늘을 쳐다보니, 아마도 그 맛이 어머니의 김치 맛을 닮아서인지 여느 날과 달리 연수원식당에서 배추김치를 특히 맛있게 먹었다는 상념이 불현듯 솟구치는 바람에 도서관에 들러 한국

식품사전을 한 번 펼쳐 보았더니.

"김치란 무·배추·오이 같은 채소를 소금에 절였다가 고추·파·마늘·젓갈 등의 양념을 버무려 넣고 담근 반찬이다."라고 적혀 있는 것이 눈에 들어왔던 기억이 새롭게 일어온다.

이러한 김치에 대한 역사를 문헌을 통하여 거슬러 올라가게 되면, 2600~3000년 전에 쓰였던 중국 최초의 시집 「시경(詩經)」을 만나게 된다. 시경의 '소아(小雅)'편에 "밭두둑에 외가 열렸다. 외를 깎아서 저(菹)를 담가 조상께 바치면 자손이 오래 살고 하늘의 복을 받는다."는 시구절이 있다. 여기서 '저'가 염채(鹽菜), 즉 김치인 것이다. 이후 「여씨춘추(呂氏春秋)」에서는 "공자가 콧등을 찌푸려 가면서 '저'를 먹었다."는 기록이 나오는가 하면, 「설해문자(設文解字)」와 「주례(周禮)」 등에서도 '저'가 등장하는데, 젖산발효에 의해 채소를 저장한 산의 가공 식품이었음을 알 수 있다.

우리나라에서 '저'라는 글자가 등장하는 가장 앞선 시기의 문헌은 「고려사(高麗史)」라고 한다. 그렇다고 해서 고려사를 우리나라 최초의 김치에 관한 문헌으로 보는 데는 다소 무리가 따른다는 학자들의 견해도 있다. 왜냐하면, 삼국시대의 식품에 관한 서적들이 현재 남아 있지 않지만, 우리 문화의 절대적인 영향을 받은 일본 문헌을 통해 그 시대의 식생활을 가늠해 볼 수 있기 때문이다. 말하자면, 일본의 「정창원문서(正倉院文書)」나 평안시대(平安時代, 900~1000년경)의 문헌인 「연희식(延喜食)」에 의해 소금, 술지게미, 장, 초, 느릅나무 껍질, 대나무 잎 등에 쟁인 절임 류가 삼국시대에 있었음을 알 수 있는 것이다.

사실 말이지, 역사적으로 보면 김치의 발원은 중국에서 시작되었으나 섬세한 손재주를 지닌 우리의 선조들인 배달겨레야말로 지혜롭게 젓갈류를 첨가시키는 등 발효식품으로서의 김치문화를 새롭게 꽃피우게 한 찬란한 업적을 만들어 온 장본인인 것이다.

말이 나왔으니, 여기서는 이어령 교수가 '김치의 맛과 한국문화'에서 설파하고 있는 김치론에 대하여 언급해 보고자 한다.

이 교수는 달걀요리 등을 청(靑) · 적(赤) · 황(黃) · 흑(黑) · 백(白)의 오방색(五方色)으로 꾸며 놓은 고명을 음식에 갖가지 색채를 부여하는 '시각기호'라고 하고, 양념은 오미(五味)인 맵고(辛), 달고(甘), 시고(酸), 짠맛(鹹), 심지어는 쑥처럼 쓴맛(苦)을 주어서 음식 전체 맛을 조율하는 '미각기호'라 할 수 있다고 주장하면서, 고명과 양념을 없애면 한국 음식은 침묵한다고 말한다. 그리고 고명과 양념은 한국 음식 맛의 언술(言術 · discourse)과 텍스트를 생성하는 요리 코드로서, 음과 양의 관계처럼 상보적인 것이며, 또한 그들이 자아내는 기호작용(signification)은 조화와 융합이라는 독특한 분석을 내놓고 있다.

그리고는 다음과 같이 김치 예찬론을 펼치고 있는 점이 주목된다.

먼저, 고명과 양념 그리고 오훈채를 원형으로 구성된 한국 음식문화를 추구해 들어가면 한국 음식의 모양과 맛을 대표하는 김치가 무엇인지 저절로 그 암호를 해독할 수 있다는 것이다. 즉, 김치 맛을 푸는 첫 번째 코드 역시 오색과 오미를 갖추려는 맛의 우주론이라고 할 수 있다. 김치가 무엇인지 잘 모르는 사람들은 김치 색깔을 흔히 붉은 것으로만 생각하기 쉽다. 하지만, 한국요리의 코드를 알고 나면, 김치야말로 오방색을 모두 갖춘 음식이라는 것을 금방 깨닫게 된다고 한다.

김치 맛을 해독하는 두 번째 코드는 그것이 발효식이라는 것이다. 김치가 한국을 대표한다는 것은 발효식이 한국 음식의 기저(基底)라는 말과 같다. 이것은 장독대를 중심으로 한 주거 배치가 그 주요한 요인이 되고 있다. 장독대는 간장 · 된장 · 고추장과 같은 발효식품을 발효 · 저장하는 기물을 놔두는 곳이기 때문이다.

김치 맛을 해독하는 세 번째 코드는 그 국물이다. 국물김치가 아니더라도 김치나 깍두기에는 꼭 국물이 따라다니기 마련이다. 국물과 건더기는 맛에서도 상보작용을 해, 국물이 마르면 건더기의 맛도 죽어 버린다. 건더기와 국물은 동양사상의 음과 양의 관계와 같은 것이기 때문이다.

나아가 김치 맛의 네 번째 암호 해독은 그것이 '반찬'이라는 점에서 찾아진다. 반찬의 개념을 모르면 김치 맛을 모른다. 빵 문화권과 밥 문화권의 차이를 결정하는 변별적 요소는 '반찬'이라는 개념이다. 김치가 한국 요리를 대표하는 음식임에는 틀림없지만, 아무리 김치를 좋아하는 사람이라도 그것을 맨으로 먹을 수는 없다. 맨밥을 먹을 수 없는 것과 마찬가지로, 김치는 다른 음식, 특히 밥과 함께 먹는 보조식이기 때문이라는 것이다.

위에서 지적한 바와 같이, 김치는 김칫독이라는 기물에 저장된다. 처음에는 사람 손으로 김치를 만들지만 그것을 완성시키는 것은 사람의 힘이 아니다. 김치를 발효시키는 효모와 그 효모의 활동을 돕는 하늘과 땅의 힘이다. 사람은 담그는 역할만 하고 나머지는 김칫독을 품은 땅의 지열과 바깥에서 부는 바람에게 맡겨진다. 그런가 하면, 지금은 김칫독을 대신하는 편리한 김치냉장고가 집안에 있어서 사시사철 시지 않고 신선하고 맛깔스런 다양한 김치가 우리의 입맛을 한 껏 돋우기도 한다.

이 때문에 우리의 김치는 단순히 김치가 아니라는 생각이 들곤 한다.

한국 음식 맛의 특성은, 특히 김치 맛의 특성은 한국인, 즉 배달겨 레가 오랫동안 길러 온 천지인(天地人)의 조화 즉, 삼재사상이 낳은 조화의 맛이라고 여겨진다. 따라서 우리가 김치를 먹는다는 것은 조상으로부터 우리의 심신에 도도히 전수되는 융합과 조화의 맛을 먹는 것이라는 뜻이다. 다시 말하자면, 반만년 동안 축적된 우리 배달 겨레의 혼을 먹는 것이라고……

매일 먹어 왔던 김치건만, 오늘따라 어머니께서 정성스레 차려 주 신 김치 맛의 참맛을 잊을 수가 없는 것은 어인 일일까?

나도 자그마한 배달겨레의 한 후손이어서인가.

- 2000년 3월 -

괴담과 배려

어느 시대, 어느 사회를 막론하고 괴담(怪談)은 존재했었다.

대개는 불안과 공포감을 동반하는 것이 그 특징적인 상례이다. 조선시대에는 그릇되고, 요사스럽고, 떠돌아다니는 말이라 하여 '와언(訛言)', '요언(妖言)', '부언(浮言)'이라 불렀었다. 그 불온성이 심하면 왕권을 위협할 수도 있다고 여겼기 때문에 요언을 유포하는 자에 대한 처벌은 임금의 직속기관인 의금부가 맡았다. 하지만 '~카더라'는 떠도는 소문이 사실로 판명 날 경우에는 괴담은 순식간에 진실로 돌변할 수도 있다. 어느 때든지 간에 항간에 떠도는 괴담에 대한 정부의 대응이 신중하고 세련되어야 하는 이유가 여기에 있다.

조선 후기 대실학자인 정약용(丁若鏞) 선생은 『목민심서』에서 "뜬소문은 근거 없이 나돌기도 하고 혹은 변란의 기미가 있어서 생기기도 하는 것이니 목민관은 이를 대응할 때 조용히 진압하기도 하고 묵묵히 살피기도 해야 한다."고 했다. 그저 단순한 헛소문은 조용히 잠재워 버리고, 어떤 징조가 있어서 생기는 것이라면 그 뿌리를 찾아 철저히 조사해서 대처하라는 지적으로 봐야 할 것이다.

지난 5월 4일, 첫 환자로부터 비롯하여 졸지에 우리나라를 위기로 몰아넣은 메르스(MERS), 즉 중동호흡기증후군이 발병한 후 정부 당국이 가장 발 빠르게 취한 조치는 '괴담 단속'이었다. 마치 SNS를 타고 번지는 소문이 메르스 자체보다 더 위험하기라도 한 것처럼 유포자를 처벌하겠다고 겁을 주었던 것이 부인할 수 없는 사실이다. 그러나 발병 18일 만에 정부가 공개한 병원 명단은 SNS의 조각 정보로 완성된 '메르스 병원 지도'와 상당 부분 일치했었다. 대치동에 비상이 걸렸었다는 소문도, 학교 휴업정보도 사실(事實)과 별로 큰 차이가 없었던 것이다.

　살면서 괴담이 사회에 심각한 혼란을 가져오는 것을 우리는 보아 왔다.

　정부가 메르스 사태와 관련하여 이번에 적극적으로 괴담 틀어막기에 나선 것은 어찌 보면, 광우병 괴담, 천안함 괴담 등으로 골머리를 앓은 과거의 경험 때문일 수도 있을 것이리라. 누군가 악의적으로 괴담을 퍼뜨리는 사례도 있지만, 통상 괴담의 생산은 누군가의 두려움의 발현이자 정확한 정보에 대한 갈증에서 상당 부분 비롯되곤 한다.

　매스컴으로만 메르스 이야길 듣다가, 시내(市內)의 길을 걷거나 무심코 탄 지하철이나 버스 안에서 마스크를 착용한 생소하고 갑작스런 상당수의 사람들을 목도하게 되니 머리끝이 쭈뼛하는 공포감이 엄습해 오는 것이 아닌가. 이번에 메르스 괴담이 창궐한 것은 듣지도 보지도 못한 생소한 질병에 대한 이와 같은 공포감을 서로 나누고 취득한 정보를 지인들에게 좀 더 빨리 실어 나르려는 욕망이 결합한 면도 있을 것이다.

　일반적으로 우리가 사는 사회에 괴담이 서식할 수 있는 최상의 조건은 정보 공유의 불투명성, 소통 부족 등인데 이번이 딱 그랬다고 여겨진다. 하지만 괴담이라는 것은 과학적 지식과 명확한 정보 앞에 선 그 꼬리를 내릴 수밖에 없는 제한적인 속성을 갖고 있기 마련이다. 정보 공개를 꺼린 정부에 대한 불신이 사적인 영역에서의 소모적인 정보 생산을 더 왕성하게 한 셈이다. 과거에는 구전으로 소문이 퍼졌었지만 지금은 카카오톡, 페이스북 등을 통해 LTE급으로 정보가 눈에 보이게 유통되는 세상으로 확 변했다. 각자의 네트워크를 가동해 얻은 특급 정보들은 SNS에서 집단지성의 힘을 받으면 더 이상 괴담이라 칭하기도 어려운 진실성 정보가 된다. 오늘날 정보 과잉은 어쩌면 숙명이다. 괴담 유포자를 잡아들이는 구시대적인 방법으로는 괴담을 멈추게 할 수 없다고 본다.

그런가 하면, 이번 메르스 사태를 겪으면서 '타인에 대한 배려'라는 단어가 많이 최근 등장하고 있음도 볼 수 있으니……. 배려(配慮)의 사전적 의미는 '남을 도와주거나 보살펴주려고 마음을 씀'이다. 배려를 영어로 번역하면 'consideration'이라고 할 수 있을 것 같다. 'consideration'은 'consider'라는 동사에서 파생되었다. 'con(with)'과 'sider(star)'가 합쳐진 이 단어는 옛날 사람들이 개인과 사회, 국가의 중대한 정책 결정을 할 때 무엇보다 중요시 여겼던 점성술과 밀접한 관계가 있다. 이는 '행성과 함께'라는 뜻으로, 점성술사가 밤하늘을 보며 점을 칠 때 남의 일을 자기 일처럼 깊이 이해하고 진지하게 생각하는 것에서 유래되었기 때문이다.

배려의 첫걸음은 각자 위치에서 자기가 맡은 일을 성심껏 감당하는 것에서 시작된다고 생각한다. 자기가 맡은 일에 대해 책임감을 갖고 수행할 때, 타인에게 피해가 가는 것을 막을 수 있기 때문이다. 요즈음 병원 내에서는 의료진뿐만이 아니라 구급대원, 경비 요원, 청소, 위생담당, 이송 요원 등 많은 분들이 흔들림 없이 묵묵히 자기 위치를 지키며 맡은 일에 최선을 다하고 있고 병원 밖에서는 관계 공무원, 경찰, 소방관 등 다양한 직종에 종사하는 분들 역시 본연의 위치를 지키며 최선을 다하고 있는데, 바로 이것이 우리 사회를 유지하는 원동력이자 타인에 대한 배려의 한 단면이 아닐까 생각한다.

또한 배려란 '한 사람의 인격이 입는 옷'이라고도 한다. 이는 크고 거창한 일뿐만이 아니라 일상생활에서 실제로 남을 위해 실천하는 작은 배려들이 한 사람의 인격을 대변하기 때문일 것이다.

요즘과 같은 상황에서는 손 씻기의 생활화와 기침이 나올 때는 상대방을 위해 옷소매로 가리거나 마스크를 착용하는 것만으로도 자신과 상대방을 보호할 수 있는 아주 작지만 소중한 배려가 된다.

병원에서는 내원객 대부분이 불편함을 감수하고 메르스 확산 방지를 위한 수칙에 협조해 주고 있는 반면 간혹 절차를 무시하고 지나가려는 일부 내원객으로 인해 예측할 수 없는 돌발 상황이 발생하기도 한다. 사소해 보이는 이런 행동으로 불필요한 노력과 시간이 소모되면서 많은 사람들에게 피해와 불편을 주게 되는 것은 불문가지이다.

규칙과 기준은 서로가 자신이 먼저 준수할 때 바로 상대방에 대한 배려가 되며 그 효과도 배가된다. 1분 남짓한 시간의 배려를 통해 본인은 물론 상대방 안전을 담보할 수 있을 것이라고 뜻있는 전문가들은 입을 모아 말한다.

'세류성해(細流成海)'라는 말이 있다.

가는 물줄기가 모여 큰 바다를 이룬다는 의미이다. 작은 배려들이 모인다면 이 힘든 시기를 조만간 극복할 수 있으리라는 뜻있는 전문가들의 지적이 눈에 띈다.

나아가, 이번 우리나라의 메르스 사태 진행 대처과정에서 볼 때, 손쉬운 통제보다는 국민에 대한 차분한 진실공개가 유포되는 괴담을 효과적으로 막을 수 있을 뿐만 아니라 위기상황에서도 국민으로 하여금 작은 실천부터 솔선케 함으로써 서로를 배려하는 협조적 분위기도 만들어 내는 지혜 있는 대처방법이라는 것은 나만의 생각은 아닐 것이다.

- 2015년 7월 -

기부 문화

알 왈리드 사우디 왕자의 36조 원 기부 선언은 전 세계인에게 감동과 충격을 안겨 주었다. 특히나 2세 경영권 상속에 심혈을 기울이는 그룹 오너들에게는 그다지 마음이 편치 않은 소식일 수 있다. 이번 기부는 '석유수출로 인한 국부를 독점하고 있다'는 사우디 왕정과 왕가에 대한 일부의 비판적 시선을 무력하게 할 듯하다. 알 왈리드 왕자는 '내가 죽으면 내 손을 빈손으로 관 밖에 내어놓고 성을 돌면서 인생은 빈손으로 왔다가 빈손으로 간다.'고 외치라는 알렉산더 대왕의 유언을 생전에 실천한 것일까?

알 왈리드 왕자의 기부는 '부의 사회 환원'이라는 경제적 강자의 사회적 책임을 뛰어넘는다. 신의 의지를 실천하겠다는 살신성인(殺身成仁)의 신앙인 모습이다. 알 왈리드 왕자의 기부 선언은 혈연주의 문화 탓인지, 아직 기부 문화가 정착되어 있지 않은 우리 사회에 의미심장한 메시지를 던져 주고 있다.

몇 년 전, 서울대학교에 사재 600억 원을 자발적으로 기부하여 도서관을 건립한 관정 이종환 회장의 용기가 새삼 머리를 스친다. 특히 관정은 그의 기부 사실을 언론에 공개하지 말아 달라고 부탁을 했는데, 한 일간지 기자의 간청에 의해 그의 선행이 보도되었다. 50일 전 타계한 신양 정석규 회장은 생전에 고무 산업으로 번 500억 원을 대학에 희사(喜捨)하여 기부 천사로 추앙받고 있다.

우리나라 사학(私學)에 대한 자발적 기부는 우리의 경제력에 비해 턱없이 낮은 수준이다. 그러나 그러한 기부조차 꼬리가 붙은 경우가 많다. 사학의 경영권을 인수하는 조건이나, 암암리에 영향력을 가시화하려는 의도가 엿보이는 경우도 있다. 때로는 기부가 갈등요인을 잉태하는 경우도 볼 수 있다. 기부를 결정할 때도 마음을 비우기 어렵지만, 기부한 후에 마음을 비우는 것도 참으로 힘든 일이다. 조건을 달지 않은 기부일수록, 기부의 가치는 높아지고 기부자의 숭고한 뜻이 빛을 발한다.

우리나라에 한국판 알 왈리드나, 다수의 관정과 신양이 등장하는 것을 기대하는 것은 지나친 기대일까? 필자는 그러한 기대가 실현될 것이라는 긍정적 믿음을 갖고 있다. 이미 몇몇 기업 소유주들이 통 큰 기부를 시작했기 때문이다.

이상은 오연천 울산대하교 총장이 금년 7월 초순 어느 일간지 칼럼에 게재한 글이다. 나에게 참으로 크나큰 감동을 주는 내용이고 선의적 전재이므로 오 교수님의 평소 인품으로 볼 때 용서해줄 것으로 봐서 그대로 옮겨 온 것이다.

"주는 나의 기쁨이 받는 너의 기쁨보다 더 크다."에서 보듯이 기부를 하면 무엇보다 자기 자신이 기쁘고 행복해진다. 그리고 지속적이거나 사회에 커다란 반향을 불러오는 자선적 기부는 주위의 많은 사람들을 감동시키고 관심을 집중시킨다. 그 결과 다른 사람들의 기부에 긍정적인 영향을 미치는 것이다.

미국과 유럽 등에서는 기부가 사회 문화로서 자리 잡은 지 오래다. 오늘날 미국 몇몇 사립대학은 사회 저명인사들로부터 기부금이 넘쳐 나고 있다고 한다.

'노블레스 오블리주(Noblesse Oblige)'의 미덕은 중세를 거쳐 근대 사회에서도 귀족과 지도층이 사회 환원을 실천하는 리더십의 표본으로 간주됐다. 사회가 혼란에 휩싸이면 대중들은 본능적으로 움츠리며 소극적 자세를 취하게 됨을 경험을 통해서 알 수 있다. 이에 지도층이 자선적으로 대중을 이끌어야 사회는 혼란을 극복하는 원동력을 가질 수 있으니. 미국의 경우, 록펠러에서부터 빌 게이츠 마이크로소프트(MS) 전 회장까지 많은 갑부가 자선재단 등을 만들어 교육이나 사회복지, 빈곤타파 등에 앞장서 왔음은 주지의 사실이다.

빌 게이츠 부부는 지금까지 약 300억 달러를 기부를 한 바, '빌 & 멀린다 게이츠재단'을 통해 저개발국가의 복지와 교육개발 운동을 이끌고 있다. 빌 게이츠는 지난해 워런 버핏 버크셔 해서웨이 회장과 함께 '기빙 플라자'라는 운동을 시작했다. 억만장자들이 재산의 절반 이상을 공익재단이나 단체에 기부하겠다고 공개적으로 선언하는 것으로, 마이크 블룸버그 뉴욕시장과 마크 저커버그 페이스북 창업자 등 70여 명이 참여하고 있는 것이다.

이처럼 세상을 움직이는 영향력이 큰 인물들의 기부와 조직적인 활동은 교육, 환경, 보건, 문화·예술, 빈곤과 기아, 생활 개선, 각종

구호활동, 국제적 운동에 기여함으로써 인류사회 발전에 지대한 공헌을 하고 있다. 이러한 바탕에서 선량한 시민들의 자선과 나눔이 활성화 되어 이웃과 사회를 아름답게 비추는 거울이 되고 있으니……

헌데, 기부가 돈 많은 갑부들에 의해서만 이루어지는 것은 아니다. 요즘은 기부하려는 마음만 먹으면 돈이 없어도 자신이 가진 재능을 통해서도 사회에 빛을 발하는 기부를 하여 사회를 훈훈하게 하는 밑거름으로 작용하고 있으니, 우리는 연예인 등의 자선 공연을 보면서 그러한 모범사례를 읽을 수도 있다.

그런가 하면, 위에서 오연천 총장이 지적했듯이 꼬리를 붙이는 기부를 한다든지 암암리에 영향력을 가시화하려는 의도가 엿보이는 기부 등은 좀 문제가 있다고 보아야 할 것이다. 그러한 기부는 자기의 능력 범위 내에서 사회 공동체를 위해서 재산이나 재능을 기부하는 선량한 사람들의 참된 기부정신마저 오히려 빛을 바래게 하거나 왜곡되게 하는 빌미로 제공될 수 있기 때문이다.

등산을 하거나 우연히 산사에 들를 때면 시주차원의 헌금을 하거나 연말이면 구세군 종소리의 헌금함에 미의를 던지기도 하고, 나와 관련되어 어쩌다 열리는 몇몇 모임 등에서 기회가 되면 작은 헌금을 좀 해 보았었지만, 기부에 대해선 기부 문화에 대해선 나는 별 생각이 없이 살아왔었다. 허나 이순을 넘긴 지금, 나 자신을 좀 더 겸허히 들여다보게 되면서 의미 있게 사는 사람들로부터 자연스레 자극을 받은 것 같으니……. 기부나 기부 문화에 대해서 조금 조금씩 관심을 갖게 되었다고나 할까.

이 세상을 살아가는 보통 사람으로서 나도 고마운 이 세상, 우리

사회에 내가 할 수 있는 작은 기부(Donation)를 함으로써 정성을 모아 기부 문화 실천과 그 정착에 동참하고자…….

몇 년 전 대원칸타빌 아파트관리소장으로서의 하루의 일과를 마치고 지하철로 퇴근하는 중, 왕십리역에서 5호선으로 환승하려고 바꿔 타는 공간을 지날 때였다. 대학생들로 보이는 남녀 젊은이들이 여러 장의 처절한 포스터 사진을 세워 놓거나 직접 손에 들고 행인들에게 보이면서 십시일반 기부 독려 캠페인을 하는 모습이 시야에 들어왔다. 어떤 젊은이는 구두로 난민들을 돕자고 목청을 높이기도 했다. 다른 때는 무슨 캠페인이 있어도 나는 그냥 지나쳐 버렸었는데 그날은 걸음이 멈추어져 그들을 주목해 보노라니, 국제난민을 돕는 운동을 하는 유엔난민기구(UNHCR)의 봉사단원들이라고 자기들을 소개했다. 순간 난 과거 공무원 시절 UNHCR 관련업무로 국제회의에 몇 차례 국가대표로 참석했던 기억이 뇌리에 스쳐 와서 그들에게 과거의 나의 경험 등을 간단히 피력하는 등 약간의 관심을 표명하였더니, 반색을 하면서 몇 차례 이런 일을 했었지만 나 같은 사람을 접하기는 처음이라면서 동참할 것을 적극 권유해 오는 것이 아닌가! 젊은이들 가운데 정규수업 외에도 그러한 활동을 한다는 그 자체가 그냥 기특하고 아름답다고 느껴져서 그들의 수고를 외면할 수 없었고, 또한 과거 국제난민기구 관련 업무에 직접 관여한 사람으로서 최소한의 당연의무를 해야겠다는 생각에 소액이나마 난민들에게 도움을 주고 싶어서 월 1만 원의 무기한 기부에 정식 동참하게 된 것이 하나의 계기가 되어서…….

UNHCR 한국지부에서는 이메일로 때로는 유인물로 그들의 난민

지원활동사항을 나에게 보내오곤 하는 것을 보면서 나도 이제 글로
벌 시대를 살아가는 국제시민의 한 사람이 된 게 아닌가라는 생각이
들기도 한다.

그런가 하면, 살다 보니 나도 몰래 세월이 흘러서인가 나도 어느덧
시니어 그룹에 들게 되었으니, 금년 4월 19일 만 65세 생일을 지낸
것이다. 때가 되면 여느 사람들이 하듯이, 나도 다음 날 동사무소에
들러 '서울특별시 어르신 교통카드'를 발급받고 보니 이제 나도 공짜
로 지하철을 타도 된다는 기쁜 생각보다는 세월이 벌써 이렇게 흘렀
단 말인가 하는 섭섭한 마음에 복잡한 상념이 들었다. 지하철족인 나
는 한 달에 보통 5~6만 원의 지하철교통비를 내 왔었는데 앞으로는
그만큼은 나의 생활비가 절약이 되리라는 것은 당연지사가 아닌가.

나는 주저하지 않았다. 때가 오면 절약하게 되는 돈만큼은 나 외에
의미 있게 쓰자고 나 자신에 약속했던 것. TV를 보면서 평소 생각해
왔던 유엔아동기금(UNICEF)에 기부하기로 한 것이다. 한 달에 3만 원
이면 말리와 같은 29명의 아이들에게 영양실조 치료식을 전해 줄 수
있다니……. 4월 하순 전화를 걸어서 나에게 적합한 월 3만 원씩 기부
하게 되었고, 작은 금액이지만 매월 자동이체로 기부가 진행되고 있
다. 아마도 내가 이 세상을 살아가는 동안은 가없이 계속될 것이리라.

나는 2007년 3월 중순 위탁계좌를 개설하고 나로서는 전혀 생소한
분야지만 재테크 차원에서 주식세계에 입문하게 되었다. 새내기 주
식 초자로서 그 후 다음 해 불어닥친 리먼브러더스 사태 등 미국 발
(美國發) 금융위기로 직격탄을 맞고서 피부에 그대로 와 닿는 주식세
계의 크나 큰 공포로 두려움에 떨기도 했었다. 주식세계는 약육강식

의 정글의 장이라 했던가, 얼마 지나지도 않았는데 주식시장의 냉·혹독한 찬바람을 맞으며 소액 개미주주로서 실전 주식투자를 배우면서 지금까지도 호기롭게 주식세계에 발을 굳게 디디고 있는 중이다.

주식 입문 시에는 그러한 생각이 들지 않았으나, 개미들은 누구나 겪게 된다던가! 나도 여느 사람들처럼 본전을 거의 다 잠식당하는 시련을 겪으면서도 이왕지사 이렇게까지 돼 버렸으니 주식을 제대로 해야겠다는 시퍼런 의욕을 지피게 되었고, 주식투자를 통해서 언젠가 나도 큰돈을 벌게 되면 세상에 의미 있는 기부를 제대로 하는 데 동참해야겠다는, 동참해야만 한다는 평소 해 보지 못한 생각이 불현듯 들게 되었다. 그러기 위해서는 주식투자에 성실히 임하고 정말 충실히 노력해야 한다며, 나 자신에게 스스로의 훈계를 일상 하게 되었던 것이다.

그러한 연장선상에서 '주는 나의 기쁨이 받는 너의 기쁨보다 더 크다'를 곱씹으며, 내가 몸담고 살아가는 고마운 이 세상, 우리 사회에 정말 큰 의미 있는 기부를 하는 그러한 행복한 날이 재테크를 통해서 꼭 오리라고 오늘도 어제처럼 기원해 보곤 한다, 현재의 소액 기부는 그대로 하거나 더 늘여 가는 생활을 지속할 것이라고 다짐하면서 말이다.

- 2015년 8월 -

초딩을 사랑하다 소천한
동계의 시인 황의성

　대지의 나무들이 색동옷으로 갈아입거나 아예 벗어 버리는 만추의 길목에 서서 지나온 세월의 뒤를 돌아다보니, 저만치서 황의성 시인의 생전 모습들이 아스라이 창공에 영상지어 온다.

　사람 사는 세상에서 먼저 남을 배려하는 따뜻한 가슴을 지닌 친구, 무언가 꽉 찬 듯 비운 듯한 넓은 마음을 지닌 친구 그리고 조용하지만 세상의 깊은 속내를 보는 관조의 눈, 즉

　시인의 눈을 지닌 친구의 모습들 말이다.

　무량산 지켜주는 포근한 터에 자리 잡고 있는 동계초등학교를 1964년 제41회로 졸업한 우리들 180여 명은 어느 때부터인가 1년에 한 번씩 그리운 동문들을 만나는 동창회를 동계에서 전주에서 서울에서 가져왔었다. 내가 처음 황 시인을 만난 것은 10년 전 동창회에서였었다. 오랜만에 만나 얘기를 나누다 보니 순창문학회 회원으로서 시를 쓴다는 사실을 알게 되었고, 수필을 쓰고 있던 나로서는 같은 문인의 길을 가는 초등 친구가 있다는 것이 너무나 뜻밖이고 반갑고 기쁜 마음으로 다가왔던 기억이 지금도 생생하다. '사람의 마음을 윤택하게

해 주는 문학'을 하는 초등친구를 만나다니……. 이후 우리는 서로의 삶의 길들이 다르고 사는 곳이 고향 순창과 서울이라 지리적으로 떨어져 있어서 자주 만날 수는 없었으나, 문학이라는 공감대로 인해 자연스레 서로를 존중하며 보다 가깝게 지내는 친구관계를 유지해 왔었다고 생각된다.

특히, 황 시인은 우리 동창들을 좋아하고 즐겁게 해 주는 특유의 재주를 지니고 있었으니……. 동창회 모임 때마다 재치와 인생이 녹아 있고 정성을 담은 아름다운 자작시를 스스로 써 와 낭송해 주는 서비스를 베풀곤 한 것이다. 그렇게 함으로써 우리 동창회 모임은 운치와 화합이 더해지고 거듭할수록 한층 품격이 높아지는 효과를 낳게 되었다고 생각된다. 우리 초딩을 각별히 사랑하는, 시를 쓰는 순수하고 고매한 마음의 황 시인이었기에 가능했던 것이리라!

헌데, 우리는 이젠 그러한 동창회를 더 이상 가질 수 없게 된 게 못내 안타깝고 서글플 뿐이다. 잔잔한 듯 낭랑한 황시인의 시 읊음이 사라졌으니. 무엇이 그리 바빴는지 너무 빨리 소천 하였으니, 애통한 마음 그지없으니.

황 시인이 마지막으로 작년 동창회에서 우리들에게 남겨준 소중한 시를 다시금 음미해 보고자 한다.

< 우리 이제 가슴으로 만나자 >

- 황의성

사랑하는 친구들이여
식어 가는 정렬의 삶의 불꽃을
새로이 피우는 아름다운 질주를
우리에게 서로의 정을 실감하는 가슴으로 만나자

내리막 인생길 너무 서두르지 말고
오르막길보다 더 조심스런 자세로
한 땀 한 땀 어여쁜 생의 수를 놓으며
후회 없는 우리들만의 자취를 남기며

아름답고 멋진 각자의 취향으로
삶의 족적을 후회 없이 남기고
자신을 늘 사랑하며 위로하는
아름다운 열정의 삶을 누릴 때

후회도 미련도 그 무엇의 고뇌도
내 인생의 어떠한 장애도 없으리
족적보다는 아름다운 내일을 위한
나 자신을 꼬~옥 보듬어 보자 우리

생전 시를 사랑한 친구, 황의성!

하늘나라에서도 시를 사랑하는 시인으로 영면하시게나.

- 2014년 11월 -

격물치지(格物致知)에 대하여

격물치지(格物致知)란 이를 격(格), 만물 물(物), 이를 치(致), 알지(知)로서 유교 경전의 하나인 『대학(大學)』에서 제시한 8조목(條目) 중 처음의 두 조목인 '격물(格物)'과 '치지(致知)'를 말한다.

즉,《대학(大學)》제4절을 보면 다음과 같다.

古之欲明明德於天下者는 先治其國하고

(고지욕명명덕어천하자 선치기국)

欲治其國者는 先齊其家하고

(욕치기국자 선제기가)

欲齊其家者는 先脩其身하고

(욕제기가자 선수기신)

欲脩其身者는 先正其心하고

(욕수기신자 선정기심)

欲正其心者는 先誠其意하고

(욕정기심자 선성기의)

欲誠其意者는 先致其知하니 致知在格物하니라

(욕성기의자 선치기지 치지재격물).

예로부터 밝은 덕을 천하에 밝히고자 하는 사람은 먼저 그 나라를
다스리고, 그 나라를 다스리고자 하는 사람은 먼저 그 집을 가지런히
하고, 그 집을 가지런히 하고 하는 사람은 먼저 그 몸을 닦고, 그 몸
을 닦고자 하려는 사람은 먼저 그 마음을 바르게 하고, 그 마음을 바
르게 하려는 사람은 먼저 그 뜻을 정성되게 하고, 그 뜻을 정성되게
하고자 하는 사람은 먼저 그 앎을 이르게 한다는 것이다.

앎을 이르게 하는 것은 물(物)에 이르는 데 있다.

편의상 이 8조목을 거꾸로 세어 읽어 나가면, 격물(格物), 치지(致
知), 성의(誠意), 정심(正心), 수신(修身), 제가(齊家), 치국(治0國, 평천하
(平天下)로 된다.

이러한 격물치지에 관한 논의는 송(宋)나라 주자(朱子 : 朱熹,
1130~1200)가 『예기(禮記)』 중의 일편인 「대학」, 이른바 『고본대학(古本大
學)》을 개정하여 『대학장구(大學章句)》를 지으면서 활발해졌다.

주자는 『고본대학(古本大學)』의 순서를 세 군데 이동하고 1자를 고치
며 4자를 삭제하고 134자를 새로이 지어 경(經) 1장과 전(傳) 10장으
로 구성된 『대학장구(大學章句)』를 저술했던 바, 그 논의의 핵심은 특
히 전 5장의 '격물치지보망장(格物致知補亡章)'이었다. 주자는 『고본대
학(古本大學)』에는 격물치지 조목에 관한 해석문이 빠져 있는 것으로
가정하여 성즉리(性卽理)의 체계에 따라 그 해석문을 보충한 것이다.
격물치지 해석문의 보충, 즉 격물치지보전은 『대학(大學)』 원문 중 "그

뜻을 성실하게 하려고 하는 사람은 먼저 그 아는 것을 극진히 해야할 것이니 아는 것을 극진히 하는 것은 사물의 이치를 연구하는 데에 있다(欲誠其意者 先致其知 致知在格物)."라는 구절을 주자가 간결하게 정리한 이론이다. 『대학장구(大學章句)』에 따르면 그 이론의 주된 내용은 '즉물궁리(卽物窮理)'로, 다음과 같다.

> "치지재격물(致知在格物)이란 나의 아는 것을 이루고자 하면 사물에 나아가서 그 이치를 궁구(窮究 : 속속들이 깊이 연구함)해야 함을 말하는 것이다. 대개 사람의 마음이 신령한 것으로 알지 못하는 것이 없고 천하에 사물의 이치가 없는 데가 없지만 오직 이치에 궁진하지 못하는 것이 있으므로 다하지 못하는 것이 있다. 그러므로 대학을 처음 가르치고자 할 때에는 반드시 배우는 자로 하여금 천하의 사물에 나아가서 이미 아는 이치를 바탕으로 하여 더욱 궁구해서 극진한 데 이르는 것을 구하지 않는 것이 없게 하고, 힘을 쓰는 것이 오래되면 하루아침에 확연히 관통하게 되어 모든 사물의 겉과 속, 정한 것과 거친 것이 이르지 아니함이 없고 내 마음 전체의 작용이 밝지 않은 것이 없으므로 이것이 사물의 이치가 구명되는 것이며, 이것이 곧 지혜가 지극하게 되는 것이라는 것이다."

인식주관으로서의 마음의 이(理)와 인식객관으로서의 사물의 이가 상응하기 때문에 우리의 인식은 가능한데, 오늘 한 사물의 이를 탐구하고, 또 내일 한 사물의 이를 탐구하여 지식을 확충하면 자연히 우리는 활연(豁然 : 환하게 터진 모양) 관통의 경지에 이르게 된다.

격물치지는 결국 마음을 밝히기 위한 것이다. 현실적 인간은 기질지성(氣質之性)을 포함하고 있으므로 불완전한 상태에 놓여 있다. 이 불완전한 상태를 완전한 것으로 하기 위해서는 나의 밖에 있는 이를 궁구하여야 한다. 이것은 내 안에 있는 이를 아는 데 도움이 되며 기질지성을 본연지성(本然之性)과 일치시키는 데 유익하다.

말하자면, 만물(萬物)은 모두 한 그루의 나무와 한 포기의 풀에 이르기까지 각각 '이(理)'를 갖추고 있다. '이'를 하나하나 궁구(窮究)해 나가면 어느 땐가는 활연(豁然)히 만물의 겉과 속, 그리고 세밀함[精]과 거침[粗]을 명확히 알 수가 있다는 것이다. 즉, 사물의 이치를 연구하여 후천적인 지식을 명확히 하자는 주장이다.

'격물치지'의 해석에 관해 주자 이전에도 많은 주석이 있었으나, 주자의 즉물궁리설적 격물치지론이 오랫동안 통용되어 왔으며 많은 사람들에게 지대한 영향을 끼쳐 왔다.

그런데, 주지하듯이 격물치지론에 있어서 주자와 견줄 수 있는 사람은 아마도 명(明)의 왕양명(王陽明, 守仁, 1472~1528)임은 불문가지이리라.

왕양명은 『예기(禮記)』 중의 「대학」, 즉 『고본대학(古本大學)』을 그대로 인정하며 주자의 격물치지보망장은 불필요하다고 보았다. 격물치지의 해석문은 주자가 말하는 바와 같이 빠진 것이 아니라 『대학(大學)』 원문 중에 있다고 보고 있는 것이다. 그리고 왕수인은 격물치지를 심즉리 체계 안에서 설명하고 있으며, 격물치지는 다름 아닌 우리의 마음을 바로잡는 것으로 풀이하고 있는 것이다. 모든 이는 내 마음에 있으며 사물의 바름과 부정도 내 마음으로 판단되기 때문이다.

마음의 부정을 바로잡아 회복하는 것이 그의 격물이요, 마음을 발휘하여 모든 사물이 이를 얻는 것이 치지인 것이다. 왕양명이 주자의 설을 반대한 것은 격물치지설이 직접적으로 나의 마음에서 이를 구하지 않고 마음 바깥에서 이를 구하여, 외적 지식의 탐구에 급급해 결국 주체를 상실할 우려가 있는 주자학의 폐단을 시정하려고 한 것이 목적이었다.

말하자면, 격물(格物)의 '물'이란 사(事)이다. '사'란 어버이를 섬긴다든가 임금을 섬긴다든가 하는 마음의 움직임, 곧 뜻이 있는 곳을 말한다. '사'라고 한 이상에는 거기에 마음이 있고, 마음 밖에는 '물'도 없고 '이'도 없다. 그러므로 격물의 '격'이란 '바로잡는다'라고 읽어야 하며 '사'를 바로잡고 마음을 바로잡는 것이 '격물'이다. 악을 떠나 마음을 바로잡음으로써 사람은 마음속에 선천적으로 갖추어진 양지(良知)를 명확히 할 수가 있다. 이것이 지(知)를 이루는[致] 것이며 '치지'이다.

즉, 낱낱의 사물에 존재하는 마음을 바로잡고 선천적인 양지(良知)를 갈고 닦아야 함을 주장하고 있는 것이다.

그런가 하면 우리나라의 경우에는, "사물의 이치를 잘 연구하여 지식을 완전하게 하자."는 격물치지론을 주장한 고봉(高峯) 기대승(奇大升, 1527~1572)이 있다. 행주(行州) 기씨인 고봉은 조선 중기의 문신으로, 벼슬이 대사간에 이르렀다. 그리고 그는 학자로서 그의 학문에 대한 의용이 남보다 강하였다. 학행(學行)을 겸비한 선비로서 학문에서는 그의 사칠이기설에서 이황과 쌍벽을 이루었고, 행동에서는 지치(至治)주의적 탁견을 보여 주었다. 그리고 노사(蘆沙) 기정진(奇正鎭, 1798~1879)은 "마음이 사물에 도달하는 것을 격물이라 하고, 마음이 사물을 알게 하는 것을 치지라 한다. 여기에 걸린 거울에 사물이 비치면 그 사물의 아름다움과 추함을 알게 되는 것이니, 마음은 곧 거울과 같은 것으로 사물이 거울에 비칠 때에 아름다움, 추악함이 나타나는 것처럼 격물과 치지는 한 가지 일이지 두 가지 일이 아니다. 『대학(大學)』에서 이 두 조목을 두 가지로 구분하여 말한 것은 아니다."라고 말하였다고 전해진다.

두 대학자가 나와서인지 '격물치지(格物致知)'는 행주 기씨 가문의 가훈으로 전승되어 내려오고 있다.

사실 말이지만, 나는 40여 년 전 대학시절 어떤 글에서 '격물치지(格物致知)'라는 아주 생소한 문구를 접했었는데, 아무리 생각해도 그 뜻을 알지 못하고 그러니 그러한 문구도 까맣게 잊어버리고 덧없이 세월을 흘려버리고 말았던 것이다. 한문세대인 우리 대(代)보다 앞선 선배 이상의 세대들은 거의 다 아는 내용일 텐데도, 지금 생각해 보면 한자(漢字)는 좀 알았지만 한문(漢文)에 대해서는 배움이 없었기 때문에 그렇게 된 것 같다.

그런데, 나는 이순(耳順)도 훨씬 지나 무료 지하철통행권의 복지카드가 나온 금년에서야 부끄럽게도 격물치지의 의미를 그나마 알게 되었으니, 다행이라고 해야 할는지. 신가치투자(新價値投資)의 창시자(創始者) 김원기 님을 알게 된 것이다. 한국의 워런 버핏으로 애칭되곤 하는 김원기 님은 그 말을 그 문구를 자주 거론하는 게 아닌가. 그리고 주식에서 승리하는 사람이 되려면 주식 자체를 완전히 꿰뚫어서 위에서 내려다보는 지혜인 '격물치지(格物致知)'의 자세 내지 정신이 반드시 길러져야 한다고 늘 강조하는 것이 그의 몸에 밴 것 같았다.

금년 2월 16일, 김원기 님의 세계로TV호의 정식 선원이 되고 또한 김원기 님을 내 스스로 주식의 멘토로 삼은 나는 그 말을 자주 듣게 되었고, 꾸준히 듣다 보니 자극을 받아서인지 관련 서적도 사서 좀 찾아보게 되고 하다 보니, 시간이 흐르자 이제는 그 뜻을 어느 정도 이해하게 되었다고 자평해 본다.

- 2015년 12월 -

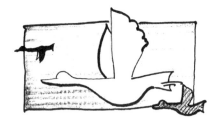

100세 클럽
가입을 위하여

100세 클럽 가입을 위하여

오염되지 않은
순수만이 깃을 튼 머나먼 태고시대에는
무두셀라, 삼천갑자 동방삭이처럼 원시 태고인들은
태어나면 100세 이상의 천수를 누리었는데

먼 훗날
현대로 내려와서는
자연과 서로를 갉아먹는 데에
눈이 하도 멀어서
자신의 마음도 몸뚱어리도 갉아먹어서인지
천수를 누리지 못하고만 천벌을 받았으니……

21세기를
사는 현대인류인들이여
몸도 마음도 원시의 제자리를 찾아가도록
자연에도 마음에도 온 세계에도 순수를 다시 심어서
원시 태고인처럼 100세 이상의 천수를 누리게 되며는
본디 우리의 참 원형(原型)을 절로 회복하는 것을…….

100세 클럽 가입을 위하여

11월 14일 둘째 토요일. 2015년 금년 들어 11번째 맞는 경복고 45회 산우회 정기 산행일이다.

10시 반경 승가사 쉼터에서, 우리 산우들은 북한산 산행 중 중간 인원점검을 겸하면서 나름대로 일차 휴식을 가졌다. 배낭을 내려놓고 우산을 들고 이형렬 총무가 베푼 감으로 요기하면서 나는, 가을비가 추적추적 내리고 단풍진 나무들을 감싸는 안개가 저만치서 시야를 가리는 천연 산수화들을 감상하며 잠깐 생각에 잠기는데……. 약 1시간 전 광화문 KT 건물 앞에서 산우들과 함께 모여서 반갑게 수인사한 후 버스를 타고 북한산 구기분소까지 왔던 기억을 더듬어 보고 있었던 차에, 승가사 쪽에서 나타난 박찬진 산우총무가 나에게 다가와 산행기를 부탁한다는 은근한 압력을 가하기에 어젯밤 전화로 우천으로 인해 천진암의 앵자봉에서 북한산으로 산행지가 바뀌었다는 귀한 통신을 준 것에 대한 노고와 금년에 처음 등산 참가하는 평소의 미안함도 있고 해서 부담스럽지만 얼떨결에 수락하고만 우를 저질렀으니. 박 총무는 출발지에서 이상빈 산우를 기다려 문길주 산우와 뒤

늦게 출발했지만 승가사에는 먼저 와 있었던 모양이었다.

개근 등산하는 여러 산우들은 우중에도 불구하고 프로다운 익숙한 산행을 즐기는데, 빗길이 미끄러운 곳도 있고 해서 나는 한 손에는 스틱을 한 손에는 우산을 들고 조심조심하며 대열에 합류해서 경사지고 구불구불한 좁은 산길을 걷고 걷다 보니 어느새 땀이 몸을 적시고 있으니 등산하는 게 맞기는 맞는 것 같았다. 헌데, 가빠진 호흡을 추스르려 몸을 잠깐 쉬면서 주위를 내려다보니 푸른 잎이 노랗고 붉은 단풍으로 물들었다가 이제는 자신의 생을 다하고 떨어져 자연으로 돌아가 가만히 쉬고 있는 수많은 마른 이파리들이 눈에 들어오기도 했다.

그리고 북한산의 절경의 하나인 사모바위를 등지고 인증 샷을 찍었다.

안개비에 몸을 살포시 감춘 사모바위는 정말 사대부의 멋진 풍채를 보여 주는 한 폭의 동양화로서 그 바위를 병풍으로 두른 우리 11명의 산우들은 무위자연(無爲自然)의 신선(神仙)이 된 기분을 잠시지만 영원처럼 한껏 만끽했었다. 강상회, 김종박, 문길주, 박찬진 총무, 박창서, 용희주, 이상빈, 이승규 부회장, 이형열, 정수나모, 최영효 회장 산우들과 산행을 함께했고, 김석태, 이용희, 임창섭 산우들 3인은 둘레순회길을 택해 나름대로의 산행을 했다. 듣자 하니 김석태 산우는 차기 총무로서 내정됐다고 한다. 축하할 일이다.

인증 샷을 마친 우린 좀 내려와 적당한 장소에서 오늘의 산행을 기리는 의미에서 산우들이 가져온 막걸리, 소주를 김치와 약간의 다과를 안주삼아 목을 축이며 쌓인 피로를 풀면서 경복인(景福人)으로서의 참 우정을 나누고 다졌다. 지난 10월 26일, 경복고 제45주년 동창모임에서 우리의 연령은 고령이 아닌 청년임을 WHO의 예를 들어 새롭게 강조한 송명근 동문의 명 강의를 환기하는 동시에 감동적이고 신선한 충격으로 받아들이면서, 누군가가 오늘 같은 등산의 지속으로 "100세 클럽에 가입하자"라고 술맛의 여흥을 돋우었는데 그 말이 야말로 오늘 등산의 백미가 아니었던가, 나는 생각해 보았다. 바야흐로 이제는, 현대를 사는 사람이면 의당 100세까지 사는 휴먼 헌드레드 시대(human hundred)가 되지 않았는가 말이다.

그래서인지, 맥아더 장군이 즐겨 낭송했다는 사무엘 울만이 78세에 지은 시(詩) 「청춘」이 마음에 그윽이 영상지어 오는 게 아닌가.

〈 청춘 〉

– 사무엘 울만

청춘이란 삶의 어떤 한 시기가 아니라

그것은 마음가짐이며,

발그레한 뺨, 붉은 입술이나 유연한 몸놀림이 아니라

불타오르는 정열, 풍부한 상상력과 의지력을 말함이니

그것은 인생의 깊은 샘에서 솟아오르는 청신함이다.

청춘이란 우유부단함을 초극하는 용기

안락함을 도모하지 않는 모험심을 뜻하나니

때로는 이런 마음이

이십 세 청년보다 육십 노인에게 있음은

65

단순히 세월이 흐른다고 늙는 것이 아니라
이상(理想)이 황폐할 때, 우리는 늙는 것이다.

세월은 피부의 주름살을 늘려 가지만
열정을 잃게 되면 영혼에 주름살이 생기나니
걱정, 두려움, 실망이 마음에 자리하면
기백(氣魄)은 먼지처럼 사라진다.

예순이든 열여섯이든 우리들 가슴에는
경이로움에 이끌리는 마음,
어린이와 같은 미지에 대한 끝없는 호기심
인생사의 오묘한 승부에 대한 환희가 있나니
그대와 나의 가슴속 깊은 곳에
영(靈)으로 통하는 교감(交感)이 있어
사람들과 절대자로부터
아름다움, 희망, 기쁨, 용기, 힘의 영감을 받는 한
그대는 젊다.

영감(靈感)은 끊기고,
기질이 냉소적으로 뒤바뀌어 염세적으로 굳어 버리면
그대가 비록 이십대라도 늙은이라 할 것이나,
그대의 영감(靈感)이 용솟음 치고
환희의 순간들을 놓치지 않고,

그곳에 희망이 존재한다면
여든 살에 죽더라도, 그대는 젊게 산 것이다.

Youth is not a time of life;

it is a state of mind;

it is not a matter of rosy cheeks,

red lips and supple knees;

it is a matter of the will,

a quality of the imagination,

a vigor of the emotions;

it is the freshness of the deep springs of life.

Youth means a temperamental predominance of

courage over timidity of the appetite,

for adventure over the love of ease.

This often exists in a man of sixty more than

a boy of twenty.

Nobody grows old merely by a number of years.

We grow old by deserting our ideals.

Years may wrinkle the skin,

but to give up enthusiasm wrinkles the soul.

Worry, fear, self-distrust bows the heart

and turns the spirit back to dust.

Whether sixty or sixteen,

there is in every human being"s heart the lure of wonder,

the unfailing child-like appetite of what"s next,

and the joy of the game of living.

In the center of your heart and my heart

there is a wireless station;

so long as it receives messages of beauty, hope, cheer,

courage and power from men and from the infinite,

so long are you young.

When the aerials are down,

and your spirit is covered with snows of cynicism

and the ice of pessimism,

then you are grown old, even at twenty,

but as long as your aerials are up,

to catch the waves of optimism,

there is hope you may die young at eighty.

　젊은 청춘을 가슴에 새롭게 담으면서, 그 후 능선을 타며 조심스럽게 산행을 만끽한 우리 산우들은 비봉을 비껴 이승규 부회장의 일화가 있는 관봉을 거쳐, 향로봉, 족두리 봉을 우회 그리고 불광사로 하산하는 오늘 산행의 일정을 우중에도 무사히 마쳤다(14:30). 물론, 우리 산우들의 안전등산 의지도 있었지만 오늘의 무사귀환도 따지고 보면 등산의 달인 최영효 회장의 여러 회원들에 대한 깊은 배려가 한 목을 더했음은 불문가지이리라.

기분 좋게 뻐근해진 몸으로 천병클럽의 신수성 산우가 준비한 소문난 집에서 참으로 즐거운 뒤풀이를 가졌다. 신수성 동문은 얼마 전 영애혼사를 치른 답례를 한다는 빌미로 우리 산우들에게 즐거운 점심을 겸한 뒤풀이를 자처한 것이니 얼마나 고마운 일인가. 이 뒤풀이에는 조천, 김종헌 동문도 함께했다. 술에 취해 격이 없고 즐거운 마음과 덕담으로 왁자지껄 장내가 흥겨움으로 가득 찼다. 오늘의 안전등산을 자축하며 신수성 산우에게 감사한다는 최영효 회장의 등산종료 선언으로 오늘 북한산 등산을 모두 마무리했다.

젊은 청년이라고들 하나 나이가 들어가고 몸도 예전만 못할 수도 있으니 산을 타는 정도 등을 고려한 여러 가지 산행방법도 전향적으로 검토되어야 할 것이라는 여론에 대해 서로 머리를 맞대고 연구해 보아야 할 것 같으니…….

우리 산우회의 간판 박찬용 대장이 안 보여 물으니 가사문제로 불가피하게 이번 산행을 함께하지 못했다고 해서 못내 섭섭했었음을 첨언합니다.

- 2015년 11월 -

산이 저기에 있기에

10월 8일 토요일, 오늘은 매월 한 번 있는 우리 경복고45회 산우회 정기 등반의 날이다.

'등산' 하면 맨 먼저 나에게 떠오르는 것이 "산이 저기에 있기에"라는 명언을 남긴 영국인 힐러리 경의 말이다. 세계 최고봉인 에베레스트를 지난 세기에 세계 최초로 등정한 그가 등산하는 이유를 묻는 기자들 질문에 대한 답변이라고 하는데, 가장 평범한 말이면서도 생각할수록 산을 사랑하는 등산대가의 심오한 뜻이 오롯이 함축된 힐러리 경의 산행관이라고 여겨져서, 이순인 나이인데도 그에 대한 경외심이 자연스레 머릿속에 자리를 틀고 있기 때문이다.

며칠 전 임창섭 총무의 사전 연락으로 동창회 사이트에 들어가 보니, 가평군에 있는 노적봉(구나무산)이 목적지고 등산코스 및 시간일정 그리고 구나무에 대한 참고사항 등이 빼곡히 기재돼 있는 것을 읽어보고 아침 일찍 일어나야 제 시간대로 겨우 지키겠구나 하는 생각이 머리를 스쳤다.

가끔 참여해서 미안한 마음이 들기도 했고, 나로서는 모처럼 4시간

이상의 긴 코스를 해 본다는 다소의 부담감도 있었지만 그리운 고교 친구들을 볼 수 있다는 기쁜 상념이 솟구쳐 아침 8시전 상봉전철역에 내렸다. 가평 가는 춘천행 열차로 바꿔 탔다. 홍성만회장 등 상당수 친구들의 얼굴도 조우하고, 서로 아는 체하면서, 이진석 동문이 챙겨 온 빵을 아침식사 겸 들면서…….

2018년 평창 동계올림픽을 벌써부터 대비해서인지, 전철역사 등 상당한 시설물들이 현대화하고 쾌적해지고 있다는 인상과 차창 밖으로 펼쳐지는 푸른 자연경관을 완상(玩賞)하면서 다른 승객들처럼 우리도 가고 있었다.

오성근 동문이 운명했다는 갑작스런 소리가 주정서동문의 입에서 튕겨져 나왔다. 나는 오 동문을 잘 모르지만 잠시 후 그 사실을 이형렬 동문이 보낸 메시지를 휴대폰으로 확인한 우리 등산인 일행은 한마디로 청천벽력 같은 충격을 받고 멍해져, 침묵과 적막이 흘렀고 모두들 무거운 마음으로 안개가 자욱한 가평역에서 내렸었다.

가평역을 빠져나와 시내버스 타는 길목으로 가면서 오늘의 등산참가인 17명을 최종 확인·점검하고 녹슨 기찻길을 따라 10여 분 걸은 후, 시내버스터미널에서 오늘의 등산 목적지인 노적봉을 향하는 버스를 탔다. 등산객, 행인 등으로 만원인 버스 안은 지난 세기 60년대 말 우리가 고교 등하교시 버스를 탈 때의 콩나물시루를 오랜만에 연상시키기도 했다.

대원사 입구에서 내린 우리는 누구나 할 것 없이, 스틱 등 등산장비를 점검·재확인하고 냇물의 다리를 건넜다. 다리 입구의 작은 안내판에 "노적봉 3.37㎞"라는 작은 글씨가 보였다. 시계를 보니 오전

10시였다. 가평군의 명물 잣나무들이 시야에 들어오고 아스팔트길로 포장된 대원사에 다다라 템플스테이를 하는 현대적인 시설물에 설치된 전망대에서 잠깐 아래의 가평군 산야를 보고, 심호흡한 후 본격 등산에 돌입하였다.

초입길이 좀 가파르다는 임 총무의 얘기대로 30여 도는 되는 듯한 가파른 좁은 길로 이어진, 여러 종류의 큰 나무와 풀이 특히, 굴 껍데기처럼 자신을 감싼 키 큰 구나무가 우거져 주위가 잘 보이지 않는, 좁은 폭의 길을 앞만 보고 걸어서 올랐었다. 좀 걷다 보니, 땀이 흐르고 숨이 차오르기도 한다. 우리는 올라가다 보니 거리를 두고 조금씩 나뉘어져 자기 페이스대로 무리를 지어 걸어서 외줄기 산길을 올랐다. 그래도 산을 여러 번 타 본, 경험이 풍부하다면 풍부한 친구들이기 때문이다. 아직은 단풍이 그리 들지는 않았다. 울긋불긋한 단풍이 들면 더 멋있겠지…….

관악산북한산남한산성 등 서울 근교의 산들은 대부분 사람들이 많아서 산행의 즐거움이 반감되기도 하는데, 오늘따라 이곳은 그저 우리 일행만이 등산객인 듯하다. 도중에 다른 등산객을 한 명도 못 만났으니 말이다. 조용하고 걸리적거리지 않으니 좋다고들 한다. 나도 역시 동감이다. 좀 더 오르자 홍 회장이 잠시 쉬자고 제안하여, 그가 가져온 꿀 사과를 먹으며 휴식을 취하고 다시 올랐다.

가파른 길, 덜 가파른 길을 걸으면서 이 얘기 저 얘기하며 이야기 꽃을 피웠다. 실버그룹에 속하게 되어도 일을 계속해야 한다는 김인중 동문은 나와 같은 궤의 얘기를 했고, 삶의 과정에서 빚어지는 여러 사안에 대하여 자기 나름의 코멘트를 거침없이 쏟아내는 김종헌 동문의 무게 있는 에피소드가 이어지기도 했다. 그런가 하면, 구나무에 대한 얘기도 나온다. 최영효 동문은 "굴참나무과인데" 하면서, 나무에 대한 얘기와 한국의 명산들에 대한 해박한 얘기를 한다. 실제 산행에 대한 조예가 깊은 듯 느껴졌다.

초입길이 상당히 가팔랐지만, 그 후에도 몇 번 가파른 코스가 우리를 시험하기도 했다.

무심코 오르다 보니 나도 앞선 대열에 합류하기도 했다. 우리 일행만 오늘따라 구나무산을 등산한다고 했는데, 그래서인지 코스 진행에 일부 혼선이 있었는 듯, 백두대간을 산행한 박창서 동문은 사전답사를 누가 했나, 사전답사에 좀 문제가 있었지 않았나 하는 애교스런 푸념을 늘어놓기도……

아름드리 구나무들로 병풍치어진 산행 길에서, 때로는 힘들어 숨을 고르고 땀을 닦으면서, 때로는 가평역 아침의 안개와는 별개로 정말 시원한 자연풍을 만끽하면서 인내심을 가지고 오르다 보니, 드디어 노적봉에 도착했다. 가벼운 흥분이 전신에 흐름을 느낀다. 선발대가 몇 명 시야에 들어왔다. 진짜 노적봉은 100m 더 가야 한다고 한다. 분명 노적봉 표적이었는데 좀 의아했다. 실제 노적봉 정상은 밖이 내려다보이지 않는 큰 나무들로 꽉 들어차 있어 주변이 차단된 듯하고 생각보다 초라하게 느껴졌다.

정상에 올라 시장기를 느낀 우리들은 오랜만에 해방감으로 휴식하면서 점심을 맛있게들 먹었다. 윤대환 동문과 이승규 동문은 한가운데 앉는 등 우리 열일곱 명이 빙 둘러 앉으니 산정의 장소가 좁은 듯했다. 각자 준비해 온 음식으로 즐겁고 유쾌한 포식을 했다. 천병클럽의 두주불사인 신수성 동문과 소주도 마시고, 막걸리도 마시며 송영찬 동문의 소시지햄도 나누어 먹으면서 우리는 오붓한 행복감을 산정에서 맘껏 만끽했었다. 우리를 위에서 말없이 지켜본 하느님도 시샘하는 가운데 산 정상에서 아름다운 하나가 된 듯……. 한 시간 정도 이야기를 나누는 가운데 여유로운 점심휴식을 마친 우리는 박찬용 등반대장의 카메라로 858.5m 노적봉 정상에서 기념촬영을 했다.

기념촬영도 마쳤으니, 이제 하산할 차례다. 등산에는 누구에게나 반드시 주의가 필요하지만, 하산 시에 더 주의하여야 하며 마음을 다잡아야 한다는 평소의 생각이 뇌리를 스쳐 왔다.

우리는 하산하기 시작했다. 올라올 때의 힘듦은 없었다. 허나, 등산의 베테랑 용희주 동문은 앞서거니 뒤서거니 하는 우리 일행들의 보조를 스스로 조정해 주기도 하는 등 하산길 친구들에 대하여 세심한 신경을 써 주기도 했다. 엊그제 있었던 애플사의 스티브 잡스의 요절을 애통해 하고 금년도 노벨문학상에서 고은 시인이 다시 고배를 마신 것을 거론한 내게, 신에게 재능을 보인 자(者)는 신 자신이 위험을 느껴 먼저 데려간다는 송영찬 동문의 위트가 재미를 더했다고 생각이 드는 하산길이었다.

내려오는 길에, 노적봉에서 1.6㎞ 떨어진 옥녀봉(511m)을 들렀다 가자는 파와 그냥 내려가자는 파가 나뉘었다. 나는 언제 노적봉에 다시 올지 모르니 옥녀봉까지 가기로 했다. 옥녀봉에 가면 절세미인 옥녀가 사뿐히 반겨 준다고 넋두리하면서.

옥녀봉 가는 길은 더욱 가파르고 거칠고 군사금지구역이라는 안내판까지 보였다. 인내심을 발휘하여 유승엽 동문 등 우리 6명은 옥녀봉에 올라 기념촬영을 했다. 옥녀는 보이지 않았지만 헬기장이 있는 옥녀봉 정상에서의 전망은 역시 말 그대로 좋았다. 사방이 꽉 막혔었던 노적봉과는 달리, 사방이 휑하니 뚫려 있어, 저 멀리 우리가 지나왔던 노적봉이 짙푸른 하늘 아래 시원스레 보이는가 하면, 최영효 동문의 설명대로 칼봉산 등 명산이 조망되는 가운데 가평시내 전체가 그림처럼 펼쳐지며 우리의 시야를 즐겁게 해 주었다. 박창서 동문이 알리는, 가평시내의 간판에서나 읽었던 자라섬도 가까이서 보였다. 잘 올라왔다는 생각은 모두들 일치하였었다. 또 한 번의 등산의 행복하고도 진기한 묘미를 간직할 수 있었기에……

  자기의 얼굴을 보여주지 않았던 옥녀의 질투였을까. 옥녀봉에서 내려오는 길은 초입 길의 험함보다 더욱 험했다. 우리들의 키를 웃도는 막자란 산중갈대들이 거의 없어지다시피 한 가파르고 가녀린 하산길을 막고 쓰러져 있었고, 죽은 지 오래되어 방치된 희멀건 고목들이 여기저기 가로질러 막무가내(莫無可奈)로 길을 막기도 했었으나 조심스레 아래로 아래로만 무사히 내려오는 저력을 우리들은 발휘했었다. 약 4시간 반의 실제 산행코스였다.

  가평역까지 가는 길에 지친 발걸음으로 터벅터벅 걷는 우리 일행을 보았는지, 마침 가평읍에 가는 봉고차 주인이 무임승차해 주는 뜻밖의 행운을 만나 감사드렸다. "임 총무가 덕이 있으니 이런 좋은 일도 있네!" 하며. 먼저 가평역에 도착한 우리 일행 6명은 가평경찰서 앞 공원에서 맥주로 목을 축이며 김석태 동문 등 다른 일행 11명을 기다렸다.

  등산의 마지막코스인 저녁식사는 성원이라는 식당에서 했다. 우리 17인은 가평막국수와 막걸리, 소주로 오늘의 등산을 의미 있게 결산하면서 즐거운 노곤함 속에 회포를 풀었었다. 다음 달 11월 등산은 버스를 타고 대야산으로 가기로 하는 등 다음 등산 목적지도 모두들 합의하에 결정했다.

기분 좋은 저녁식사를 마친 우리들은 오후 7시 30분, 오늘의 등산 일정을 종료한다는 홍성만 회장의 끝맺는 말을 들은 후 각자들 앞서 거니 뒤서거니 서울로 향하는 전철역으로 향했었다. 등산을 좋아하는 우리 친구 모두들 "산이 저기에 있기에…."라는 힐러리 경의 명언을 새롭게들 가슴에 한 번쯤은 다시금 새겨 보면서 말이다.

- 2011년 10월 -

관악산 등산(2재)

오늘은 일요일, 등산하는 날이다.

금년 들어 네 번째 관악산을 오르기로 정했다. 관악산은 서울시 관악구와 경기도 과천시, 안양시 경계에 있는 높이 632m의 산이다. 서울 도성의 외사산(外四山)의 하나로 경복궁의 조산(朝山)이 되고, 개성의 송악산(松岳山), 가평의 화악산(華岳山), 파주의 감악산(紺岳山), 포천의 설악산(雪岳山)과 함께 경기오악(京畿五岳)의 하나로서 일명 소금감, 경기금강 또는 백호산(白虎山)으로도 불렀다고 한다.

아침부터 날씨가 흐려서 비가 올지도 모른다는 예감으로 우산을 지참하고 어머님이 챙겨 준 배낭을 메고 집을 나섰다. 지하철을 탔던 나는 갈아탄 마을버스를 서울대 정문 앞에서 내려 입장권을 구입한 후 등산을 시작하니, 가는 비가 뿌리기 시작했다. 여느 때처럼 원색물결의 등산객들로 붐비는데 미처 우산을 마련하지 못한 사람들은 비를 그대로 맞고 걷는 사람들도 더러 보였다.

작년부터 짓기 시작했던 호수공원이 완성돼, 서정주 시인의 시비와 정자와 소나무, 연못이 관악산의 운치를 더해 주고 있다고 생각되는 곳을 지나, 자주 다녔던 연주암 코스를 따라 오르기로 했다. 금년 초 신정연휴 때 눈이 많이 온 관악산을 홀로 등반하면서 쉽게 간다고 가지 않았던 새 코스로 접어들었다가 하얀 산에 운무로 지척을 알 수 없는 경황을 당하여 오후 내내 두려움 속에 헤매다가 내가 원하지 않은 곳으로 하산하면서 심한 고초를 겪은 일이 있었기 때문에 반드시 가 보지 않은 곳이면 혼자서는 새 코스를 가지 않기로 하고……

남녀노소 많은 사람들이 끼리끼리 비 오는 속에 산행을 하고 있었다. 여느 때처럼 혼자서 거리낌 없이 걷다 보니 땀이 배어 오기 시작한다. 계곡을 따라 걸으면서 서울대 뒤쪽의 한적한 코스로 꺾어들어 오르니 사람들이 거의 보이지 않았다. 오히려 호젓해서 좋았다.

가파른 좁은 산길을 곳곳에 있는 나무 등걸이나 돌부리를 손잡이로 삼은 채 땀 흘리며 기어올라 맞은 너른 바위에 걸터앉았다. 마침 불어오는 산들바람에 정말 시원했다. 내가 지금껏 힘들게 올라온 길을 내려다보며 산 아래를 조망했다. 이제 가벼운 비로 변해 우산은 접고서. 아직도 산정은 멀기만 한데 흐린 하늘 위에는 구름이 뭉쳐서 흘러가고 저 밑에는 우리나라의 학문의 전당인 서울대학교의 웅장한 전 모습이 물기를 머금은 채 시야에 들어왔다. 70년대 중반 내가 다녔던 이전(移轉) 초창기의 모습을 완전히 탈피한, 꼭 짜인 학문의 전당의 모습으로 변모된 것이라고나 할까. 그리고 서남부 서울 시가지의 모습들이 저만큼 보여 왔다.

나는 발밑의 흘러가는 운무를 보면서 귤과 오이를 안주하며 어머니가 챙겨 주신 민속주 두어 잔을 맛있게 마시며 휴식을 취했다. 적당히 가벼운 취기가 오르니 마음이 한층 맑고 가벼워져, 마치 무념무상

(無念無想)의 신선이 된 기분이다. 아마 산에서만 느낄 수 있는 이러한 기분 때문에 사람들은 등산을 하는 것이리라.

한참을 쉬다가 뒷사람들이 올라오기도 해서 바위길을 또다시 조심스레 올라갔다. 사람들도 무어라고 즐겁게 지껄이며 오르고 있다.

나아가는 앞길이 꽉 막힌 듯한 커다란 바위덩이 코스, 그런 곳엔 꼭 붙잡을 수 있는 무엇인가가 있는 것이다. 어떻게 바위뿐인 이 어려운 곳에 작은 나무가 나서 생명을 유지하고 있단 말인가. 많은 등산객들의 요긴한 버팀목의 작은 나무 말이다. 너무나 많은 사람들이 붙잡았었는지 손 잡히는 부문이 반질반질하다. 나무나 나무 등걸뿐이 아니다. 때로는 돌부리도 반질반질한 것이 있다. 곳곳의 요소요소에는 그러한 나무나 뽀족 나온 돌부리들이 중요한 버팀목이나 버팀 터로서의 역할을 말없이 다해 주고 있는 것이다. 이 세상을 살아가는 사람들 가운데에도 보이지 않은 가운데 이러한 버팀목 역할을 묵묵히 해 주는 빛나는 사람들이 있어서 우리 사회가 그래도 무리 없이 굴러가는 것이라는, 평소에 해 보지 못한 생각을 산행을 통해서 배우는 것이다.

계속 올라가니 깃발 꽂혀진 곳에 다다랐다.

나는 좀 두려운 생각이 들곤 해서 깃발 꽂혀진 바위산정에 몇 사람들이 득의하게 올라 있는 모습을 보고도 그 아래 안전한 길로 빙 둘러 그곳을 통과하곤 했었다. 오늘은 용기를 내기로 했다. 호흡을 조절하며 몇 배로 신경을 쓰면서 기어이 깃발 꽂힌 바위산정에 올랐다. 하지 못했던 무언가를 해낸 기분이었다. 등산하는 아래를 기분 좋게 내려다보면서 명상에 잠겨 보았다. 한참을 그래 보았다, 술 대신 물만 마시면서.

마침 한 등산객이 좁은 공간인 이곳에 올라왔다. 나는 내려가야 할 것 같아 내려가기로 했다. 내려가기도 사실 두려운데, 조심조심하다 보니 의외로 쉽게 앞으로 내려왔다. 어떨 때는 모진 삶도 어려운 듯 했지만 막상 부딪치고 보면 의외로 쉬운 때도 있는 것이 아닌가.

산행 무리들 속에 끼어 계속 올라서 군인들이 지키고 있는 곳을 지나쳐 드디어 연주대에 올랐다. 관악산 등산의 클라이맥스 지점이다. 관악산에 오르게 되면 나는 꼭 이곳까지 오르곤 한다. 많은 사람들이 연주대 바위에 앉아 과일 등을 먹으면서 담소하기도 하고, 무언가 생각에 잠기기도 하며, 망연히 산 아래를 조망하기도 한다. 오늘은 가는 비 같은 운무가 휘감고 있어서 건너편의 산꼭대기가 보이지 않을 정도로 시계(視界)가 불량한 편이다.

나는 늘 하는 버릇대로 연주대 큰 바위 꼭대기에 우뚝 서서 조용히 눈을 감았다. 산정에 오르면 왠지 기원하고 싶어지기 때문이다.

높은 하늘이 바로 가까이에 있어서인지 하느님께 관악산 산신께 나라의 건승을 기원해 보았다. IMF를 슬기롭게 극복케 해달라고 빌었다. 가족의 건강과 누리와 한해의 학업성취도 직장에서의 안녕도 기원해 보았다. 정성과 진심을 다해 마음으로 빌고 또 빌었다. 그리고는 남아 있는 술을 모두 비웠다. 몸 안의 불결한 티끌들이, 찌들은 노폐물들이, 더러운 마음들이 사라져 상쾌하고 가뿐해진 심신으로 화하는 듯했다. 이래서 많은 사람들이 등산하는 것이리라.

한데, 내가 지금 운무 속에 앉아 있는 연주대, 어째서 연주대라는 이름이 붙었을까.

관악산의 최고봉인 연주대는 고려의 수도 송악을 바라보며 옛 임금을 그리워했던 고려 충신의 사연과, 또 아우에게 왕위를 넘겨준 효령대군의 사연도 함께 어우러져 있어 이곳에 오는 사람들의 마음을 숙연케 하는 것 같다.

공민왕 때 삼사우사(三司右使)라는 벼슬을 지냈던 강득룡이란 선비는 조선 태조의 왕비 신덕왕후 강씨(康氏)의 오라버니였다. 새 왕조의 친인척이니 본인만 원한다면 권세와 부귀영화를 누릴 수 있었으리라. 그러나 그는 이성계가 고려를 무너뜨리고 새 왕조를 세우자 관악산에 은거, 날마다 이 산정에 올라와 멀리 고려의 서울인 송악을 바라보며 눈물을 지었다고 한다. 그래서 원래는 '의상대(義湘臺)'라 부르던 것이 '옛 임금을 그리워한다'는 뜻의 '연주대'로 바뀌었다고 한다.

그 후 태종이 장차 왕위를 셋째인 충녕대군에게 물려줄 것을 눈치 챈 첫째 왕자인 양녕대군과 둘째 왕자인 효령대군은 궁궐을 나와 한때 관악산에서 수도하게 되었다고 한다. 그러나 왕좌에 대한 미련과 동경의 염을 누를 길 없어 발걸음은 항상 궁궐이 바라보이는 이 산으로 옮겨 가곤 하였으므로, 두 왕자의 애틋한 심정을 생각하여 '연주대'라 부르게 되었다고도 하며, 연주암에는 이때 효령대군이 쌓았다는 5층 석탑과 그의 영정이 보관되어 있다고.

이러한 연주대 안내판을 읽기도 하면서 한참을 쉬다가 바로 곁의 아슬아슬하게 지어진 조그만 절인 연주암에 들렀다. 사람들은 붐볐지만, 과거만큼은 아니라는 생각이 들었다. 초를 구입해 연주암 마당에서 촛불을 켜고 또다시 가벼운 기원을 드렸다. 한 시가 넘어서 점심시간이다. 몇 달 전까지는 무료로 제공되던 점심이 유료로 바뀌어서인지 종래의 긴 줄서기는 눈에 보이지 않았다. 나도 가끔 줄서기에 가담하여 긴 시간을 기다려서 무료 점심을 먹곤 했었는데…….

올라오면 내려가야 하듯이, 하산길에 들어섰다. 지금 올라오는 등산객들도 많았다. 으레 하듯이 나는 과천 쪽으로 하산했다. 산을 다 내려와 가끔 하는 버릇대로 산 입구 식당에서 도토리묵과 막걸리 한 잔을 곁들여 간단히 점심을 때웠다. 좀 다리가 무겁고 몸이 후줄근했으나 마음만큼은 한결 가벼웠다.

관악산의 해맑은 기(氣)를 흠뻑 마셨으므로, 앞으로 1주일 이상은 갈 수 있는 심신의 에너지 충전을 했다는 유쾌한 생각이 머리를 적셔 왔다.

- 1998년 6월 -

순창의 설공찬전(薛公瓚傳)

조선시대 당시 필화사건으로 세상을 떠들썩하게 했던 우리나라 최초의 국문 번역본 소설로 알려지고 있는 『설공찬전(薛公瓚傳)』에 대해 내가 남다른 관심을 가지게 된 것은 작품무대나 등장인물이 나의 고향인 순창(淳昌)이라는 점과 또한 나 자신이 국문과 출신이기에 더욱 그러했다.

『설공찬전(薛公瓚傳)』은 조선 중종 때 사헌부 대사헌을 지낸 채수(蔡壽 : 1449~1515)의 작품으로, 『중종실록』에서는 '설공찬전(薛公瓚傳)', 어숙권(魚叔權)의 『패관잡기』에서는 '설공찬환혼전(薛公瓚還魂傳)'으로 표기하였고, 국문본에서는 '설공찬이'로 표기하고 있다.

한문(漢文) 원본은 중종 6년(1511) 9월 그 내용이 불교의 윤회화복설을 담고 있어 백성을 미혹한다 하여 왕명으로 모조리 불태워진 이래 전하지 않으며, 그 국문필사본이 이문건(李文楗)의 『묵재일기(默齋日記)』 제3책의 이면에 「왕시전」·「왕시봉전」·「비군전」·「주생전」의 국문본 등 다른 고전소설과 함께 은밀히 적혀 있다가 1996년 서경대 국어국문학과 이복규 교수에 의해 발견되어 학계의 관심을 끌게 된 것이다.

"대간이 전의 일을 아뢰었다. 헌부가 아뢰기를, 채수가 「설공찬전」을 지었는데, 내용이 모두 화복(禍福)이 윤회(輪廻)한다는 논설로, 매우 요망한 것인데 중외(中外)가 현혹되어 믿고서, 문자로 옮기거나 언어로 번해 전파함으로써 민중을 미혹시킵니다. 부(府)에서 마땅히 행이(行移)하여 거두어들이겠으나, 혹 거두어들이지 않거나 뒤에 발견되면, 죄로 다스려야 합니다."

중종반정을 통해서 공신들을 격분시킨 책, 뜻밖에도 같은 공신이었던 채수가 지은 『설공찬전』에 대한 논쟁의 한 대목이다. 그럼, 이번에는 작품의 줄거리를 대략적으로 살펴보자.

순창에 살던 설충란은 슬하에 남매를 두고 있었는데, 딸은 혼인하자마자 바로 죽고, 아들 공찬도 장가들기 전에 병들어 죽고 만다. 설공찬 누나의 혼령은 자신의 사촌동생, 즉 설충란의 동생인 설충수의 아들 공침에게 들어가 병들게 만든다. 이에 설충수가 주술사 김석산을 부르자, 혼령은 공찬이를 데려오겠다며 물러간다. 곧 설공찬의 혼령이 사촌동생 공침에게 들어가 왕래하기 시작한다.

설충수가 다시 김석산을 부르자 공찬은 공침을 극도로 괴롭게 하는데, 설충수가 다시는 그러지 않겠다고 빌자 공침의 모습을 회복시켜 준다. 공찬은 사촌동생 설위와 윤자신을 불러오게 하는데, 이들이 저승 소식을 묻자 다음과 같이 전해 준다.

저승의 위치는 순창에서 약 40리 정도 떨어진 바닷가이고 이름은 단월국, 임금의 이름은 비사문천왕이다. 저승에서는 심판할 때 책을 살펴 하는데, 공찬은 저승에 먼저 와 있던 증조부 설위의 덕으로 풀려났다.

저승에서는 이승과는 다른 몇 가지 특이점이 있었는데, 이승에서 선하게 산 사람은 저승에서도 잘 지내나, 악한 사람은 고생을 하거나 지옥으로 떨어졌다. 그리고 이승에서 왕이었더라도 반역해서 집권하였으면 지옥에 떨어지며, 간언하다 죽은 충신은 저승에서 높은 벼슬을 할 수 있다. 또 여성도 글만 할 줄 알면 관직을 맡을 수 있었다.

하루는 성화황제가 사람을 시켜 자기가 총애하는 신하의 저승행을 1년만 연기해 달라고 염라왕에게 요청하는데, 염라왕은 고유 권한의 침해라고 화를 내며 허락하지 않았다고 한다. 당황한 성화황제가 친히 염라국을 방문하자, 염라왕은 그 신하를 잡아오게 해 손을 삶으라고 명령한다.

이 작품에서는 귀신 또는 저승을 주요 소재로 활용하고 있다. 『설공찬전』의 저자인 채수는 어렸을 때 귀신이 출현하는 현장을 직접 목격한 경험이 있는데, 이것이 작품 창작에 강력한 동인으로 작용하였음을 알 수 있다.

그런데 이 작품은 「남염부주지」·「박생」이야기 같은 여타 저승경험담 계열의 전기(傳奇)소설이나 설화에서와는 달리 주인공이 살아나지도, 그 일을 꿈속의 일로 돌리지도 않으며, 다만 주인공의 영혼이 잠시 지상에 나와 자신의 경험을 진술한다는 점에서 매우 개성적인 면모를 보여 주고 있다.

순창이라는 실제 지역, 즉 금과면의 배우리를 배경공간으로 삼아 이곳을 관향으로 하는 설씨 집안의 실화라 표방하고, 등장인물도 실존 인물과 허구적 인물을 교묘히 배합해 설정하는 한편, 우리나라 사람들에게 친숙한 원귀관념 및 무속에서의 공수현상 등을 활용함으로써 대중의 인기를 끌 수 있었던 것으로 보인다.

당시의 역사적인 상황과 채수의 행적을 고려하면, 이 작품이 어떠한 주제를 지향하고 있는가를 알 수 있다. 강직한 언관의 길을 걷던 채수는 중종반정 직후 관직을 버리고 처가인 지금의 상주인 함창에 은거하였는데, 여기에서 쾌재정을 짓고 소일하는 동안(1508~1511) 평소 발언하고 싶었던 바를 이 소설을 빌어 피력한 것으로 보인다.

주인공 공찬의 혼령이 전하는 저승 소식이 작품 내용의 대부분을 차지하는데, 이 중 가장 눈에 띄는 것은 반역으로 정권을 잡은 사람은 지옥에 떨어진다고 한 대목이다. 이는 연산군을 축출하고 집권한 중종정권에 대한 비판이라 할 수 있다. 폭군이라 할지라도 끝까지 보필하여 올바른 정치를 하도록 하는 것이 신하의 바른 도리라는 평소의 생각을 드러낸 것이다. 아울러 여성이라도 글만 할 줄 알면 얼마든지 관직을 받아 낼 수 있다는 대목도 주목되는데, 이는 여성을 차별하는 조선의 사회체제를 꼬집은 것이다.

한마디로 말해 이 작품은 유교이념으로는 설명할 수 없는 영혼과 사후세계의 문제를 끌어와 당대의 정치와 사회 및 유교이념의 한계를 비판하였다고 할 수 있다.

이 작품이 지니는 국문학사적 가치 또한 지대하다. 이 작품은 「금오신화」를 이어 두 번째로 나온 소설로서, 「금오신화」(1465~1470)와 『기재기이(企齋記異)』(1553) 사이의 공백을 메꾸어 주는 작품이다. 특히 그 국문본은 한글로 표기된 최초의 소설(최초의 국문번역소설)로서, 이후 본격적인 국문소설, 창작국문소설이 출현하는 데 결정적인 역할을 하였다고 평가된다.

그동안 학계에서는 최초의 국문소설로 알려진 「홍길동전」이 장편인 데다 완벽한 구조를 지니고 있어, 필시 그 이전에 어떤 형태로든 국문표기 소설이 있었을 것으로 추정해 왔다. 그러나 그 중간 작품으로 제시된 「안락국태자전」·「왕랑반혼전」 등이 모두 소설이 아닌 불경의 번역이라 안타까워했는데, 「설공찬전」의 국문본이 발견됨으로써 이 가설이 입증된 것이다.

"님금이라도 쥬젼튱한자한자 사한자이면 다 디옥의 디렷더라"라는 대목이 중종을 겨냥해서 한 말이라는 것과 "이한자애셔 비록 녀편네 몸이라도 잠간이나 글 곳 잘하면 뎌한자의 아한자란 소임이나 맛드면 굴실이혈 한자고 됴히 인한자나라"라는 구절이 있는데, 이것이 남녀의 유교 질서를 뒤흔들 만한 발언이라는 이유로 조정에서까지 논란의 대상이 되어 채수에게 교수형이 주창된 바 있었다. 이처럼 이 작품은 조선 최초의 금서로 규정되어 탄압받았을 만큼, 각지 각층의 독자에게 광범위하게 영향을 미치고 인기를 끌었다. 이로 인해 우리나라 소설로는 유일하게 조선왕조실록에도 올랐으니, 소설의 대중화를 이룬 첫 작품이라고도 할 수 있다.

국문으로 번역되어 유통된 것은 이러한 인기와 대중성을 확보하는 데 결정적인 요인으로 작용한 것으로 보이며, 이 작품의 국문본은 우리 소설 연구에서 번역체 국문소설(광의의 국문소설)의 가치를 적극 평가할 필요성을 강하게 일깨워 주기도 한다고 본다.

『설공찬전(薛公瓚傳)』 연구의 권위자인 이복규 교수는 설공찬전의 중요성에 대해 최초 한문소설인 금오신화 이후 기재기이(企齋記異)에 이르기까지 80년의 소설사적 공백을 메꾸어 준다는 점, 홍길동전 이전에도 한글로 표기된 소설이 존재했으리라는 그간의 심증이 물증으로 확인됐다는 점, 설공찬전 국문본은 우리나라 국문소설사의 전개과정을 해명하는 데 결정적인 역할을 한 점을 들어 설명한다.

최근에 나는 고향 순창의 전통문화 계승연구와 창달을 위해 1991년 설립된 민간연구소인 (사)옥천향토문화사회연구소의 연구지인『옥천문화』 제7집(2015.12.25)의 편집위원을 맡다 보니 이복규 교수의 논문 '순창의 배경의 고소설『설공찬전』에 대하여'를 접하게 됐다. 이 교수는 여기에서『설공찬전』의 등장인물이 실존인물이라는 기왕의 자신의 주장이 옳았음을 입증하는 현지답사와 족보거증을 통해 밝히면서 '생질서 순창설씨 설충란의 아들이 공찬이니, 채수와 설공찬은 족인인 게 분명하다'며 이것이 순창을 무대로 택하게 된 동기라고 주장하며, 낙후된 오늘날의 순창을 새롭게 발전시키기 위해서는 '설공찬'을 순창의 얼굴로 브랜드화하는 것도 한 방안이라는 주장을 덧붙이고 있는데, 나로서는 공감이 가는 발상이라고 생각되었다.

그런가 하면, 이 교수는『옥천문화』 제7집 발간을 즈음해 (사)옥천향토문화사회연구소가 작년 12월 28일 개최한 세미나에도 참석해 본인은 순창 출신은 아니지만 지방연구소로서 이러한 연구집을 계속 내는 것은 일찍이 보지 못한 놀라운 일이라며 순창의 설공찬 연구를 하게 된 것을 더욱 보람으로 여기게 됐다는 덕담을 해 만장의 갈채를 받기도 하였으니…….

이러한 과정을 거치면서 나의 고향 순창이 고추장의 고장뿐만 아니라 춘향골 남원시의 경우처럼 순창의 설공찬의 고향으로도 재탄생되기를 기원해 보게 된 계기가 되었다.

- 2016년 1월 -

어느 주택관리사의 하루

매일 그래 왔듯이, 오늘도 나는 용마산 자락 아래 터 잡은 나의 일터로 출근을 한다. 중랑구 용마산길 51번지 4개동 256세대의 면목동 대원칸타빌 아파트의 조그마한 관리사무소가 나의 현재의 직장이다. 금년 1월 초에 부임했으니 다섯 달이 다 가고 있다.

이제 용마산, 용마산길, 사가정역, 면목7동 등 이곳에 대한 지리적인 친숙성 등에 새롭게 정이 들고 있다. 서울로 고등학교 유학을 온 이래 40년이 넘도록 서울에서 살아왔지만 이곳 용마산 지역은 거의 접해 보지 못하여 처음에는 거리도 설고 해서 모든 것이 낯설었던 것이 사실이다.

출근하여 자리에 앉으면, 나는 책상 가까이 놓아 둔 조그마한 난분을 으레 응시하곤 한다. 조용히 잠시 침잠하며 파랗고 곧은 난 잎, 멋있게 굽이 펼쳐진 난 이파리들을 쳐다보면서 오늘 하루 일과를 무사히 잘 마무리하기를 마음속으로 기원하며, 인내하되 강해지도록 정신을 가다듬어 보곤 한다. 나의 아내인 누리와 한해 엄마가 실버취업 기념으로 손수 선물해 준 난이기 때문에 더욱 애착심을 가지고 보게 된다.

사실 말이지, 나는 몇 년 전까지만 해도 내가 지금 하고 있는 아파트관리소장인 '주택관리사'라는 제도나 직업을 전혀 몰랐었다. 아파트관리소장인 주택관리사가 근무하고 있는 행당동 대림아파트에 살고 있으면서도 그러했었다. 정년이 법으로 보장된 국가공직을 천직으로 알고 감사하며 줄곧 지내 왔었던 우둔한 나는 지천명에 갑작스레 이명박(李明博) 서울시장으로부터 명퇴를 억울하게 당하고 보니, 날이 새면 출근하는 것이 30년 습관으로 몸에 자연스럽게 입력되어 있음을 새삼스레 발견하고서, 아직 일할 수 있는 나이에 하릴없이 지내면 안 되겠구나 하는 생각이 들었다. 무언가 일해야 한다는, 어떻든지 일자리가 있어야 한다는, 갖가지 짓누르는 강박관념이 마음속 깊이 불이 지펴져서 결국은 주택관리사제도를 알게 만들었고, 나와 비슷한 처지에 놓인 비슷한 연령의 사람들과 학원에서 만나 공부하기도 하는 등 열심히 하였다. 그 결과로 2006년 제 9회 주택관리사보 시험에 합격한 것이 어렵사리 지금의 관리소장으로 일하게 된 단초가 된 것을 항상 나는 마음에 새기고 있으니……

매일매일 치르게 되는 아파트관리소장의 반복되는 일상적인 업무. 여느 관리소장처럼 나도 일하면서 하고 많이 겪게 된다. 다른 소장들과 좀 다른 점이라면 이곳에서는 경리업무를 직접 챙긴다고나 할까.

정식출근시간 09시보다 대부분 좀 일찍 출근하면 단지시설 중 중요한 몇 곳은 꼭 둘러보게 된다. 대원칸타빌 아파트 지하 1~2층 주차장, 급수시설, 소방급수시설, 비상예비발전시설도 함께 있는 전기실과 정화조실 등을 둘러보며 이곳저곳을 세심히 살펴본다.

그러다 보면, 유심히 어쩔 땐 의례적으로 무심히 보더라도 며칠 전엔 안 보였던 것이 보이곤 한다. 비상시 급수시설을 겸하고 있는 지하층 급수공급시설 꼭지가 없어져서 보이지 않았던 것이 새삼스레 눈에 띄는가 하면, 누군가 옮겨 놓았는지 간이 소화기 위치가 바뀌어 다른 장소에 수동식 소화기가 놓여 있는 것도 목격하기도 한다. 그런가 하면, 저쪽에서 급제동 발진을 했는지 다급한 클랙슨 소리가 귀를 찢더니, 지하 천장에 과거에 물샌 흔적을 계속 주시했는데 엊그제 비가 오니 다른 곳에서도 간단한 물 흐름 징후가 보인다고 사우디 건설현장에서 잔뼈가 굵었다던 전기실 이 반장이 급작스레 보고하기도 했다. 지하 자동문이 '꽝' 닫치니 고장우려가 있다고 군에서 생을 보낸 신중한 전기실 고참 정 반장은 자동문 시설을 다시 보수하자는 타령을 소장인 나에게 매일 하기도 한다. 또한 정 반장은 부스터 급수시설, 정화조시설의 소음이 여느 날보다 이상하니 심히 걱정된다고 나에게 다급히 개선을 채근하기도 한다.

출근해서 혹은 낮에 근무 중에도 제1동부터 엘리베이터를 타고 19층 꼭대기 층에서 내려 엘리베이터를 이용하지 않고 일부러 각층의 계단을 차근차근 내려오면서 높은 위치에서 그냥 자연스레 보이는 아름다운 도봉산을 관망하기도 하며 또한 바로 밑의 계단 및 벽을 주시해 보기도 하는데, 어떤 동에서는 창틈에 담배꽁초, 계단 바닥에 담배꽁초, 지저분한 가래침, 너저분한 휴지 등이 보이는가 하면 반장이 우리 관리소에 제청해 놓은 「가래침 안 뱉는 문화시민 되자」는 안내 경고문이 보여서 눈에 띄는 몇 개의 담배꽁초를 비치된 층의 깡통에 담아 보기도 한다. 안내방송으로 계도하기도 하지만, 같이 사는 공동체시설에서 극히 일부 주민들이 홀로 담배 피우고 그냥 버리고 침 뱉고 하는지……. 어쩔 땐 아침시간에 부지런한 삶을 사는 우리 동 대표 중 한 명을 조우하기도 하는 등 의미 있는 순찰을 하기도 한다.

오늘은 경비를 서는 분까지 포함해서 우리 직원들이 우리 단지 화단 끝의 일부를 벽돌로 뾰족뾰족 아름다운 울타리 시설을 설치했다. 며칠 전 부녀회장이 구해 온 벽돌들을 유용하게 이용한 것이다. 그것을 본 주민들이 좋다고들 한다. 나의 전임 윤 소장이 동대표들과 함께 애써 이루어 놓은 중랑구청 지원사업인 어린이놀이터가 근본적으로 산뜻이 새 단장되어 보기에도 좋다. 내가 부임하기 전에는 모래 깔린 낡은 나무놀이터 시설이었다는데, 지금은 어린이놀이터답게 깨끗하고 훤칠히 발전된 바닥 보도블록에 갖가지 철제놀이 시설로 변모되어 어린이들이 수시로 많이 이용하고 일부 주민은 걷는 등 운동도 하고 있다. 또한 바로 옆의 경로용 정자는 입주자 대표회의 측에서 금년 5월 가정의 달을 맞이하여 노인회의 오랜 요청사항인 쾌적한 정자마루도 새롭게 마련해 주어 어르신들이 특별이 좋아하시기 때문에 노모를 둔 나도 매일매일 보는 것이 여간 기분이 좋은 게 아니다.

더욱이 101동 후문 쪽에 이중으로 밀집되게 설치되고 방치된 운용으로 민원이 있어 왔던 자전거보관시설 중 앞줄 일부를 입주자 대표회의 의결을 거쳐 주민에게 공지 후, 103동 쪽 벽의 공지로 옮겨 분산 설치함으로써 주민이 좀 더 편리하게 이용하고 101동 앞 주차공간도 늘어나 더욱 쾌적해져서 좋다는 주민들의 소리를 짧은 기간에 듣게 되니 보람을 느끼기도 한다.

그런가 하면, 일하면서 나의 그릇이 작아서인지 회의가 들기도 하고 가끔은 의기소침해질 때도 있다. 나의 첫 부임지 송파구 오금동 어느 아파트관리소장 때의 일이다. 그 아파트는 당시 10년이 넘어서 주차공간이 부족한 아파트로서 그간 숙원사업인 어린이놀이터를 줄여서 주차공간을 늘리는 주택법상의 행위허가를 송파구청으로부터 어렵게 받아 실행에 옮기려는데, 그렇게 하자고 마냥 채근하고 강한 주장을 했던 70대 고령 동대표가 바야흐로 첫 삽을 뜨려 하자 어인 일인지 사업 자체를 극구 반대하면서 관리소장이 없던 걸로 되돌려 놓지 않는다면서 부하직원 등 주민이 보는 앞에서 린치를 당하는 수모를 겪기도 하는 등……. 아파트라는 주민공동시설에 살면서 계단·복도·주차장 등 공용부문과 문을 열고 들어가서 사는 전유부문의 공간을 구분하지 못하고 단독주택의 주인인 양 도를 넘는 민원을 수시로 제기하는 일부 몰지각한 주민이라든지…….

따지고 보면 나는 공동주택관리업무에 입문한 지 1년 반 되는 햇병아리 관리소장이다. 관리사(보)를 떼는 데에도 아직도 1년 반이 남아 있기 때문이다. 허나, 그간 근무하는 가운데 나에게도 느낀 점이 있어 몇 가지 적어 보고자 한다.

첫째, 직종의 역사로 볼 때 '공동주택관리업무'란 매우 일천하다는 것이다. 인류가 삶을 시작한 이래 주거생활·주택생활을 비롯해 왔지만 아파트라는 공동주택생활은 매운 일천한 것이어서 그것의 관리를 업으로 하는 위탁회사랄지 주택관리사랄지 하는 것은 겨우 전세기에서 비롯된 것이고, 특히 우리나라로 봐서는 약 50여 년 된 역사로서 그에 관한 축적된 자료나 노하우가 그리 많지 않다는 것이다.

둘째, 공동주택관리에서 특히 주택관리소장의 역할이 어렵다는 것이다. 주택공동체문화의 정립이 일천해서 이에 대한 표준화된 준거

틀이 정립되어 있지 않고, 주택공동체 생활을 하는 공동주택주민도 전유부문의 공간은 스스로 자신이 챙긴다는 일관된 행태가 성립되어 있지 않은 상태인데다 주택관리소장도 이에 상응하는 전향적 역할이 아직은 부족하거나 미성숙된 실정이라고 생각된다.

셋째, 공동주택관리의 수준은 계속해서 공동노력으로 업그레이드시켜야 할 분야임에 틀림없다는 것이다. 지금의 추세를 감안할 때, 아파트 등 공동주택의 수는 지속적으로 늘어날 것으로 전망된다. 따라서 이에 대한 관리 · 노하우 등을 정부 · 협회 등은 물론이고 입주자대표회의 · 관리소장 그리고 부녀회 · 노인회 등 관련 단체들의 포괄적인 공동노력으로 계속하여 향상시켜 가야만 할 것이다. 이러한 면을 고려할 때, 우리 면목동 대원칸타빌 아파트는 류희봉 입주자대표회의 회장님을 비롯하여 동대표 및 부녀회·노인회 측의 협력이 비교적 전향적인 시각에서 그 초점이 모여 있다고 생각된다. 또한 그러한 측면에서 나아가 경비실 · 전기실 전 직원을 아침 6시에 모이게 하여 주민에게 절대 친절, 위계질서 확립, 민원 적극 대처 등의 요지로 5월 초 직원조회를 처음 소집하기도 하였다.

우리 면목동 대원칸타빌 아파트가 있는 이곳은 우리 단지뿐만 아니라 금호어울림, 성원상떼빌, 현대아이파크, 삼호 등 여러 단지가 이웃해서 모여 있는 아파트집성촌이기도 하다. 앞으로도 이러한 단지는 계속 늘어날 것으로 전망된다. 왜냐하면 편리한 아파트 생활을 추구하는 시민들의 속성으로 볼 때 그렇다. 여기에 상응해서 일차적으로 우리 아파트 단지에 사는 주민들 그리고 관리업무에 연관된 입주자대표회의 및 관리소장들이 더불어 사는 창조적인 고민을 많이 할

수록 아파트문화의 질은 향상되리라고 본다. 그리고 반드시 그렇게 되어야 할 것이다.

"고통이 없으면 소득이 없다(No Pains, No Gains)."는 영미속담을 음미하면서 오늘도 나의 관리사무소를 나서며 내가 근무하고 있는 우리 대원칸타빌 아파트가 더욱더 안전하고 쾌적하게 발전되었으면 하는 바람과 더불어 그렇게 되게 할 것임을 인내심과 강함으로 기원해 본다.

그리고 우리 주택관리사의 위상도 한 단계 업그레이드되도록 하는 데 일조하고픈 심정이다. 어느 학원 강사가 말한 "미국은 변호사(Lawyer) 다음으로 주택관리사(Housing Manager)가 그 위상을 차지하고 있다."는 말을 유념하면서 말이다.

- 2009년 6월 -

어린이놀이터를 주차장으로 개조하기

01. 무자년인 2008년 금년 3월 들어 제가 관리소장으로 일하게 된 지 8개월째로 접어들고 있으니, 저는 공동주택관리업계 병아리 입문생입니다. 관리소장으로서 법상 당연히 이수하여야 할 주택관리사보 관리교육을 받으려고 하니 연구과제 때문에 무엇을 써야 할지 고민하다가 제목 건을 써 보기로 하고 컴퓨터 앞에 워드를 치려고 앉았으나 잘 나아가지를 않는군요. 허나 저에게는 낡고 방치되다시피 한 어린이놀이터시설을 주차장시설로 새롭게 변경하는 과업을 치러 내면서 생각보다도 많은 에너지를 소모하였기에 그래도 제목 건을 고른 것 같습니다.

요즘 출근 시에는 으레 하듯이 102동의 주차장시설을 기쁜 마음으로 다소 여유 있게 둘러보곤 하면서 저의 사무소가 자리하고 있는 101동으로 오곤 합니다마는 작년 12월 초까지만 해도 변경공사가 과연 순조롭게 진행될 수 있을까 하는 일말의 불안스런 걱정을 하면서 지나치기도 했던 여러 상념들이 스쳐 지나가곤 했던 기억이 나곤합니다.

02. 27년째 공무원 생활을 하다가 서울시청에서 2005년 갑작스럽게 억울한 강제명퇴를 당하게 된 저는 신분보장이 된 공직을 천직으로 생각하고 유사시를 대비하지 못한 상태로서 한 2년 집에서 마냥 쉬면서도 매일 출퇴근했었던 과거의 생활버릇이, 마음 저 밑바닥에 무엇인가를 해야겠다는 깃을 튼 욕구적 상념으로 변했고, 그러다 보니 전에 전연 알지 못했던 주택관리사시험을 노크하게까지 됐고, 운이 좋아서인지 9회 시험에 합격을 하였으나, 시험만 합격하면 좋은 조건의 취업이 보장된다는 학원 강사들의 현란한 호언들이 한낱 장미 빛 사탕발림으로 인식하게 되었으니…. 주택관리업계의 경험이 전무하고 이순을 바라보는 연령 등이 핸디캡이 되어서인지 정말 어렵게 현재의 이곳에 취업을 하게 되었습니다. 아마도 주택관리사보 관리교육을 받게 되는 분 중 연령이 든 분은 상당수가 저와 같은 입장에 처해 있는 것이 아닌가 하면서 동병상련의 위안을 삼아 보기도 하는데, 이것이 잘못됐는지 모르겠습니다.

우리관리(주)의 2차 면접시험에서 낙방하는 등 여러 차례 심신의 질곡을 겪은 우여곡절 끝에 서일개발(주)의 박출근 사장으로부터 사령장을 받고 염천지절인 지난해 8월 1일자로 송파구 소재 오금현대백조아파트의 관리사무소장으로, 실버인생으로서 제2의 취업전선에 뛰어들게 되었습니다. 가장으로서 체면을 약간은 회복하는 축복을 준 주택관리사 관리소장이 된 것이지요.

그래서 이렇듯 어렵게 취업을 했기에 지금까지의 공직 경험과 나름대로 세상을 살아온 노하우 등을 잘 묶고 엮어서 어떠한 고난이 와도, 특히 여러 사람들이 사는 동네에서 빚어지게 되는 어떠한 역경이

와도 극복해 내야 한다는 마음속의 다짐을 하면서, 자경(自警)을 하면서, 실로 비장한 각오로 출근해 왔던 것이지요. 서울에서 40여 년을 살았지만 송파구와는 인연이 없었는데, 저로서는 전연 새로운 곳인 오금동으로 출근을 하게 된 것입니다. 다행이라면 제가 자주 이용하는 지하철 5호선이 닿는 곳이라서 다행이라고나 할까.

새로운 곳에 대한 기대와 걱정스런 불안감이 교차하는 가운데 첫 출근하는 직장은 생각 이상으로 어수선하고 정리되지 못한 곳이란 인상이 들어왔습니다. 제가 취업한 날짜로 위탁회사가 ㈜한빛관리에서 서일개발㈜로 바뀌면서 소장도 바뀌고 일부 직원도 변동된 것도 원인이겠지만, 사무실의 전반적인 모습과 더딘 인수인계 일처리 등에서 풍겨 오는 느낌들이 체계적인 공직 업무에 오랫동안 익숙해진 저의 눈에는 그렇게 들어온 것이 어쩔 수 없었던 것 같습니다.

난생 처음 새롭게 뛰어든 낯선 주택관리업무에다 낯선 새로운 환경에서 주어진 업무를 파악하고 익히느라 정신없이 지내는데, 여러 가지 업무 중에서도 여러 해 동안 해결되지 않은 일 가운데 우선 급한 업무가 표제 건인 어린이놀이터를 주차장으로 변경하는 일이라는 처음 대면한 젊은 임대관리소장의 소리 높고 다급한 주문이었습니다.

부임인사차 102동의 임대관리사무소에 들렀는데, 임대관리소장의 강한 요구로 저는 8월 2일 오후 임대측 부녀회장과 셋이서 무더위 속에서 졸지에 송파구청 주택과를 방문하게끔 됐습니다. 102동 소재 어린이놀이터를 주차장으로 용도 변경하는 행위허가 신청건의 진행 상태를 파악해 보기로 해서지요. 그야말로 업무파악도 제대로 되지 않는 상태에서 얼떨결에 오래 묵은 업무에 맨몸으로 뛰어드는 꼴이 된 것이지요.

저는 공직에 있었을 때에도 급할 때면 생소한 사안에 대해서도 현장을 직접 목격하는 것을 주저하지 않았는데, 결과적으로 현장 감각을 가질 경우 불필요한 에너지 낭비를 줄일 수 있었던 노하우를 갖게 된 경우가 많았던 것이 이번에도 선뜻 응하게 된 것이라고 생각되었는데…….

03. 얘기가 나왔으니, 저희 아파트단지 현황을 개략적으로 말씀드려야겠습니다.

송파구 오금동 11번지 및 20-2번지에 소재하는 오금현대백조아파트는 대지면적 12,396㎡, 연면적 34,216.14㎡ 그리고 전체 2개동으로서 19층의 101동 206세대, 14층의 102동 232세대 총 438세대로서 제가 관리(오금현대백조아파트관리사무소)하는 분양분으로서 43평형, 34평형, 32평형, 31평형의 101동 전체 그리고 13평형의 102동 중 79세대를 포함하여 제가 285세대를 관리하고, 제2관리소격인 102동 임대관리사무소는 153세대를 관리하는 SH공사 소속으로 운용되고 있습니다.

그 당시 터 잡은 현지 주민들에 의해 조직된 오금제2구역주택개량재개발조합에 의해 1993.7.2. 사업계획승인을 받아서 1994.3.10. 착공되고 1997.1.24 사용검사를 마친 저희 아파트는 준공된 지 11년째 접어들고 있으며, 101동과 102동 사이에 상가가 낀 6m 도로가 가로지르고 있어서 외양으로는 별개단지처럼 느껴지는가 하면 저희 단지 좌우로 오금대림아파트단지가 나누어 싸고 있어 오금대림아파트단지 내에 있는 착각을 주기도 하는 아주 희귀하고 특이한 단지라고 말씀드릴 수 있습니다.

더구나 부유한 101동과 그렇지 못한 102동이 6m 도로로 분리되어 있고 분양세대와 임대세대가 같은 한 동에 있는 특수한 관계로 주민 성향이 내재적으로 크게 나뉘어져 있음에도 불구하고, 공동주택관리가 잘되고 있다는 Social Mix의 표본이라는 호언도 들었다고 하지만, 102동의 분양주민과 임대주민간의 알력과 다툼으로 집단문제가 수시로 제기되어 2005년 언론에 문제아파트로 보도되자, 그 해소차원에서 SH공사가 임대분 관리를 맡아 수습되어 지금에 이르는 사연을 안고 있는 어려운 단지로 사계에 이미 알려진 것을, 제가 그러한 내용을 알게 된 것은 고작 소장으로 부임하여 대충 업무를 파악하면서 부터였습니다. 겉과 다르게 속으로는 주민 간에 적대적인 끓음이 상존하는 것을 2년 이상 근무하고 있는 임대관리소장은 익히 알고 있는 터라 임대동 사람들이 열망하는 주차장변경업무를 사실상 시작했고, 진행과정에서의 어려움을 너무나 잘 알고 있기에 바뀐 소장에게 적극 협력을 처음부터 요청했던 것입니다.

저는 생각했습니다, 새로운 업무파악 하느라 경황이 없는 중에서도.

전임소장은 떠나는 입장이라서 간단한 언급만 하고 구체적인 진행사항에 대한 인수인계도 제대로 되지 않았지만, 임대소장의 간곡하고도 시급성 있는 호소성 짙은 협력 요청, 구청방문 시 담당자와의 교감적 대화, 그리고 우리 단지의 해묵은 숙원사업이라는 점, 동대표들의 긍정적 입장들을 고려해서 부족한 저이지만 다각적이고도 종합적인 노력과 지혜를 기울여서 102동 어린이놀이터시설을 주차장시설로 변경하는 현안과제를 해결하는 데 혼신의 노력을 다하기로, 그리고 저의 일의 성과로도 나타나게 하기로, 짧은 시간 내에 굳게 마음먹게끔 되고 말았습니다.

저는 먼저 단지 내 시설현황을 상세히 파악하는 데 애를 쓰는 가운데 102동 어린이놀이터 현장을 여러 번 들러서 상황을 살피고, 특히 102동의 열악한 주차난 해소차원에서도 출발한 사항이기 때문에 101동보다 어려운 주차 공간의 현황도 확실히 알려고 애를 쓰게 되었습니다. 지금까지 추진해 온 작업이 과연 주택법상 가능한지 여부를 재검토, 단지 주변 상황과의 배치 여부는 없는지 등을 다시 한 번 종합 검토하는 등 심층검토를 더해서 저로서는 난생 처음 치러 보는 입주자대표회의인 8월 정기입주자대표회의에 보고하였습니다.

8월 2일 구청 방문 시 주택과 담당자는 지난 6월 접수된 행위허가 신청 내용을 검토한 바, 전체 입주민(소유자)의 3분의 2 이상의 동의서가 첨부되어야 하는데 상당수의 동의서서명에 문제가 있어서 3분의 2 이상의 조건에 미치지 못하다는 점과 첨부된 배치도의 문제점 등 두 가지 주요 지적사항으로 인해서 행위허가는 현재로선 불가해서 문서 전체를 반려하려고 하니, 그 보완을 제대로 해서 다시 제출하라는 요지의 언급을 우리 3인에게 했었고, 우리는 그것을 수긍하고 돌아왔던 점을 상기하고 그러한 내용과 그 보완에 대한 계획을 입주자대표회의에 정식으로 보고했던 바, 입주자대표회의는 수용하였던 것입니다.

8월 하순경 반려 받은 서류전체를 임대관리소장과 정밀 검토하여 문제된 동의서류를 중점 추출하여 해당 분들에게 재차 동의를 받는 절차를 진행하였습니다. 헌데 전세를 주고 지방에 거주하는 사람들이 의외로 많았고, 심지어는 외국에 거주하는 소유주도 5명이나 있는 등 전체 소유자 286세대(153세대 소유주는 SH공사 1)의 3분의 2(66.7%) 격인 191세대 이상의 찬성 서명을 받는 것이 쉽지 않았고, 주차대수 몇 대 늘리기 위해서냐며 어린이놀이터를 없애는 자체를 반대하는 주민도 있어서 지금껏 그 추진이 어려웠던 것입니다.

그러나 인내심을 가지고 전화나 이메일 등으로도 설명하고 해서 우송서명을 받아내어서 총 202 소유주(70.6%) 찬성동의를 얻어냈고 서류도 대폭 보완해서 10월 1일 송파구청에 다시 신청서류를 냈던 바, 10월 19일 그 행위허가공문(어린이놀이터 653㎡중 125㎡를 주차장으로 변경)과 행위허가서(행위허가증명서 제1779호)를 받아내는 쾌거를 이뤄 냈습니다.

사실 이 건은 주택법 제42조(공동주택의 관리등), 동법시행령 제47조(행위허가 등의 기준 등), 동법시행규칙 제20조(행위허가신청 등) 그리고 동법시행령 제47조에 의한 별표3(공동주택의 행위허가 또는 신고의 기준)의 '1.용도변경' 중 "부대시설 및 입주자 공유인 복리시설항"의 '전체 입주자의 3분의 2 이상의 동의를 얻어 주민운동시설, 조경시설, 주택단지안의 도로 및 어린이놀이터시설을 각각 전체면적의 2분의 1 범위 안에서 주차장용도로 변경하는 경우(1994년 12월 30일 이전에 법 제16조의 규정에 의한 사업계획승인 또는 건축법 제8조의 규정에 의한 건축허가를 얻어 건축한 20세대 이상의 공동주택에 한한다)로서 그 용도변경의 필요성을 시장·군수·구청장이 인정하는 때'의 조항이 적용되는 것으로서 저희 아파트가 1994년 말 전인 1993. 7. 2에 사업계획승인을 받았기에 가능했던 것입니다.

그리고 어린이놀이터시설은 일정 규모의 아파트의 경우 필수적인 복리시설이기 때문에 유지 · 관리되어야 할 시설인 것이 분명한데, 저희 아파트의 경우 101동에 528㎡짜리 어린이놀이터가 있고 102동의 경우 125㎡의 어린이놀이터시설이 있는데 102동 시설은 규모도 작고 낡은 탓에 실제로는 어린이들이 별로 이용하지 않은 채 방치되어 사실상 흉물처럼 변해 안전상 문제가 있는데다 문제청소년들의 은밀한 비행장소로도 유기되어 뜻있는 주민들로부터 철폐해야 한다는 민원이 수차 제기되기도 했었고, 철폐하더라도 바로 이웃해 있어 102동의 어린이놀이터나 다름없는 좋은 가야금근린공원이 있어서 대부분의 어린이나 주민들은 가야금놀이터나 휴게시설을 이용하고 있어 102동으로서는 어린이놀이터가 별도로 구비되어 있는 것이나 마찬가지였기 때문에, 그러한 사실을 잘 알고 있는 입주민들로서는 이 건을 절대 다수가 지지하고 있었던 것입니다.

교수이신 서영준 회장을 비롯한 입주자대표 등이 10월 회의에서 저의 보고를 받고서는 아파트관리업무에 일천한 저의 노고를 인정해주게 되어 저로서는 갓 출발한 관리소장으로서의 처음 작은 보람을 맛보기도 하였습니다.

그 어렵다던 송파구청의 용도변경행위허가도 얻어 냈으니 이제 일정에 맞추어 공사만 착착 진행하는 의례적인 절차만 남은 것입니다. 그래서 임대사무소 측과 여러 차례 협의해서 공사비 분담문제, 공사실시 문제 등 실질적인 공사 진행 문제를 진행시키기 시작했던 것입니다.

헌데, 아뿔싸! 호사다마라 할까, 문제가 생긴 것입니다.

사실 102동측 동대표 한 분이 입주자대표회의에서 처음 주창해서 시작하게 된 주차장개조사업이 구청의 용도변경행위허가라는 큰 고

비를 넘기고 실제 공사에 들어가려고 하자, 종래의 자신의 추진 주장을 100% 바꾸어 어린이놀이터 고수라는 완강한 반대 주장을 하면서 주차장변경공사를 절대 반대한다는 주장을 입주자대표회의에서 뜬금없이 정식 제기한 것이었습니다. 다른 동대표들은 맨 처음 주장한 그분의 뜻을 존중해서 추진한 문제가 어려운 문제를 해결하고 막상 공사에 들어가려고 하자 돌변하니, 그 진의를 몰라 의아해했고 당초대로 추진하자는 설득들은 무위로 돌아가는 등 1인에 의해 모든 것이 도로 아미타불의 경지로 흘러가는 정말 예기치 못한 사태가 발생한 것입니다.

저는 임대소장과 동대표들과 긴급히 상의해서 주민회의를 소집하는 등 최종적으로 다시 종합적인 주민의견을 수렴하였는데, 주민들 대부분은 당초대로 주차장으로 만들어 달라며 흔들림 없이 꿋꿋하게 추진하라는 의견을 개진하였으므로 이러한 사실을 공고로 입주민 여러분에게 알려서 주민들의 공감대를 더욱 조성하여 견고히 하고 추진을 계속하였던 것입니다.

102동대표를 곤혹스럽게 사주하는 극력반대 극소수 주민의 무리한 억지 농간이 작용한 것을 알게 된 것은 나중에 얘기가 나오고서야……. 하루는 출근 시에 주차장공사 강행은 관리소장의 잘못된 관리 탓이라는 주장을 하는 102동의 한 유지에게 여러 주민과 직원들이 보는 가운데 저는 예측하지 못하게 심한 봉변을 당하기도 했으니…….

허나 합법적이고 정당한 절차를 거쳐서 이루어진 결정사항으로서 대다수 주민의사대로 시행하는 것이 합리적이고 바람직하다고 판단되어, 공개경쟁입찰을 거쳐 경기종합개발㈜라는 시공업체를 선정,

투명하고도 끈질기게 계약 공사대금 1,688만 원의 공사를 진행시켰던 것입니다. 진행과정에서 억지성 반대로 인해 시간이 지연되어 12월 전에 끝날 수 있었던 것이 연말에 공사가 시작된 관계로 일기 등 동절기라서 2008년 2월 21일 공사가 종결되고 2월 29일 구청에 사용검사 신청을 하게 되었고, 3월 중순 사용검사를 받아서 모든 절차를 최종 마무리하게 되었습니다.

주차장 확장공사로 주차면이 4면 늘게 되고 부수적으로 붕괴위험이 상존해 있는 울타리벽도 푸른 메쉬펜스로 교체해서 주차공간이 늘고 주변 환경도 한결 시야가 트이는 업그레이드된 아파트단지 환경으로 새롭게 바뀌어, 공사가 끝나는 날 102동 주민들의 고사 치루는 화합의 한마당 모습을 다 같이 보면서 한마음이 된 것을 자축해 보기도 했습니다. 아마도 입주민들이 그토록 원하는 아파트부가가치 상승에도 한몫했다고 상당수의 주민들은 이제 말하고들 있습니다.

04. 추진하다가 반대가 있는 등 어려운 난관에 부딪혀도 대다수 주민들의 올곧은 속내를 읽어 원래의 떳떳함 그대로 일을 일관성 있게 추진한다면 원하는 좋은 결과가 온다는 것을 몸으로 확인한 것이 저로서는 이 일을 통해서 얻은 하나의 값진 보람이자 교훈이었다고 생각해 봅니다.

― 2008년 3월 ―

행당대림아파트 감사선거를 마치고

2005년 4월, 이명박 서울시장으로부터 생각지도 못한 충격이었던 강제명퇴를 당한 후 분노와 방황, 위축된 나 자신을 추스르고 2007년 8월 송파구 소재 ㈜서일개발 소속의 현대백조아파트 관리소장에 취임, 이어서 현재의 중랑구 소재 면목동 대원칸타빌 아파트의 관리소장을 맡아 지금까지 아파트관리분야에 몸담아 오고 있으니, 길지는 않지만 5년 가까운 세월을 공동주택분야에 종사해 오는 중이다.

돌이켜보면 과거 별 탈 없이 천직이라고 생각한 외길 공무원 생활만 줄곧 26년을 해온 나로서는 대책 없이 졸지에 천직을 잃은 민간인 신분이 되어 준비도 되지 않은 채 새로운 실버인생의 서막을 맞는 처지가 되었고, 주위 지기의 권고로 아파트관리소장이 되는 길을 알게 되었고 2006년 말 주택관리사보 시험에 합격이 되어, 늦은 나이에 아파트관리소장으로 공동주택관리분야를 노크하게 된 것이다.

생소한 분야인 아파트관리업무를 하다 보니, 그동안 공동주택 사람들과 접하고 부딪치며 참으로 많은 인내와 체험을 하게 되었으나 최근에 내가 해낸 일은 정말 나에게 특별한 것이라고 나름 생각되어 며칠 전에 있었던 중점 상황들을 되살려 컴퓨터 앞에 앉아 자판을 두드리게 된 것이다.

작년 국토해양부에서는 아파트관리에서 일어나는 문제점들을 획기적으로 개선하기 위한 일환으로 동주택관리분야의 주택법령을 대폭 손질했는바, 그중의 하나는 500세대 이상의 아파트의 경우 입주자대표회의의 회장과 감사를 반드시 주민이 직선(2010년 7월 6일 개정, 동년 10월 6일 시행)하도록 하는 강제조항이 신설된 것이었는데, 금년 9월 30일자로 임기가 종료되는 우리 아파트의 경우에도 그러한 조항을 적용받게 되어 실천에 옮긴 것이다.

"말씀드린 대로 먼저 감사, 다음으로 회장 순으로 개표 결과를 발표하겠습니다. 제7대 행당대림아파트 감사선거 최종집계결과를 발표합니다. 기호 1번 김종박 후보 392표, 기호 2번 신○○ 후보 148표, 기호3번 신○○ 후보 230표 무효 12표로서 기호 1번과 3번 후보가 감사로 당선되었음을 선포합니다."라는 선관위원장의 분명한 멘트가, 개표 상태가 궁금해서 관리사무소 회의실에 개설된 개표장에 나와 있었던 각 후보들이나 참관인, 개표 상황을 지켜보고 있던 입주민들 앞에서, 투개표자료가 개표현황판에 나타난 대로 2011년 9월 26일(월) 밤 10시 30분경, 선관위 개표장에서 긴장된 분위기 가운데에 울려 퍼졌었다.

개표 상황을 지켜보기 위해 다른 후보나 일부 주민들처럼 개표 현장에 나와서 지켜보고 있던 나로서는 전혀 예상치 못한 압도적인 표차로 1위로 당선된 데 대해 순간 기쁘고 이렇게 별 볼 일 없는 나를 인정해 입주민들이 이토록이나 성원해 주었나 의아해하면서도 감동

받고, 무척 고무되어서 개표 현장에 나와 있는 여러분들에게 일어나, 쫓아가서 악수와 목례로 감사 인사를 즉석에서 자연스레 올리기도 했었다.

당선된 것은 개인적으로 그리고 나를 지지해 준 주민 편에서는 반갑고 기쁜 일이지만, 두 사람을 합한 표수보다 더 많은 득표를 한 것이, 큰 표 차로 이긴 것이 나로서는 우리 입주민들에게 앞으로 큰 책임을 지고 봉사보답을 하라는 무언의 명령의 무게로 느껴져 한편으로는 기쁨 자체를 자제, 냉정해져야 한다는 생각이 불현듯 솟구쳤고 그렇게 해야 한다고 스스로를 제어하였었다.

왜냐하면, 감사후보 두 분은 우리 아파트단지에 오래 거주했고 활동을 많이 한 주민인지도가 훨씬 높은 분들로서 행정고시 출신이지만 도중 강제명퇴당한 실패한 공무원이라는 그림자적 상념이 항상 내재해 있는 나로서는, 감사선거 이전에 치러진 내가 살고 있는 117동 동대표후보자에 등록하고 해당 동에 후보자공고시까지도 32개 동 2,400여 세대 단지 내의 주민들에게는 상대적으로 절대 알려지지 않은 무명인으로서 인지도가 전연 없는 은둔인으로 살았었고, 성당과 교회 및 지역단체나 모임에 참여해 기존 인지도의 폭이 넓혀져 있는 다른 후보들과는 주민들의 직접선거 경쟁에서 실제적으로 밀려 있어서 낙선권에 있었는데도 주위의 강력한 권고를 무시할 수 없고 해서 선거에 참여하기로 결심하기로 했었고, 나에게 선거참여를 권고한 분은 수면 하에 잠복해 있는 아파트관리소장인 나를 내심 평소에도 주시해 왔었던 것 같은 인상을 받았었기에 말이다.

개표현장에서 기쁨의 표시를 자제한 또 하나의 이유는 감사선거 결과 발표 후 회장후보 개표집계가 끝나면 가장 중요한 회장개표결과를 발표하게 식순이 되어 있었으므로 회장당선자 발표가 아직 남아 있어서 회장개표결과를 기다리는 다른 여느 사람들처럼 긴장과 노심초사가 가중되는 상황이었기 때문이었다.

더 나아가, 나와 지향하는 뜻이 같고, 같거나 유사한 마인드를 지닌 회장 후보자가 최종 당선되어야만 향후 실제 아파트관리업무를 하는 데 좋을 것으로 생각되었고, 그래야만 궁극적으로는 전 주민을 위해 선기능(善機能)하는 아파트관리업무 수행이 제대로 진행되는 데 도움이 될 것이라는 평소의 소신 때문이기도 하였다.

숨죽이는 긴장된 순간이 흐르고 회장개표결과가 밤11시경 최종 발표되었는데, 아연실색이었다. 내가 생각한 대로, 나를 지지한 층이 예상한 대로 결과가 나오지 않아 적이 당혹스럽고 우리를 지지한 좌중은 얼어붙듯 다운된 순간이 되어 버렸다. 당선된 측은 환호의 탄성을⋯⋯.

순식간에 벌어진 믿지 못할 결과였다. 선거라는 것은 이기고 지는 상대가 당연히 있기 마련이어서 의도한 대로 안 될 수도 있는 것이지만, 뚜껑을 열고 보니 같은 뜻을 가진 사람으로서는 충격이 너무나 컸다. 여러 가지 가정을 검토했을 때, 사전에 당연히 이긴다고 확신이 여러 번 들었었기 때문에 더욱⋯⋯.

사실 말이지, 원래 의도되고 구상된 대로 선거 결과가 나올 것으로 확신하고 회장후보·감사후보를 적극 열심히 지지해 주고 성원해 주신 몇 분들과는 결과 발표 후 축배의 뒤풀이를 하기로 무언중 약속된 것이었는데, 원하지 않은 결과가 나와 버려 서로들 축제 기분이 영 아니게 되어 한숨과 분한 마음으로 개표 현장을 힘없이 빠져나왔다. 그렇게 밖에서 모여 개탄스런 얘기들을 설왕설래 나누다가 하나둘 흩어져 각자들 처진 채 집으로 향했었다. 애착심이 많은 지지자들 일부는 격해 눈물을 글썽이기도 한 하염없이 안타까운, 우리 측은 패배했고 다른 측은 승리한 회장선거의 결과였었다.

한해 엄마인 아내도 처음에는 강력 반대했는데에도 불구하고 내가 감사후보로 나서기로 큰 결심을 하게 된 것은, 회장후보로 유력한 108동대표 등이 마인드가 비슷하다고 느낀 나를 수차례 강력하게 출마를 권고해서였고, 그분의 뜻을 따르기로 한 것은 70의 고령에도 불구하고 그렇게 하지 않아도 될 아파트공동체 관리업무에 크나큰 열정과 애정으로 적극 참여·개선하려는 것을 목격하고, 내가 그 나이가 되었을 때 과연 그렇게 할 수 있을까 하는 존경심까지 지펴져, 그분의 그러한 진취적이고 전향적인 행태(behavior)를 높게 평가하였고 우리 아파트단지의 일반 여론도 그간 쌓인 공로로 상승하는 등 긍정적인 면을 높이 산 것인데…….

또한 내가 관리소장으로서 공동주택관리업무에 참여하게 되자, 주택법령상·관리규약상 공동주택의 필수적 최고의사결정기관인 입주자대표회의의 실제 구성 및 운영 실제 현황이 어떤지 궁금해졌고 공부도 할 겸하는 차에, 우리 행당대림아파트의 제5대 동대표로 선출되어 2년간 같이 활동을 하였었는데, 공동주택관리업무에 정의로운 열정을 가지고 몸소 열심히 하는 사례들을 보고 익히 알고 이심전심 이해하고 있었기 때문에도 그분의 권고를 따르기로 한 것이다.

그리고 제5대 입주자대표회의의 구성원으로 활동하다 보니 동대표로서 함량미달의 경우도 더러 보았는데, 그렇게 된 원인 중의 하나는 정말 동대표로서 활동을 해 주어야 할 사회적·덕망과 존경을 받는 분들이 이 분야에 너무 무관심하고 스스로도 진흙탕 밭으로 여겨 발을 들여놓지 않으려고 하는 상태가 지속되다 보니 그러한 현상이 심화된다는 사실에 주목하고, 직업상 연관을 맺고 있는 나로서는 이 분야에 좀 더 관심을 갖는 것이 긴 안목으로 볼 때 공동주택관리업무의 발전에 조금이라도 도움이 될 것이라는 생각도 작용을 한 것이기도 하다.

앞에서 언급했듯이, 회장·감사선거가 있기 전, 우선 8월 말 27개 동 동대표선거가 있었다. 5개동은 입후보 희망자가 없어서 보궐선거에서나 충원될 경우로 남겨 두고서.

27개 동 선거구 중 회장후보의 108동, 109동, 나의 선거구인 117동 3개 선거구는 2인씩 후보등록한 곳이어서 선관위원등의 방문투표해서 과반수득표로 동대표로 당선되는 경우와는 달리 주민의 직접투표를 통한 경선을 치르게 되었다. 사실 나는 경선을 치르면서까지 동대표를 하려고는 않았으나, 앞서 언급한 108동 대표의 강력한 출마권고도 있고 해서 결단을 했었지만 선거업무는 문외한이어서 선거운동 기간에 들어가자 불안만 가중되었었다.

그러나 어쩌랴! 선거에 발을 들여놓은 이상은 낙선하더라도 최선을 다해야 그래도 후회가 없을 것 같아, 선거 활동을 해 본 분들의 자문과 경험을 들어서 서울대졸 학력과 행정고시출신으로서 26년간 공직자 약력 그리고 주택관리사 및 산업전기기사취득 자격증을 어필하는 선거벽보와 별도 명함 제작 등 선거홍보물에 정성을 쏟아 선거활동을 한해 엄마와 전개한 결과가 주효하고 후보자가 생각보다 열심히 한다고 생각이 들었던지 저를 아껴 주시는 분들도 응원을 해 주어서인지, 현명한 117동 56세대 주민들의 선택으로 22 대 18, 4표차로 117동 동대표로 당선이 되었었다. 헌데, 선거운동 마감시간 3시간 전인 밤 9시경에 내가 선거규정을 위반했다며 상대방이 선관위에 제소하는 바람에, 영문도 모른 채 마감시간 10분 전쯤 선관위로부터 경고를 받는 경고문이 117동 1~2라인과 3~4라인 게시판에 게첨되는 어려운 선거를 치렀음에도 다음 날 하루 종일 진행된 선거 결과, 내가 당선되었다. 높은 수준의 주민께 진심으로 감사함을 느끼며 많은 것을 배우는 선거를 치러 낸 것이다.

이렇게 이미 한 번은 주민들로부터의 심판을 받은 것이 밑바탕이 되어서인지 감사후보로 나가서 낙선되어도 창피하거나 후회는 없다는 배짱과 자신감도 한몫 보태져서 감사후보로 나온 계기가 첨가된 것이다.

9월 26일, 밤 12시가 다 돼서야 집으로 들어왔다. 휴대폰 연락으로 감사로 당선된 것을 알고 있는 아내와 어머니, 아들 한해가 축하하는 분위기였으나 풀이 죽어 있는 나를 보고 안 좋은 것을 느낀 모양이다. 나와 뜻이 같은 회장후보가 낙선한 것을 눈치 챈 것 같았다. 그래도 주민들이 압도적으로 나를 지지·성원해 준 것이 기쁘고 책임감 때문에 어깨가 정말 무거워졌다며 아내에게 감사하다고 남편으로서 고마움을 전해 기쁨을 나누었다. 이번 117동 동대표선거나 감사선거에서 처음에는 반대했지만 결국에는 헌신적으로 나를 도와주었기에 좋은 결과가 나온 것이 확실한 것은 불문가지이기 때문이다.

특히 감사선거운동 시, 새벽 2시까지 같이 32개동 세대함에 일일이 전단지를 넣었고, 선거 하루 전 하루를 걸려서 지하·지상주차장에 주차된 차량운전석도어 유리창에 명함을 게첨하는 홍보전을 펼쳤기 때문이다. 주차차량 명함 게첨 건은 아내의 탁월한 아이디어어로서 나를 지지한 몇 분은 언제 그러한 일을 했느냐고 놀라면서 나중에 물어 왔을 정도였으니…….

이제 선거는 끝났다.

나로서는 불특정 다수를 상대로 한 초유의 빅 이벤트였다. 공무원 퇴임 후 칩거하고 있을 때 선거직 지자체장 출마를 나에게 직간접적으로 주문해 오기도 한 것을 기억해 내며 그 당시 가족들의 반대가 강하여 포기했었는데, 어쩌면 소규모적이지만 그러한 궤의 대리만족쯤으로 여기기로 했다.

오늘까지도 당선공고문이 게시판에 게첨되어 있는 것을 보면서 향후 2년간 감사업무를 충실히 해서 주민들에게 조금이라도 복을 드리는 아파트공동체문화를 제고시키는 데에 헌신하기로 다시 한 번 다짐하면서, 늘 주민을 위한 차원에서 그간의 공약사항과 당선 인사말씀을 기재하여 새기고자 한다.

〈 공약 사항 〉

저는
첫째, 주민들이 부담하는 관리비를 최적으로 합리화되게 운
　　　용하도록 하며,
둘째, 법령규약 등 아래에서 처리되는 계약·회계절차의 투
　　　명화를 기하고,

셋째, 장기적인 안목에서 각종 주요문서 등을 철저히 보존 · 보전하도록 하며,

넷째, 주민들의 제반 불편민원을 적극 수렴, 사전감사 측면에도 노력하여 관리업무 감사의 충실성을 높이고,

다섯째, 경비용역으로 바뀌는 것을 반대하면서 교육 강화를통하여 현행경비제도를 더욱 발전시켜 사건사고 없는 안전한 단지가 되도록 감시 · 감독하여서, 우리 행당 대림아파트의 공동체문화를 아름답게 업그레이드시키는 데에 매진 · 봉사하겠습니다.

당선 인사말씀 올립니다.
주민 여러분께서 저에게 보내 주신 뜨거운 성원을 항상 되새기고 기억하며 고마운 마음을 잊지 않고, 저의 평생 소신인 양심과 원칙을 철두철미 지키는 정의로운 사람으로서 우리 주민들을 위해서 헌신적으로 봉사하겠습니다.
감사합니다.

2011년 9월 28일
감사 당선자 117동 김종박 올림

만남과 모임

사람들은 세상을 살아가다 보면 자의든 타의든 우연이든 필연이든 많은 만남을 하게 된다. 만남을 해 감으로써 삶을 지속해 가는 것이다. 대다수의 보통 사람들의 삶의 한 모습들이기도 하다. 허나, 숲 속에 홀로 들어가 자연에 묻혀서 스스로 만족하며 살거나 상황이 혼자 살게끔 되어서 만남 없이 하루하루를 사는 사람들도 있을 것이다.

한자(漢字)로 사람 '인'자가 '人'인 것은 둘이 서로 의지하며 부축해서 안정된 모습을 이루는 모양이니, 서로 만남을 해서 더불어 사는 것이 사람이라는 의미가 있다고들 하지 않는가.

처음에 모르는 사람들도 만나다 보면, 자꾸 만나다 보면 가까워지고 상호 간에 정(情)이 들게 마련이어서 동성 간이면 우정이 들게 되고 이성 간이면 연정이 들게 된다. 그리하여 잦은 만남이 이루어지다 보면 신뢰가 쌓여 친구가 되고 연인이 되기도 하는 것이다. 신뢰가 쌓인다는 것은 마음의 문을 열어서 역지사지(易地思之)로 이해·인정하고 때로는 인내하고 관용성과 용서·양보와 배려가 함께함을 내포하는 것이리라. 경우에 따라서는 아는 사이 정도에서 멈춘 채 만남이 지속되는 수도 있을 것이다.

친구나 연인이 되거나 지기(知己)가 되는 만남은 좋은 만남의 결과이나, 때로는 좋은 결과의 만남이 되지 않는 경우도 나타날 수 있다. 어쩔 수 없이 틀어지거나 사이가 벌어져 오히려 만남이 없었으면 좋았을 그러한 경우도 생기는 것이니‧……. 거기에는 주로 만나는 사람들 사이에 닫힌 상태이거나 만나도 신뢰감이 형성되지 않는 경우일 것이란 생각이 든다.

'친구에게는 세 가지 종류가 있다.'고 탈무드는 말한다. 첫째는 음식과 같은 친구로 매일 만나야 한다. 둘째는 약과 같은 친구로 이따금 만나야 한다. 셋째는 병과 같은 친구로 이를 피하지 않으면 안 된다. 첫째와 둘째는 좋은 만남의 결과이나 셋째는 좋은 만남의 결과가 아닌 경우로 해석해야 할 것이다.

그런가 하면, 여럿이 주기적으로 만나거나 때때로 만나다 보면 무언가 공감대가 형성되어서 자연히 모임이 만들어지기도 한다. 지속되면서 모임이 도탑고 견실해져 튼튼한 모임이 되기도 하고, 그 반대로 시간이 가면서 헐거워져 지리멸렬해지기도 하는 모임도 있다. 모임을 좀 더 들여다보면, 다양해서 학연이나 지연, 같은 직장, 취미와 오락거리 등이 같거나 관심사가 같아서 등 여러 요인에 의해서 이루어지고 있음을 본다. 모임도 만남처럼 활발하게 잘되는 모임이 있는가 하면 그렇지 못한 모임도 있을 것이다. 모임은 구성원들에게 열정과 참여의식이 자생(自生)되도록 하는 유인요소가 많을수록 잘되는 모임이 되도록 하는 데에 다다익선(多多益善)이 될 것임은 불문가지이다.

대저, 세상을 살아가는 보통 사람들은 좋은 만남이나 모임이 지속되는 것을 원한다. 항상 좋은 만남이나 모임이면 금상첨화겠으나, 그저 그런 대로의 만남이나 모임이 유지되는 경우라도 나는 괜찮다.

친구나 모임 관련해서 이런 상상의 나래를 펴다 보니 여러 만남들이, 특히 모임들이 연이어 아련히 떠오르는구나.

먼저, 청죽회(靑竹會).

'항상 푸른 대나무처럼 꼿꼿한 젊음을 가지고 살자.'는 뜻으로 내가 지은 모임 이름으로서 40년이 넘는 세월 전에 5인이 만나서 결성되었다.

나는 그 당시 미래의 직업으로 공무원을 택하고 대학졸업 후에도 행정고등고시 시험 준비를 계속하고 있었는데, 집에서 도보로 다닐 수 있는 휘경동의 한 사설독서실이 밤낮으로 책과 씨름을 하는 공부의 무대였다. 입시준비를 하는 중·고생들이나 재수생들이 대다수였으나 그 독서실이 외대 부근이어서 외대 학생이나 외대 인근에 거주하는 다른 대학생들도 이용하고 있었다. 그러한 대학생들은 취업을 바로 앞둔 나이가 든 졸업예정자들로서 시간을 절약해서 밀도 있는 공부를 위해 숙소 겸해서 독서실을 이용하기도 하는 사람들이었는데, 시간이 흐르자 서로 수인사도 나누는 사이가 되었다. 공부하다 피로감을 달래기 위해 간혹 막걸리도 마시면서 편하게 대화를 나누는 시간이 늘어가게 되니 '독서실 동지'로서 서로 정을 느끼고 나누는 친구들이 된 것이다.

그 당시로서는 40년이 넘는 친구가 될 줄은 모두들 꿈에도 생각지 못했었다. 서로 다른 대학에서 국문학·화학·법학·경영학·경제학을 각각 전공한 우리 5인은 열심히들 해서 그 독서실을 나올 때에는 제약회사, 자영업 사장, 삼성, 산업은행 그리고 국문학을 전공한 나는 공무원으로 사회생활의 발을 내디뎠던 본성이 선하고 매사에 성실한 공통점을 가지고 있었다고 생각된다.

사회에 진출한 후에는 새로운 환경에 적응해야 하고 경쟁적인 자기의 직장에 충실하다 보니 서로 연락이 없는 등 한동안 뜸했었으나, 어느 순간엔가 모두 만나는 기회가 만들어졌고 1년에 몇 번씩은 꼭 만나는 모임이 지속되게 됐다. 다시 만나게 된 것은 젊은 청년시절이 한참 지난 흰 머리도 좀 보이기 시작하는 장년이 되어서이다. 친구들 가운데는 IMF로 불가피하게 직장을 그만두고 새로운 일자리를 구하거나 창업하느라 고생을 치른 경우도 있었으나, 오랜만에 만나 화색이 도는 반가움으로 모임을 다시 시작하게 된 것은 늘 말하는 '독서실 동지 아니, 도서관 동지'의 깊고 끈끈한 정이 서로 간에 강한 유대감으로 심어져 작용했기 때문이라고 본다.

지금은 서울이나 혹은 서울을 벗어나서 분기별로 만나 술 마시고 식사를 하면서 즐거운 환담을 나누거나 노래방에 가서 여흥을 즐기는 모임을 갖곤 하는데, 만나면 즐겁고 유쾌하고 행복해지고 다음 모임이 기다려지는 모두 뜻이 맞는 좋은 친구들이다. 그리고 모두들 튼실해서 나만 제외하고 지금까지도 회사를 다니거나 자영업을 하는 등 현역 활동을 지속하고 있는 성실성이 몸에 밴 좋은 친구들인 것이다.

이제는 나이가 좀 위인 친구는 손자들이 중학교를 졸업한 친구도 있게 되고, 나도 외손자를 보는 등 이순을 넘긴 친구들이다. 나온 학교도 서로 다르고 직업도 다른데 지금까지 40년이 넘는 우정을 나누어 온 것은 40여 년 전 코딱지만 한 독서실 안에서 같이 만나서 진한 우정을 나눴었다는 특수성에서 비롯한 유대감이 크다고도 다시 한 번 더 생각해 보게 되니…….

청죽회는 이러한 친구들이 지속적으로 모이는 힐링의 장(場)인 것이다.

다음은 LA2반 4인의 모임이다.

윤찬섭, 이계성, 이한목 그리고 나 우리 네 사람은 1972년 공릉동에 있었던 서울대 교양과정부 LA(Liberal Arts) 2반에서 처음 만났다. 우리 넷은 재수(再修) 이상을 거친 친구들이라 낙방해 보지 않은 다른 젊은 신입생들과는 달리 나이도 좀 더 들고 진중한 모습들인데다 배재고, 경남고, 청주고, 경복고를 나왔으나 실은 서울 출신이 아닌 지방 출신이라는 점 때문에 쉽게 호흡이 맞았었던 것 같다.

그러한 공통점이 서로를 가깝게 했고, 가까이하다 보니 비슷한 마인드의 소유자들이라 통하게 됐다고 생각된다. 시간이 나면 넷이서 기차를 타고 인천·춘천 등으로 구경도 함께 다니기도 했다.

찬섭이는 1학년 1학기 도중에 군대에 갔었는데, 군 입대 전(前) 기념으로 새로 터 닦고 있는 서울대 관악캠퍼스를 한번보고 싶다는 찬섭 친구의 소원에 따라 한참 터 닦고 있는 황량한 관악캠퍼스를 넷이서 관람하기도 했던 기억이 새롭다. 찬섭이의 군 입대 후부터는 줄곧 같이하지는 못했으나 그가 휴가 나올 때면 만나고 군필(軍畢)하고 복학한 뒤에는 자주 만나고 해서 졸업 후에도 넷의 교류는 간헐적으로 지속돼 왔었던 것이다.

모두 졸업 후 사회생활에 입문하게 되었을 때에는 앞의 청죽회의 경우처럼 소식이 뜸해지기도 했지만……. 때가 되면 한 번씩은 연말

쯤 해서 꼭 즐거운 만남의 흔적을 계속 남겼었다. 그러기를 40년 넘게 해온 것이다. 그러다 보니 우리는 천생 친구로서 숙명처럼 어떻게든지 1년에 한 번씩은 만남을 이루어야 한다고 서로들 암묵적인 약속이 이루어지게 되었다.

말이 나왔으니 말이지, 그리 좋은 환경에서 태어난 친구들은 아니지만 근본이 성실한 친구들이라 대입시학원 명강사인 한목이, 목회자가 최종 꿈이어서 목사로 변신한 계성이, 사시합격 후 검사를 거쳐 수원에서 변호사개업을 한 찬섭이, 공무원 하다 명퇴당한 나는 그렇지 못했지만, 셋은 모두들 가지고 있는 천부적 개성만큼이나 자기 분야에서 집념과 원칙을 가지고 자수성가한 의지가 강한 친구들이라고 확신한다.

셋이 서울권에 살다 보니, 계성이가 상경해서 서울권에서 만나는 것이 상례였으나 작년에는 모처럼 지방에서 만났다. 작년 10월엔 계성이의 고향인 진주시로 셋이 내려가서 함께 즐거운 만남을 가졌다. 시내에 위치한 전세 들어 있는 이 목사의 개척교회를 방문해서 축복을 주고받기도 했는데, 시 외곽지에다 새로운 부지를 확보해 내년에는 자신의 새 개척교회를 갖게 된다고 하니, 성취 의지가 대단히 좋은 친구다.

그의 집에서 1박하면서 부인이 정성을 들여 요리한 진주향토음식을 대접받고 세계적인 구경거리로 진화하고 있다는 진주시의 휘황찬란한 야경 유등축제를 구경하고, 다음 날엔 사천 등 진주시의 인근도시도 둘러보는 여정(旅情)을 담은 우의를 다지고 기분 좋게 상경하면서, 내년에는 이 목사의 교회 낙성식 때에 다시 오기로 하고 상경 KTX를 탑승했던 기억이 새롭다.

　말하자면, 우리들은 40년이 넘도록 서로 우정을 공유하는, 언제 어디서든지 믿고 믿어 줄 수 있는 금란지교(金蘭之交)의 좋은 친구들인 것이다.

　위 두 가지 케이스는 삶의 궤적만큼이나 40년 이상의 우정을 나눈 경우지만, 그 외에도 우정을 포함한 따뜻한 정을 나누면서 지속되어 온 모임이 많으니 나는 행복한 사람의 범주에 속할 것이라고 생각해 본다.

　즉, 격월로 만나는 재경동계초등동문회, 분기별로 동부인해서 모이는 전주신흥중 네 친구들의 다흥(多興)회, 그리고 경복고 관련모임으로서 매달 정기 산행하는 경복45산우회, 서울대 재학 시 시작된 몇몇 친구의 청웅(靑雄)회, 분기별로 전국 명소를 유람하는 최근의 복4512모임, 3학년 8반 백수들의 분기별 모임인 팔백(八白)회, 교대역 부근에서 월 1회 만나는 교복회, 매월 둘째 주 목요일마다 만나는 강복회 등……

　그런가 하면, 혈연모임인 김씨종친회와 재경순창군민회, 재경동계면민회 등 지연에 따른 모임에도 종종 얼굴을 비침으로써 좀 어색하지만 공감대의 폭을 넓혀 가기도 하고 있다. 그리고 수필을 쓰는 나는 대한문인협회, 내가 창립한 경기도공무원문학회(畿文會), 현대수필문학회, 성동문인협회의 모임에도 간간히 참가하면서 영등포구청 재직 시 간부들로 구성된 영우(永友)회, 전북 22회 행시동지회와 국방대학원 89학번으로 구성된 덕우(德友)회에도 시간이 되면 참석해서 얼굴들을 보기도 한다. 이외에도 나에게는 친척이나 지기의 애경사 등 만남이나 모임은 허다(許多)하다.

나는 시간이 허락하고 건강이 유지되는 데까지 위와 같은 만남과 모임을 계속하려고 한다. 만남이나 모임은 나에게 따뜻한 즐거움을 주고, 반갑고 새로운 활력소인 삶의 에너지를 얻을 수 있는 원천이기에……

아울러, 앞으로 점점 다가오는 아름다운 황혼을 맞을 준비책으로서 희망하고 있는 100세 클럽 가입을 위해 나에게 유용한 기회를 제공해 주기도 하기 때문이다.

– 2016년 1월 –

제자리를
지킨 숨은 영웅들

공직의 길

세상을 살아가면서
누구나 길을 가게 된다
자신의 길을 택해야만 한다

나는
주민, 국민에게 봉사하는
길을 택했다 생각보다
험난한 길을….

하느라고 애써 했는데
지나 놓고 보니 원하는 만큼의
성공의 자취를
지나온 길에 남기지 못했다

주민, 국민에게 걸림돌이 되는
것을
많이 치워 놓아야 했었는데
생각지도 못한 여러 가지 암초에
걸려서인지

그저 마음먹기에 그치고 말았으니
만족의 깃을 틀지를 못했었고
나의 길에 아쉬움과 회한만이
남아 있으니….

그래도
나를 아는 어떤 친구들은
성공한 공직의 길을 걸었노라고
나에게 애써 위안을 주기도 한다

새로운 희망을 갖기 위하여

　수원시 파장동 소재 연수원의 나무와 주위 산들이 아름다운 단풍으로 물들더니, 어느새 붉고 노란 마지막 잎들만을 추워지는 바람결에 덩그머니 달고 있는 나무들의 모습들로 부쩍 부각되어 시야에 들어오는 것을 보게 되니, 나무에 이파리가 없었던 지난 2월부터 시작된 우리의 장기 연수과정도 이제 저만치서 그 대미가 보이는 시기로 접어들었나 보다.

　오늘 아침, 좀 서늘해진 그러나 싱그러운 아침 공기를 폐부에 가득 담아 가며 낙엽을 밟으면서 잠시 연수원 뒷산을 산책하노라니 불현듯 더욱 그러한 상념들이 자연스레 머리에 떠오르니 '이제 정말 연수생활이 마감되는구나.' 하는 실감어린 생각이 지펴져 와, '연수소감'이라는 것을 더듬어 보기 위해 점심을 먹고서 도서관의 컴퓨터 앞에 이렇게 앉아 보게 된 것이다.

　우선, 입교식이 떠오른다.

　지난 2월 12일 입교식. 채 1년도 안 되었는데 아득히 멀게만 느껴지는 것은 왜일까?

원래 교장 선생이 장래 당신의 꿈이었다고 카랑카랑하게 첫말을 던진 허성관 행정자치부장관으로부터 자신에 의해 신설된 금번 고위정책과정을 시험도 보고 평가도 하는 등 타이트하게 운영하도록 하겠다는 엄포성의 발언을 들었던 기억이 난다. 나로서는 다소 의외였고, 허장관의 발언대로 교육과정이 운영된다면 이거 내가 제대로 감당해 낼 수 있을는지 내색은 안 했다만 마음이 무거워지고 은근히 걱정이 앞서기도 했었다.

　왜냐하면, 기왕의 장기연수과정들이 연식년의 개념에서 크게 벗어나지 않은 상태에서 잘 운영되어 온 것을 익히 알고 있었기에, 신설된 우리의 과정도 대체로 그러한 궤에서 크게 벗어나지 않을 것이라고 나 나름대로 지레짐작하고 큰 부담 없이 임한 터이었기에 그러했던 것이다.

　또한 나로서는 참여정부 출범 첫날 청와대행정관에서 갑작스런 대기명령을 받고서 관행에 따라 원 소속기관인 서울시로 복귀하려고 하였으나, 청와대와 서울시의 이견으로 양 기관의 샌드위치 신세로 지난 1년간을 공중에 떠버린 미아로서 고행스런 국외자 생활을 해왔었고, 원래 천학비재(淺學菲才)하고 능력도 운도 없어서인지 자의 반 타의 반으로 여러 부처를 전전한 나로서는 고시 동기생들 중에서 제일 늦게 승진, 느즈막에 만회할 기회를 맞아 이제 제대로 일하겠구나 싶었는데 지천명의 50대 중반에 이르게 되어서인지 새로운 코드의 시각에서 볼 때는 이제는 공직에서 쓸모가 없는 사람으로서 천직으로부터 배제된 사람, 퇴출의 나락에 처하게 된 신세로 전락되어 버리고 만 것이다. 자신이 선택해서 걸어온 과거의 길에 최소한의 자부심은 가져야 한다고 믿어 온 나의 작은 신념에 비하면 지난 20여 년간의 공직 생활이 일순간 한낱 무상하고 무의미한 것으로서 실패한 삶을 살아왔다는 퇴행적인 자학과 불안·불만감·괴로움 그리고 호소해도 별 소득 없고 자존심만을 깎아대는 주위의 걱정을 가장한 고소한 시선 속에서 웅크리고 지쳐 버린 은둔된 상태에서 보낸 기나긴 1년이었기에, 나로서는 이번 교육기회가 퍽이나 다행스럽다고 자위하며 임한 터였기에 더욱 그러했던 것이다.

허나, 교육이 실제로 진행되면서 입교식에서의 나의 걱정거리는 다소 기우였었다는 생각이 차차 들게 되었다.

말하자면, 중앙과 지방에서 행정을 챙기느라 바쁘게만 살아왔던 우리들에게 저만치서 떨어져 새롭고 폭넓은 지식과 지혜를 접하게 함으로써 자신을, 자신의 과거를 겸허히 되돌아보면서 새롭게 모든 면에 대한 생각을 개인적으로 정리해 보고 장년기에 이른 삶을 좀 더 윤택하게 할 수 있는 기회를 갖는 데에 도움을 주어서, 궁극적으로는 복귀해서 남은 기간 동안 넓어진 시각과 정책안목으로 행정을 펼치는 데 주안점이 주어지는 여유로운 에너지를 축적하는 데에 초점이 맞추어졌고 그렇게 운영됨을 느끼게 되었기 때문이다.

그래서인지, 봄·여름·가을·겨울 10개월의 연수과정을 이수하다 보니 나의 몸과 마음의 창고에는 많은 보물들로 가득 쌓이고 간직되고 있음을 느끼게 되었다. 그중에서도 좀 더 소중하고 값진 몇 가지 보물들을 꺼내어 음미하는 마당을 가짐으로써 그동안의 연수 생활을 나름대로 기리려고 한다.

첫째, 나로서는 우리의 나라 '대한민국의 실상'을 재발견하는 기회

를 가질 수 있었다는 점이다.

극동에 오또마니 매달린 형세의 작은 나라인 우리나라가 끈질긴 조상들의 지혜로운 저력으로 오늘날까지 이어져 온 것을 알게 된 것이다. 특히 천재가 아니면서도 학문연구의 성실한 일생으로『성학십요』를 집필하여 성리학의 조선화(朝鮮化)를 이룩한 거유(巨儒) 퇴계 이황 선생, 그리고 세 번의 유배생활의 고행을 겪으면서도 조선의 미래를 위해 500여 권의 방대한 저서를 남기신 다산 정약용 선생에 대한 강의에서 많은 것을 새롭게 느끼고 배울 수 있었다.

이황 선생은 성리학의 본고장 중국에서 '이부자(李夫子)'로 추앙받았으며 베트남의 독립을 위해 일생을 미혼으로 보낸 호지명의 서재에 끝까지 꽂혀 있었다는 설이 전해지는 다산 선생의『목민심서(牧民心書)』에서 만고불후(萬古不朽)의 우리 대한민국의 도도한 참 혼을 볼 수 있었다.

내가 평소 꼭 가 보고 싶었던 도산서원과 강진의 다산을 현지 문화 탐방하고서 그분들의 시대를 초월한 위대한 향기를 몸소 맡아 보고 나니, 그리고 세계의 명산 금강산의 천선대를 어렵게 올라가 만추의 '만물상'을 벅찬 감탄 속에 한참 동안 구경하고 나니, 나아가 40여 년 동안 60여 개국을 돌며 소리의 명기를 수집해「참소리박물관」을 짓고 있는 손성목 박물관장 같은 집념과 의지의 한국인을 실제로 대하고 나니, 작은 나라임에도 오랜 역사적 저력을 지니는 이유를 새롭게 체득하게 되었다고 나는 감히 말할 수 있게 되었으니……

둘째, 현재가 지구촌(global community) 시대임을 피부로 재인식하는 기회를 가지게 되었다는 점이다.

29명의 우리 연수생 일동은 8월 29일에서 9월 11일까지 북구팀과

남미팀으로 나누어 해외연수를 하였다. 모두가 참여하기를 적극 선호하는 것으로 보아서 어찌 보면 우리의 연수과정 중 백미라고 해야 할 것이다. 나는 북구팀으로 참여해서 러시아 · 핀란드 · 스웨덴 · 노르웨이 · 체코 · 스페인 · 모로코를 여행할 수 있었다. 영국 등 중유럽은 해외연수를 통해 오래전에 다녀왔기에 북구 쪽을 가 보고 싶었던 차에 마침 잘된 것이다. 러시아에선 레바 강을 중심으로 한 제정러시아의 번영과 구소련 공산잔재의 퇴행성을, 북구 3국에선 깨끗함 · 사회보장과 풍요의 미학을, 체코에선 오랜 고도의 전통적 아름다움을, 스페인에선 그라나다의 역사성과 플라밍고의 역동성을, 모로코에선 페즈의 전통관광과 이슬람의 편린(片鱗)을 그리고 귀로에선 프랑스의 잘 정리된 도시 미관을 완상할 수 있었다.

나라마다 특색 있는 역사와 생생한 현재를 느낄 수 있었고 자신들의 장점을 살려 모든 것을 꾸려 나가는 최첨단의 현란한 현실을 읽을 수 있었으며, 여유와 현재를 만끽하며 사는가 하면 어려운 현실을 감내하며 좀 더 나은 나라로 밀항하는 서글픈 현장도 목격하면서 우리나라의 현실을 가늠해 보기도 하였다.

여러 나라를 돌면서 음식 · 숙박 등 다양한 분야의 많은 곳을 관람하고 피부 색깔이 다른 사람들을 지나치며 수없이 보면서 색다른 문화와 문명을 접하다 보니, 이역만리 떨어진 지구촌 현장에 와 있음을 문득문득 느끼곤 하였다.

외국에 와서 이메일로 집에 소식을 전하는 기회를 실제로 맞고 보니 인터넷혁명을 실감하면서 내가 지금, 우리가 지금 지구촌 시대에 살고 있음이 새삼스러이 인식되어 이에 대한 대비를 항상 해야 하는 것이 아닌가 하는 생각도 해 보면서…….

셋째, 나 자신을 되돌아보는 소중한 기회를 가졌다는 점이다.

내가 걸어온 과거를 진지하게 뒤돌아보고 반성하며 남은 미래에 대해 생각해 보면서 늘어난 평균수명과 짧아진 지식수명에 효과적으로 대처하기 위해서는 현대인은 두세 개의 직업을 가져야 한다는 교수님들의 현실적인 주문에도 골똘히 천착해 본 귀중한 시간을 가져 보았던 것이다.

또한, 공직 생활을 하는 사람이라면 아마 다 그렇듯이 꽉 짜인 바른 생활을 하는 경우가 대부분이기 때문에 조용히 관조하는 시간 속에 자신만의 생활을 갖는 경우가 드물 것이라고 생각한다. 나도 지금까지 그러한 경우에 속한 편이어서 나만의 오붓한 시간을, 가족과 함께하는 기회를 좀처럼 갖지 못한 것이 사실이다. 헌데, 이번 연수과정을 이용해서 여름휴가 시즌에 모든 가족원과 함께 강원도의 워터피아에서 유익한 휴식을 즐긴 것은 정말 유쾌한 일로서 오랜만에 가족에 봉사한 기회를 갖게 된 것으로, 오랫동안 기억에 남을 것 같아서 기분이 매우 좋은 것이다.

그런가 하면, 결혼 20주년 기념여행으로 가고자 했었으나 못 갔던 울릉도를 비록 처와는 같이 못했지만 문화탐방 연수일정으로 성인봉 산정에 올랐던 일, 건강관리상 그리고 앞으로의 문화생활을 고려한 골프에 눈을 뜨게 된 일, 영남권·충청권·호남권·강원권·수도권의 탐방, 분임토의 및 강의 등 연수과정을 통하여 인연을 맺게 된 우리의 연수 동지들과의 만남, 민간연수기관에서의 연수체험, 시민단체 활동이나 노동운동에 대한 전문가들의 고견청취 그리고 이메일을

통한 설문분석으로 연수논문을 작성해 본 일 등이 정말 소중한 기억
으로 오래도록 남을 것임을 확신한다.

이왕 말이 나왔으니, 한 가지 첨언하고자 한다.

앞에서도 언급했다시피 현재는 21세기 지구촌 시대이다. 우리나라
사람이 아닌 여러 나라 사람들과도 더불어 살아가는, 살아가야 하는
글로벌 아이(global eye)를 지니는 국제인이 되는 시대인 것이다. 서로
대화를 통해서 의사소통이 이루어져야 하므로 대화가 가능한 영어를
비롯한 국제어학들이 필요하며 특히 영어는 필수적인 언어가 되었다
고 생각된다.

따라서 향후의 과정에서는 영어에 대한 별도의 특별과정이 구상되
어 운영되어야 하지 않을까 하는 생각이 든다. 그러한 것에는 장기과
정 중에 1주정도 선진외국 등과 주제를 정해서 공동세미나를 개최해
보는 방안도 생각해 볼 수 있을 것이다.

끝으로, "목민관은 백성을 위해서 두었다(牧爲民有也)."는『목민심서』
의 다산 선생의 말씀을 깊이 아로새기면서, 앞으로 얼마 남지 않은 공
직 생활이나 향후의 삶을 위한 대비차원에서 볼 때, 나는 이번 장기연
수과정을 통해서 '새로운 희망을 갖기 위하여' 씨앗을 뿌려 추수한 값
진 보고(寶庫) 하나를 얻은 것으로 자평한다는 말을 덧붙이고 싶다.

새로운 장기연수과정을 신설하여 저희에게 귀중한 체험을 하게 해
주신 원장님 이하 연수원 가족 여러분께 감사드리면서 연수소감을
마치고자 한다. 감사합니다.

─ 2004년 초동(初冬)에 ─

내무관료와 상공관료(1재)

내무관료는 만물박사요, 상공관료는 전문박사이다.

내무관료의 업무 관장 범위는 무제한적으로 방대하다. 이는 치안·소방·민방위·지방세 업무의 순수 내무행정 분야 외에 지방 자치단체를 통할하고 관장하고 있는 당연한 결과이며, 광의로는 지방 자치단체의 행정까지 포괄하게 되는 것이 우리나라의 현실이다. 헌데, 지방 자치단체의 관장 범위는 중앙 정부의 지방적 행정 구현이라는 측면을 고려하여 지방 자치단체의 입장에 입각해서 볼 때 미치지 않는 구석이 거의 없다고 생각된다. 따라서 관장하는 행정 분야가 다방면이기 때문에, 내무관료는 만물박사가 되어야 한다.

반면에 상공관료의 관장 범위는 제한적이다. 이는 무역·상공업·품질관리·특허행정 분야 등, 즉 상공업과 관련된 행정 분야인 것이다. 따라서 관장하는 분야인 관장의 폭이 한정적인 상공행정 분야에만 미치기 때문에, 상공관료는 전문박사가 되어야 한다.

내무관료는 다방면의 행정과 다방면의 행정 지식에 접하기 때문에 각 분야(어떻게 보면 자신 외의 분야를 포함해서)의 지식을 비교적 두루 알게 되는 만물박사이기는 하지만, 대부분 일반적이고 피상적인 수준에 머물게 된다. 상공관료는 오로지 상공 분야의 행정과 상공 분야의 행정 지식에 접하기 때문에 자기 분야에 깊게 천착하는 정확한 지식 소유의 전문박사이기는 하지만, 대부분 자신 외의 분야에 대해서는 문외한에 머물게 된다.

따라서 내무관료는 만물박사가 되지 않을 수밖에 없고, 상공관료는 전문박사가 되지 않을 수밖에 없다고 느껴진다.

내무관료는 종합행정인이요, 상공관료는 전문행정인이다.

내무관료, 특히 지방 자치단체를 구성하고 있는 내무관료의 업무 관장 범위는 넓디넓고 또한 현지성이 구체적으로 강해서 지역 주민의 공감대를 형성하게 하는 지역의 화합과 안정 업무 분야에서부터 폐기물관리법에 의한 일반폐기물인 쓰레기·분뇨 등 오물 청소에 관한 업무 분야까지 포괄적으로 섭렵해야 한다. 따라서 이러한 이질적이고 광범위한 제 분야를 폭넓게 종합해서 주민 편익과 주민 복지 차원에서 일관성 있는 행정으로 엮어야 하기 때문에, 내무관료는 종합행정인으로서의 안목을 지니는 종합행정인이 되어야 하는 것이다.

상공관료의 관장 범위는 제한적이기는 하나, 우리나라의 영토를 훌훌 벗어나서 미수교국(未修交國)에까지 교역하게 되는 대외무역법상의 특수지역교역 업무에서부터 공업발전법상의 전자공업 육성, 중소기업 육성 등의 업무 분야까지 심층적으로 섭렵해야 한다. 따라서 이러한 분야를 깊디깊게 안팎으로 성찰함으로써 통상 및 공업 발전의 정책분야 측면에서 미세한 부문의 기저원리까지도 치밀하게 탐구하여 필요한 대처 방안을 정확히 창출해 내야하기 때문에, 상공관료는 전문행정인으로서의 안목을 지니는 전문행정인이 되어야 하는 것이다.

나아가, 내무행정이 그 속성상 종합행정이기 때문에, 내무관료는 종합행정을 수행하기 위해서 때로는 국민의 권리를 제한하고 의무를 부과하는 등 불가피하게 규제적 행정을 취하기도 하고, 때로는 국민의 권리를 신장하고 의무를 완화해 주며 부드러운 지도를 하는 등 국민의 행복감을 고양하게 해 주는 조장적인 행정을 취하기도 한다. 또 그런가 하면 이러한 두 가지 행정 방안을 복합적으로 활용해 시너지 효과를 높이기도 한다. 상공행정이 그 속성상 조장 행정에 속하는 편이기 때문에, 상공관료는 기업육성 · 무역진흥 · 특허 행정지도 등 비교적으로 조장적인 행정 방안을 취하는 수가 많다.

따라서 내무관료는 규제 · 조장 · 행정 방안을 적절히 강구하는 종합행정인이 되지 않을 수 없고, 상공관료는 비교적으로 조장적인 행정 방안을 강구하는 전문행정인이 되지 않을 수 없다고 사료된다.

내무관료는 국내성향인이요, 상공관료는 국제성향인이다.

내무관료의 업무 관장 공간은 국내이다. 치안 분야에서는 세계가 지구촌이 되어 가는 오늘날에서는 범죄의 국제화 추세로 국제간에 연계되는 문제가 다소 있을 수도 있으나, 지역안정 문제, 지역개발 문제, 지역복지 수혜 문제 등 내무관료가 담당하는 업무 영역의 대종(大宗)은 국내이다. 따라서 관장하는 행정 분야가 국내이기 때문에, 내무행정에 몸담은 내무관료는 자연 국내성향인이 되어야 하는 것이다.

이에 반해 상공관료의 업무 관장 공간은 국내를 포함한 세계이다. 상공행정이 공산품의 생산·유통·소비 등이 이루어지는 국내시장에 관한 업무를 당연히 관장하지만, 아울러 공산품을 외국에 수출하거나 외국에서 수입하는 수출입 업무도 관장한다. 더군다나 60년대 이후 수출주도형의 경제개발 계획이 국가 최고 정책으로 운용된 이후, 국제시장 업무를 관장하는 업무가 우리나라의 상공행정에서 커다란 비중을 차지하게끔 되었다. 따라서 관장하는 행정 분야가 국내외이기 때문에, 상공행정에 몸담은 상공관료는 자연 국제성향인이 되어야 하는 것이다.

내무관료는 내무행정의 범위가 국내에 미치는 것이기 때문에 이에 상응하여 사고하고 천착하지만, 행동하는 패턴 및 시야의 범위가 국부적인 국내에 머무르게 된다. 상공관료는 상공행정의 범위가 국내뿐만 아니라 국제간에도 미치는 것이기 때문에, 더군다나 미국 등과의 통상마찰 현상까지 빚게끔 되는 등 국제시장에서 점하게 된 우리나라의 교역량이 괄목할 만한 수준에 도달한 오늘날에서는 그에 맞게 사고하고 천착하게 됨으로써, 행동하는 패턴 및 시야의 범위가 드넓은 국내외로 더욱더 확산되어 갈 수밖에 없다.

따라서 내무관료는 국내성향인이 되지 않을 수밖에 없고, 상공관료는 국제성향인이 되지 않을 수밖에 없다고 생각된다.

내무관료는 보수지향인이요, 상공관료는 진취지향인이다.

내무관료의 업무 관장 범위는 방대하고 다방면이나 나라 안인 국내의 공간이다. 치안·소방·민방위 등 국가 질서의 기틀을 중점 관장하는 업무에서부터 주민의 최근접 현장에서 쓰레기 수거 등 청소 업무까지를 지방자치단체를 통하여 관장하기도 하지만, 그 관장 공간은 어디까지나 화합과 안정을 소망하는 나라의 내부인 국내에만 머무르게 된다. 따라서 관장하는 행정 분야가 방대하고 다방면이나 그 미침은 국내의 공간이기 때문에, 내무행정에 몸담은 내무관료는 대체로 보수지향인이 되어야 하는 것이다.

반면, 상공관료의 업무 관장 범위는 제한적이고 정치하나 나라 안팎인 국내외의 공간이다. 최신의 정치한 이론과 기술을 요하는 VTR· 컴퓨터 등 고도의 첨단산업을 비롯한 상공업 분야의 업무만을 오로지 관장하지만, 이러한 분야는 수출입을 통하여 국제시장에서도 이루어진다. 따라서 관장하는 행정 분야가 제한적이고 정치하나 그 미침은 나라의 안팎인 국내외의 공간이기 때문에, 상공행정에 몸담은 상공관료는 대체로 진취지향인이 되어야 하는 것이다.

내무행정이 국가의 근본 기틀과 안전을 담당하고 지역의 안정과 기층사회의 화합 문제를 다루는 것을 포함하고 있기 때문에, 내무관료는 이에 상응하여 국가의 안전과 지역의 안정을 고려하므로 사고 · 행동의 패턴에서는 현실에 대한 변화나 외부로부터의 충격에 대한 관심이 비교적 낮아서 소극적으로 주어진 현상을 그대로 유지하려는 수구적이고 수기적(守己的)으로 닫힌 보수적 행태를 갖기가 쉽다. 이에 반하여, 상공행정은 새로운 고도의 첨단산업 분야에도 신경을 써야 하고 치열한 국제통상 분야에서 국익을 고려한 우위성 확보에 대하여 지속적으로 노력하는 것을 포함하기 때문에, 상공관료는 이에 상응하여 정교한 첨단산업의 최신정보 및 시시각각 바뀌는 긴박한 국제시장의 동향 파악 등에 상시적으로 민감하게 대처해야 하므로 사고·행동의 패턴에서는 현실에 대한 변화와 외부로부터의 충격을 긍정적으로 과감하게 수용하는 등 변화하는 현상을 받아들여 능동적으로 개선하려는 열려진 진취적 행태를 갖기 쉽다고 생각된다.

　따라서 내무관료는 보수지향인이 되지 않을 수밖에 없고 상공관료는 진취지향인이 되지 않을 수밖에 없다고 감지된다.

　이상 적시(摘示)한 국가·지역 안전업무 관장의 핵심 관료인 내무관료와 국가경제 업무 관장의 핵심 관료인 상공관료가 갖는 상대적인 차이점에도 불구하고 '국민을 위하여 헌신적으로 봉사해야 할 자(者)로서의 공복(公僕)'이라는 사실만은 여느 관료의 경우와 마찬가지로 내무관료와 상공관료의 기본적인 공통점이라고 생각된다.

　따라서 내무관료와 상공관료는 자신을 있게 하는 장본인인 국민들을 위해 최대한의 봉사자가 되도록 하는 것이 자신들에게 주어진 최소한의 의무를 다하는 것임을 항심(恒心)으로 느끼며, 이에 부단히 수렴되도록 끊임없는 자기 성찰과 온몸을 던지는 노력을 다방면으로 기울여 국가를 발전시키는 주요 핵으로서의 역할을 다하도록 하는데에 주저해서는 안 될 것이다.

- 1988년 2월 -

국감증인(國監證人)

첫 번째 신문 : 신계륜 새천년민주당 의원
"서울시의 현재 약수터 수는 402개소이며, 이용 인구수
가 많고 가지 등산로가 많은 등의 사유로 부적합 약수터
가 많은 것으로 아는데요?"
- 네, 그렇습니다.

"부적합 약수터를 줄이도록 하는 등의 개선방안으로는?"
- 약수터를 이용하는 시민들의 의식 제고, 노인회 등 이용단
체를 통한 자율적인 관리의 강화, 그리고 정기적인 수질검사의
확행 등의 방안을 취하고 있으며 이를 지속적으로 강화해 나가
고 있습니다.

"약수터의 경우, 바이러스 측정상의 어려운 점은 흘러
나오고 있는 상태에서 다량인 1,500ℓ 이상의 약수 물 시
료채취가 필요하다고 알고 있는데, 이러한 것들이 현실

적으로 어려운 문제점 아닌가?"

— 서울시에서는 그러한 이유 등으로 바이러스 측정을 못하고 있는 실정입니다.

두 번째 신문 : 박인상 새천년민주당 의원
"서울시의 약수터가 지방의 시·도에 비해 부적합률이 높은 이유는?"

— 의원님께서 지적하신 바와 같이, 우리 서울시의 경우 약수터의 부적합률이 전국 평균치를 웃도는 것은 사실입니다. 약수터 1일 이용인구 수가 약 8만 4천여 명으로서 지방에 비해 매우 많고 가지 등산로가 많아서 상대적인 오염 우려도가 높은 실정입니다.

"(바이러스의 경우 신계륜 의원의 지적이 있었음을 언급한 후) 서울시의 약수터 부적합률을 낮춰야 할 것 아닌가?"

— 이미 제출해 드린 자료에서 볼 수 있는 바와 같이, 분기별로 실시 연 4회 수질검사 시행과 주민들에 대한 행정지도를 통해 현재 부적합률이 낮아지고 있습니다. 이보다 더 낮추어 양질의 약수터가 되도록 더욱 노력하겠습니다.

세 번째 신문 : 이윤수 위원장(새천년민주당)
"약수터 수질검사 장비로써 서울시의 현 보유 장비는 어떠하며, 현 장비보다 나은 장비에 대해서는 어떻게 생

각하나?(서울시의 검사 장비의 수준에 대해 궁금해 하는 듯함)"

– 죄송하지만 제 소관사항이 아니라서, 잘 모르겠습니다.

내가 그렇게 답변하자, 그러한 것도 모르냐는 야유성과 좀 재미있다는 웃음들이 뒤섞여서 의원석과 환경부 공무원들로 가득 찬 플로어에서 동시에 터져 나왔다. 고립무원(孤立無援)인 내가 계속 가만히 있으니까, 이 위원장은 추후 서울시 감사 시 고건 시장님께 물어보겠다고 하고 넘어가 주었다.

네 번째 신문 : 김문수 한나라당 의원

"약수터 수질검사를 저의 지역구인 부천시의 경우, 월 1회 실시하여 상당한 성과를 보고 있는 중인데 서울시의 경우에도 여름철은 월 1회 실시해 주길 강력히 요청합니다. 이에 대해서……?"

– 지방자치단체는 분기별 1회 수질검사를 원칙으로 하고 있는 환경부훈령에 의거하고 있습니다. 우리 시도 마찬가지입니다.

"그럼 장관님, 환경부의 입장은 어떻습니까? 훈령을 개정해서라도……?"

– 환경부의 훈령은 원칙적인 기준이고 수질검사 횟수의 신축적 실시 여부는 각 지자체에서 알아서 할 사항입니다.

이와 같은 김명자 환경부 장관님의 명쾌한 보충답변이 있어서, 나는 좀 생각하다가 내년부터 서울시도 여름철의 경우에는 월 1회 실시하도록 하겠다는 의견을 김 의원에게 피력하자, 혹시 과장이 바뀌면 어떻게 될지 모른다며 재차 나에 대한 확실한 다짐을 물어오는 치밀함을 보였다. 이에 실시토록 하겠다는 재 확답을 하자, 나에 대한 증인신문은 모두 끝을 맺게 되었다.

나는 약 일주일 전쯤,

발신: 서울시 영등포구 여의도동 국회 환경노동위원장

수신: 서울시 중구 서소문동 37 서울시청

보건위생과장 김종박 귀하

출석 장소: 환경부회의실(경기도 과천시

중앙동 1번지 과천종합청사)

라는 [2001년도 국정감사 증인출석요구서 내용증명]을 받고 아연했었다. 일반증인 및 참고인 명단을 훑어보니 "9.11(화) 10:00 서울약수터 수질검사관련 증인으로 출석하라"는 내용이었다. 내가 무슨 잘못을 했다고……. 청문회, 국감장에서 증인으로 채택되어 중죄인 같은 곤욕을 치르는 장면을 TV나 신문에서 보아 온 나로서는 갑자기 내가 모르는 가운데 국감장에서 소환 받을 만한 직무상의 중죄나 저지르지나 않았나 하는 막연한 불안감과 함께 정말 알 수 없고 의외라는 중압감이 한참을 멍하게 짓눌러 왔다. 아무리 생각해도, 20여 년의 공직 생활을 돌이켜 보아도 그런 것 같지는 않은 것 같은데…….

부리나케 「국회에서의 증언 · 감정 등에 관한 법률」을 들춰보니 제 12조(不出席 등의 罪)에 '정당한 사유 없이 출석하지 아니한 證人, 보고 또는 書類 제출 요구를 거절한 者, 宣誓 또는 證言이나 鑑定을 거부한 證人이나 鑑定人은 3年 이하의 懲役 또는 1千萬 원 이하의 罰金에 處한다.'는 등의 살벌한 규정들을 보고는 허참, 더욱 중압감이 엄습해 오는 것이 아닌가.

허나, 이미 명백히 공문 상으로 출석명령이 내려진 것은 어쩔 수 없는 기정사실. 좀 시간이 지나자, 이러할 때일수록 침착성을 되찾아 이성적으로 대처해야 한다는 생각이 들어 마음을 다졌다. 이후 근 1주일 동안 과원들과도 숙의를 거듭하여 전국, 타 시도와의 비교 검토사항을 포함한 서울시의 약수터에 관련된 사항을 중심으로 자료정리와 예상 질문 및 답변내용의 작성 검토 등 나름대로의 준비를 열심히 하였다고 생각된다. 그리고 서울시 약수터 관리에 대한 시책과 그 수행에 대한 큰 흠결이 있는 과오는 발견되지 않았다고 판단되고, 아마도 전국 차원의 정책적인 대안 모색 차원에서 지자체를 대표해서 우리 서울시를 부른 것이 아닐까 하는 과원들의 조심스런 시각도 있고 해서 평상심만 유지하고 대응하면 그리 대수로울 것이 없겠다는 당돌한 생각이 들기도.

마침내 9월 11일이 왔다. 당초 오전 10시였으나 오후 2시로 시간이 조정되어 나는 약수터 담당팀장인 최용준 사무관과 과천청사로 12시 30분쯤 도착, 국감장 확인 등 사전에 대비해야 할 사항을 대충 점검하기도 하였다. 예정 시간보다 다소 지연돼 환경부 장차관을 위시한 관련 국장들이 만장(滿場)한 가운데 오후 2시 반부터 어제 첫째 날에 이어 둘째 날의 국정감사가 개시되었다.

환경노동위원장의 국감개시 선언이 있자, 위증을 하는 경우 엄중한 처벌을 받게 된다는 사전 주의사항을 청취한 후, 팔당상수원 취수 관련 증인인 임연택 한국수질검사소 소장, CNG 관련 증인인 임성길 서울시시내버스운송사업조합 전무이사 그리고 음식물쓰레기 관련 참고인인 심성구 열린사회시민연합 대표 등 4인을 대표해서 나는 발언대에 나아가 손을 들고 대표 증인선서를 하고 서명된 그 증인선서를 위원장에게 드렸다.

그리고는 본격적인 국감이 시작됐다. 질문순서에 따라 20분 이내로 12명의 질문과 장관 등 환경부측의 답변으로 3시간가량 진행되었으며, 그러는 가운데 다른 증인과 참고인에게는 의원들로부터 신문이 있었으나 나에게는 전혀 신문이 없는 가운데 1차 회의가 끝났다. 질문이 없어서 다행이었으나 다소 아쉬움도 남았다. 1차 회의의 분위기를 보니 2차 회의에서도 별 질문이 없을 것으로 보이고 바쁜 일정이 있다는 최 팀장의 얘기도 있고 해서 최 팀장은 일단 퇴근하기로 했다.

한 30분 정도 휴식을 취하고서 속개된 2차 회의에서는 첫 질문 의원부터 서울시 보건위생과장인 나에게 신문하여 온 바, 모두에 적기된 내용이 바로 그것이다.

최 팀장이 자리에 없으니, 이곳 국감장에는 서울시 공무원은 오로지 단 한 사람인 나뿐이었다. 나에게 신문이 시작되자 갑자기 외롭다는 상념이 들기도. 그래서 그런지 무척이나 긴장되고 얼떨결에 답변을 하기도 해 에너지가 많이 소모되어서인지, 답변을 마치고 나니 무척이나 육중한 피곤 덩어리가 온 심신에 엄습해 오는 것 같았다.

드디어 밤 10시 10분경에 오늘의 모든 일정이 종료되었다. 모두들 끝났다는 후련함 때문인지 발길을 재촉해 국감장을 떠나는 모습들이었다.

오늘 내가 잘 대처했는지 어떤지는 잘 모르겠으나 일단 마치고 나니, 여느 사람들처럼 털고 싶은 그 무엇을 훌훌 털어내 버린 듯 나도 후련했다. 국감장을 빠져나가는 사람들 속에 끼어 터벅터벅 걸어서 지하철을 타고 노곤한 상태로 11시를 약간 지나 언제나 포근한 나의 둥지인 집에 도착했다.

으레 귀가하면 TV를 보는 것이 나의 오래된 습관이다.

그런데 아뿔싸! TV를 보고 계시는 어머님께서 미국에서 방금 전쟁이 났다는 것이 아닌가. 정말 TV에 미국무역센터 쌍둥이 빌딩이 무엇인가 비행기 같은 괴물체의 폭격을 당해 붕괴되는 상상할 수도 없는 엄청난 대참사가 빚어지고 있지 않은가 말이다. 처음엔 무슨 컴퓨터 게임이 진행되는 것이 아닌가 하고 눈을 의심하기도 했다. 그러다가 시간이 지나자, 테러에 의한 엄청난 대 전쟁이 일어나고 있는 것으로 감이 잡혀지기도.

국감증인 출석이다, 21세기 최초의 전쟁발발이다, 나에게는 정말 잊히지 않는 2001년 9월 11일이었으니.

그런가 하면, 우리 주위에는 운동을 겸해 새벽부터 인근 약수터를 찾는 사람이 많으며, 또 할아버지·할머니들은 말동무를 만나기 위해 약수터에 많이 온다고 생각된다. 특히 관악산, 도봉산, 북한산, 남한산성, 청계산, 우면산 등 등산로에 있는 약수터에는 새벽부터 저녁까지 약수를 길어 가려는 사람들이 줄을 잇고 있는 멋있는 광경들이 연출되기도 하는 것이다.

오늘의 국감장에서의 증인 체험을 항상 유념해서 약수터 관리에 좀 더 신경을 써서 1,100만 우리 서울 시민들의 좋은 약수터가 되도록 가능한 노력을 다하여야겠다는 나름의 다짐을 해 보면서 잠을 청해 보았다.

- 2001년 10월 -

친환경농업의 선두주자
양평군을 찾은 어느 하루

금년 초만 해도 그렇지 않았었는데 어느새 친환경론자가 되어 버린 누리 엄마의 수차례의 채근은 나를 환경 현지답사 모임에 참여하게 만들었다.

오늘은 10월 13일, 맑은 토요일 오후.

지하철 2호선 잠실역에서 내린 나는 미리 와 있는 아내인 누리 엄마와 만나, 송파구청 건너편의 교통회관 앞에서 대기하고 있는 양평군에서 제공된 버스에 몸을 실었다.

떠날 시간이 돼 가자 대형버스의 좌석이 모자랄 정도로 많은 사람들이 모여들었고, 환경철학으로 무장된 주최 측인 권광식 교수님으로부터 친환경농업을 알기 위해 제1회 생명 · 환경 아카데미 연수를 마친 교사들이 주축이 돼 만들어진 천지애 모임 등 3개 그룹이 참가하고 있다는 안내말씀과 함께 오늘의 친환경행사에 대한 간단한 브리핑이 있은 후 오후 1시 반경, 버스는 인구 8만 2천여 명, 면적 878.32㎢의 양평군을 향해 달리기 시작했다.

나는 누리 엄마를 제외하고는 아는 사람이 없었으나 모두들 회원들이거나 가족 등 익히 아는 사이라서 그런지 그룹별로 매우 반가워 하는 분위기로 차 안이 장식되는 것을 보고, 나도 몇 분과 수인사를 나누는 등 덩달아 좋은 분위기 속으로 빠져들었다. 콘크리트 벽 안에서 빡빡이 짜인 일정에 따라 1주일을 지내 온 사람들은 휜소·현란, 부산하고 숨 막힐 듯한 서울 시내를 벗어나는 것만으로도 좋은 것이 아닌가. 피로감이 마냥 가시는 해방감을 만끽하는 즐거운 모습들이 차 안에서 많이 읽히니 말이다.

배달겨레의 영원한 젖줄인 한강, 푸르른 한강 상류가 벗 삼아 계속 보여 오고 노란 황금 들판과 단풍으로 물들기 시작하는 산들을 창을 통해 가만히 완상하면서도 우리들의 귀는, 나의 귀는 쫑긋하고 정진영 경실련 관계관이 토해 내는 열강을 경청하기도 하였다.

60대인 그는 훨씬 그 이하의 연령대로 착각할 정도로 혈색 좋은 건강을 유지하고 있었는데, 그 비결이 화학비료나 농약 등이 잔류되지 않은 현미 등의 자연식을 23년 동안 섭취한 결과라고 자랑하면서, 지금까지 그러한 식사를 꼬박꼬박 만들어 주는 부인의 공을 높게 평가한다는 너스레를 늘어놓기도 하였다. 그러면서 세계 최 장수국인 일본인들이 즐겨 먹는다는 우메보시까지 포함된 자신의 실제 현미도시락을 우리들에게 주욱 돌리면서 자연식의 중요성을 강조하였는데, 이러한 분야에 초심자인 나에게도 공감되는 바가 컸다. 나도 조금 시식해 보았는데 맛은 잘 모르겠지만 하여튼 그러한 것을 그토록 지속한다는 것 자체가 대단하다는 생각이……

입심 좋은 그는 친환경농업의 주요성의 백미로서의 한 예를 들었는데, 유럽인들의 경우 살충제 등 화학성분이 가미되지 않는 음식을 섭취했던 1940년대까지는 성인 남자의 정자가 1cc당 1억 마리였었는데 현재는 1cc당 4천 마리로 6천 마리나 감소한 가공할 현상이 나타난 것은 자연식을 하지 않은 것, 즉 환경호르몬의 당연한 재앙이라고 역설하면서, 우리나라의 경우도 이와 크게 다를 바 없다고 주장하기도. 지금 이 순간에도 우리 인간의 욕망으로 환경이 파괴되고 수많은 생명체가 사라져 가는 것을 안타까워하면서 친환경운동, 친환경농업, 생명운동의 중요성을 침을 튀어 가면서 설파하였는데, 나 같은 문외한에게는 쇼킹을 줄만큼 강하게 머리를 때려 왔다.

그러면서 그는 무공해 농산물을 오랫동안 실제로 생산해 오면서 환경운동을 주도해 온 사람으로서 무공해 농산물에 대한 환경단체의 품질인증제(AFAS)에 대해서도 일본과 협력방안을 모색하는 등 신경 쓰고 있음을 강력히 내비치기도 했다.

강이 아니라 바다와 같다는 생각이 들곤 했던 양수리를 지나 드디어 우리는 '21세기 양평의 선택 맑은 물 사랑 친환경농업'의 양평에 도착했다.

군민회관 등 다중 집회시설이 한곳에 모여져 새로이 지어져서인지 규모도 크고 잘 지어졌다는 생각이 들었다. 우리는 새로 지은 듯한 여성회관으로 모셔져 창현배 환경계장의 사회로 양평군의 환경운동의 원로인 권 선생님으로부터 순환·공생·절제를 중심개념으로 하는 친환경농업을 전국 최초로 실시한 양평군의 환경 친화전략을 주의 깊게 들을 수 있었다.

수도권의 먹는 물 공급을 위한 한강 상수원보호지역인 양평군은 그동안 규제를 많이 받아 와서 개발상의 불이익을 너무 받고 있다는 군

중심리가 발동하는 사례도 있었으나, 환경문제 특히 친환경농업에 대한 민병채 군수님의 지속적인 시책 추진의 대장정으로 지금은 군민들도 농민들도 BMW(미생물·미네랄·물)를 사용하여 농사를 짓게 되는 등 이해를 하고 친환경농업을 함으로써, 자연환경도 지키고 높은 값으로 판매가 이루어지는 등 지속 가능한 21세기 친환경농업의 중심지로서, 무공해 농산물·유기농산물의 선진군으로 명성을 얻게 된 배경과 추진경위 등을 듣고서, 친환경농업에 눈뜨고 비전을 갖고 이를 실천한 양평군에 진심 어린 박수를 보내기도 하였다.

헌데, 이와 같은 양평군의 성공조건으로는 첫째, 유기농을 하여야 한다는 사회분위기가 조성되었고 둘째, 관과 민이 한마음화 되었으며 셋째, 상수원보호지역으로서의 보상적 차원에서 받게 된 물이용부담금의 활용이 주효했다는 분석을 하고 있는 것이 매우 인상적이었다고 생각된다.

이어서 우리는 무리를 지어 무공해 농산물이 생산되는 현장을 직접 둘러보는 소중한 기회를 갖게 되었다. 쪽빛을 들인 듯한 푸른 하늘 아래 노란 벼들이 다 자란 기름진 논들에는 오색찬란한 허수아비들이 논을 지키는가 하면 오리 떼가 놀고 있었는데, 우리들은 천진난만한 동심으로 돌아가 친환경농업의 상징인 메뚜기를 즐겁게 잡기도 하면서 오염되지 않은 시골내음에 물씬 젖어서 시간 가는 줄 몰라 하니 덩달아 마음도 한결 청결한 상태로 변해 감을 느끼면서, 호기심과 즐거움 속의 친환경농업의 현장답사는 계속 이어졌다.

역시 창 계장의 안내로 우리들은 무공해채소를 8년째 경작하고 있다는 하우스 재배장(栽培場)을 방문했다. 여러 가지 색깔을 한 채소들이 재배되고 있었다. 30여 종의 채소를 가꾸고 있다는 여주인은 무공해재배에서 어려운 점은 벌레가 심히 먹은 것들은 일일이 추려내어 버려야 하는 등 인건비가 높다는 것이 부담으로 작용하고 있다고 하소연하면서 무공해 인증마크가 부착된 식품은 절대 안전하다는 것을 강조하기도…….

 설명을 듣고 현장을 보고 난 후, 나는 무언가 많이 배우고 있다는 생각이 지펴져 왔다. 그러다 보니 어느샌가 땅거미가 지는 밤이 찾아 왔다.

 우리는 노란 은행나무 가로수가 멋있는 용문산에 있는 무공해 음식점에서 갖가지 신선한 야채와 은행막걸리 등으로 감미로운 포식을 하고 서로서로 정담을 나누며 양평의 무공해식품을 마음껏 감상을 하면서 양평의 저물어 가는 가을의 밤 운치를 마냥 즐겼다.

 밤 8시, 맛있는 무공해음식으로 포만된 우리는 양평을 떠나면서 친환경농업의 선두주자로서의 양평의 면모를 높게 기리고 앞으로도 더욱 발전 있기를 기원하였다.

 되돌아오는 차 안에서는 오는 길에서 열강을 했던 정 부위원장이 재차 등장해서 장문의 독립선언문을 무려 공약 3장까지 정확히 암송하는 비상한 기억력의 박식한 실력을 유감없이 발휘하기도. 그는 친환경농업이야말로 바야흐로 애국하는 숭고한 성업이라는 나름의 설을 펴기도 했는데, 그러한 얘기를 귀에 담으면서 잠에 곯아떨어지기도 하는 등 유쾌하게 서울로 돌아와, 우리는 서로 간에 아쉬움과 그리움을 남기면서 헤어졌다.

 오늘의 양평에서의 의미 있는 하루는 참가한 모든 사람들에게 앞으

로 환경 정의(environmental justice)가 생명의 정의(life justice)로 승화시키게
되는 놀라운 결과로 나타나리라는 생각을 해 보기도….

- 2000년 10월 -

괴질 메르스 마지막 환자의 사망

최근 언론의 보도에 의하면, 국내 마지막 중동호흡기증후군(MERS) 감염자로 남아 있었던 80번 환자가 합병증 등의 후유증으로 불행히도 결국 숨을 거뒀다고 한다. 이로써 국내 메르스 감염자는 지난 5월 20일 첫 확진환자가 발생한 이후 6달여 만에 한 명도 남지 않게 됐다. 정말 끔찍이도 길고 길었던 시간이었다.

방역당국은 이에 따라 국제기준에 따라 이날부터 28일 후인 다음달 23일 공식적으로 우리나라에 메르스가 종식되었음을 선언할 전망으로 보인다. 질병관리본부가 향년 35세인 젊은 80번 환자가 11월 25일 오전 3시에 서울대병원에서 그만 숨을 거두고 사망했다고 밝힌 것이다.

80번 환자는 기저질환으로 '악성 림프종'을 앓고 있었던 사람으로서, 항암제 투여로 면역력이 떨어진 까닭에 메르스 유전자 검사에서 음성과 양성을 반복하는 등 명확하게 음성 판정을 받지 못했다. 당초 지난 10월 1일 완치 판정을 얻었지만 열흘 뒤 다시 양성 판정을 받아 다시 입원하기도 했다.

이 환자는 5월 말 삼성서울병원 응급실에 내원했다가 지난 6월 8일 메르스 확진 판정을 받았고, 이후 172일 동안 투병생활을 해와 전 세계에서 가장 오랜 시간 메르스와 싸운 기록을 남기게 됐다. 80번 환자의 사망으로 11월 25일 현재로 사망한 메르스 환자 수는 38명으로 집계되었고, 메르스 치사율도 20.4%로 처음으로 20%를 넘어섰다.

방역당국은 메르스 환자가 단 한 명도 남지 않게 된 날로부터 메르스 잠복기인 14일의 2배, 즉 28일이 지나는 시점을 메르스에 대한 공식 종식시점으로 삼고 있다고 한다. 다만 이미 세계보건기구(WHO)가 한국의 상황에 대해 '전파 가능성 해소(the end of transmission)'라는 판단을 한 바 있어서 공식 선언을 하지 않을 수도 있을 것이다.

이러한 시점에서, 메르스 사태 관장의 수장인 보건복지부장관 임면 문제에 대해 국민의 한 사람으로서 나름대로 한번 짚어 보고자 한다.

주지하듯이, 정진엽 서울대 의대 교수가 17년 만에 신임 보건복지부장관이 됐다. 지난 메르스 사태 때 장관이 보건의료 전문가가 아닌 탓에 피해가 커졌다는 지적이 많았는데, 아마도 그런 사정이 감안됐을 것이다. 문형표 전 장관은 메르스 사태 초기 "메르스 전파력을 오판했다."며 대국민 사과를 했다. 연금 전문가인 그는 메르스 사태 이후 오랫동안 감염병 비전문가라는 비난에 시달려 왔었다.

하지만, 장관이 보건의료 전문가였다면 상황이 달라졌을까.

지나간 일을 가정하는 것은 어리석은 일이지만, 굳이 어땠을까 생각해 보면 별반 달라지지는 않았을 것 같다는 생각이 든다. '메르스 전파력을 오판했다.'는 전 장관 말도 실상은 전문가들이 장관 입을 빌려 스스로의 오판을 고백한 것이라고 봐야 할 것이다. 말하자면, 비전문가 장관이 메르스 전파력을 오판하도록 만든 전문가집단에 더 큰 문제가 있다는 것이다.

메르스 사태 초기 전문가들은 한입으로 말했다. 메르스는 치사율이 높긴 하지만 전염력이 낮아 일반 국민은 크게 걱정할 일이 아니라고 했다…. 걸려도 독한 감기 수준 정도라며 안심하라고 공공연히 했던 적이 있지 않은가. 그래서 나도 대다수 국민들처럼 처음엔 사실별 대수롭지 않은 것으로 넘긴 적이 있었다.

그런데 메르스 확진자가 눈덩이처럼 불어나고 격리자가 1만 명을 넘어서면서 '전염력이 낮다'는 전문가들의 말은 더 이상 믿을 수 없게 됐다. 30대 젊은 의사가 메르스 감염 후 며칠 만에 인공호흡기를 부착하고 사투를 벌인다는 소식에 '독한 감기 수준'이라는 말도 거짓말이 돼 버렸다. 이후에도 전문가들의 전문성을 의심하게 만드는 상황은 계속됐다. 전문가들은 "메르스 본거지인 사우디에서도 3차 감염은 없었다."며 3차 감염 발생을 낮게 봤다.

하지만 국내 전체 메르스 환자의 66.7%가 3차 감염자다. 3차 감염으로 그치지도 않아 4차 감염자(23명)까지 발생했고, 감염 경로가 확인되지 않은 환자도 8명이나 된 적이 있었다. 이 때문에 메르스 바이러스의 공기 감염 가능성도 제기됐으나, 물론 전문가들은 여전히 이를 부인하고 있다. 그럴 가능성은 없다고 말이다.

어찌 보면 사실, 전문가들이라고 무조건 옳은 것은 아니다. 『거짓말을 파는 스페셜리스트』의 저자 데이비드 프리드먼은 '전문가의 오류'를 강하게 지적한다. 그에 따르면 『네이쳐』나 『사이언스』 같은 세계적 과학저널에 게재되는 논문의 3분의 2가 오류투성이라는 주장이다. 또한 의사들은 여섯 번에 한 번꼴로 오진을 하고, 그 오진의 절

반가량이 의료사고와 같은 심각한 피해로 이어진다고도 한다.

사실이 아니기를 바라지만, 많은 전문가들이 자신의 연구 결과를 조작한다는 얘기도 들린다. 원하는 결과가 나오지 않는 실험은 임의로 제외한다는 것이다. 아무렇게나 화살을 쏜 후 명중한 것처럼 과녁을 그리는 궁사와 다를 바가 없다. 이런 사정이 사실이라면 "세상에 믿을 사람 하나도 없다."는 말은 꼭 사기꾼만 일컫는 게 아니리라.

따지고 보면, 문제는 장관이 전문가가 아니기 때문이 아니다. 만일 장관이 비전문가라서 사태가 그 지경까지 갔다면 그게 더 큰 문제다.

명확한 근거도 없이 그저 목소리만 큰 가짜 사이비 전문가들이 이 땅에 절대로 영원히 발붙이지 못하게 해야 한다. 가령 감염병 전문기관이라는 질병관리본부가 "바레인은 메르스 발병 국가가 아니므로 여기서 온 사람이 메르스에 걸릴 일은 없다"와 같은 무책임한 답변을 하지 않도록 시스템을 정비해야 한다. 메르스 검사를 재차 요청한 병원 측에 대해 '만약 메르스가 아니면 책임질 텐가'라며 오히려 현장을 압박하고 책임을 전가하려는 전형적인 복지부동 태도를 제대로 바로잡아야 한다는 말이다.

좀 더 부연하면, 해외 감염병 방역 최전선인 국립인천공항검역소장을 보건복지부 인사적체 해소 자리로 만들어 놓은 관료적 발상을 근본적으로 바꾸어 놓아야 한다는 것이다. 최근 5년간 인천공항검역소장은 모두 일곱 번 바뀌었으니. 공석 기간을 제외하면 평균 재직 기간은 6~7개월, 짧게는 2개월로 일을 시작하다가 바뀐 경우도 있다. 대부분 잠시 머물다 간 사람들이다.

무릇 '전 장관의 마지막 인사인데, 이번까지만'이라는 안이한 생각이 문제를 더욱 키우는 법이다. 이러한 시스템을 근본적으로 환골탈태(換骨奪胎)하는 식으로 대폭 정비하지 않으면 세계 최고 감염병 전문가가 장관으로 와도 제2, 제3의 메르스 사태는 또 오지 않는다고 감히 누가 장담할 수 있단 말인가.

– 2015년 11월 –

제자리를 지킨 숨은 영웅들

여러 재난과 재해를 극복하는 과정을 자세히 들여다보면 '제자리'를 잘 지켰느냐, 지키지 않았느냐 하는 점에서 피해의 규모와 사회적 파장, 극복하는 데 걸리는 시간이 결정된다는 점을 간파하게 된다. 작년의 세월호 사건이 그랬다. 그리고 재난 극복 과정에서는 항상 '제자리'를 지킨 사람들이 기본적으로 위기 극복의 주춧돌이 됨은 불문가지이다.

얼마 전 광주광역시에서 하수구를 막은 쓰레기를 치운 한 고등학생이 SNS 상에서 화제가 된 적이 있다. 학원 가는 길에 도로가 침수된 걸 보고 맨손으로 하수구를 틀어막은 쓰레기더미를 손수 빼냈다고 한다. 그리고 "앞으로 사람들이 해야 할 일이 있으면 주저하지 않고 실천했으면 좋겠다."는 말을 남겼다. 사람들은 평범하다 할 수 있는 그 학생을 영웅에 비유했다. 그러한 사람들은 재해 재난 시에 제자리를 지킨 그의 돋보이는 시민의식에 감동한 것이리라.

우리 대한민국을 강타했던 메르스 사태가 점차 잦아들고 있다. 한때 진원지로 지목됐던 경기도 평택시의 경우, 한창 때 1,085명이던

자가격리자가 마침내 다행스럽게도 0명을 기록하게 되었다. 메르스가 더 크게 확산되는 것을 막고 진정 국면으로 접어든 데에는 무어니 무어니 해도 우리 사회에 숨어 있는 영웅들의 힘이 컸던 것이다.

이러한 맥락의 연장선에서 일반 우리 시민의 눈으로 볼 때, 적어도 다음 세 사람들은 진정한 숨은 영웅들임에 틀림없다고 생각된다.

첫 번째 영웅은 의사와 간호사 등 의료인이다. 확진환자 186명 중 21%인 39명이 의료인이었는데, 이분들은 아무것도 모른 채 당한 환자와 다르다. 메르스의 위험성을 잘 알면서도 환자를 돌봐야 한다는 참 의료인으로서의 기본적인 사명감이 더 앞서기에 치료에 뛰어들었다가 감염된 분들이기 때문이다. 혹시 가족이 감염될까 봐 집에도 못 들어가고 오로지 치료에만 매진한 분들이다.

두 번째 영웅은 확진환자가 입원한 병원 주변에 사는 시민들이다. 여느 때처럼 우리 사회에 만연한 지역이기적인 님비 현상이 나타났다면, 확진환자의 입원을 막겠다는 시위가 당연히 일어날 법도 했었는데……. 그러나 병원 주변의 시민들이 고맙게도 훈훈하고 너그러운 마음으로 환자와 의료진을 격려하는 성숙한 행동을 보여 준 것이다.

예컨대, 경기도의 경우 전국 최초로 확진환자와 일반 발열환자를 분리 수용하는 시스템을 만들었다. 그러나 확진환자를 수용한 수원시 도립의료원 주변의 정자동 시민들은 님비 현상은커녕 환자와 의료진을 격려하는 플래카드를 내걸었다고 매스컴은 전한다. "힘내세요! 의료인 여러분, 우리가 늘 함께합니다." "진정 당신이 애국자입니다. 사랑합니다."라고…….

끝으로, 세 번째 영웅은 묵묵히 제자리를 지킨 공무원들이다. 자가

격리된 분들에게 누군가는 쌀과 물, 반찬, 화장지 등을 공급해야만 했다. 허나, 가족이라도 감염 우려 때문에 쉽사리 할 수 없는 일이었다. 이런 일을 묵묵히 해낸 것이 지방자치단체에 근무하는 일선 공무원들로서, 혹시 모를 감염 위험에도 불구하고 마스크 하나를 방패삼아 자가 격리자의 집을 일일이 방문하면서 생필품을 전달해 온 것이다.

그 극적인 예가 구리 카이저병원의 경우이다. 카이저병원은 9층짜리 대형 건물의 6층과 7층을 차지하고 있다. 건국대병원에서 감염된 확진환자 한 분이 이 건물 복도를 거쳐 엘리베이터를 타고 병원을 방문했고, 재활 치료를 위해 입원했다가 양성 판정을 받았다.

이 때문에 이 큰 건물 전체가 불가불 폐쇄됐고, 확진환자를 보라매병원으로 이송한 뒤 건물 전체 소독이 불가피했다. 민간 방역 업체에 소독을 의뢰했지만 모두 고개를 절레절레 흔들었다고 한다. 건물이 워낙 큰 데다 감염 위험까지 겹치다 보니 해당업체들도 기피할 수밖에 없는 상황이었다.

이때 용감히 나선 것이 구리시 공무원들이다. 구리시 600여 공무원 중 임신부, 장애인, 5세 이하 아이가 있는 여직원을 제외한 380명의 직원이 직접 일제히 소독에 나서서 사흘 만에 소독을 성공리에 마친 수범사례를 낳은 것이다.

이렇게 제몫을 다하는 헌신적인 공무원들의 '제자리' 지키기 사례를 보면서, 1990년대 중반 서울시 재직 시 많은 사망사고를 낸 엄청난 대형 참사였던 삼풍백화점 붕괴사고가 발생하여 현장 인근에 가설된 콘센트 안에 설치된 임시사무실에 파견되었었는데, 그때 나는 밤낮으로 서로 교대근무를 해가며 무더위 속에서 시체냄새가 진동하는 아비규환의 붕괴현장을 둘러보며 시체 발굴 및 수습 지원 등 재난 행정 업무를 인내심을 가지고 치러 냈었던 아팠던 기억이 새삼스럽게 뇌리에 되살아나기도….

나아가, 뜻있는 여느 사람들이 으레 그러하듯 이번 메르스 사태를 통해서도 사회공동체의 뜻있는 많은 사람들에게, 재난 재해가 닥치게 되면 모든 사람들이 흔들림 없이 제자리를 지키는 것이야말로 위기를 극복하는 가장 큰 실제적인 힘이라는 교훈을 얻게 해 준 하나의 소중한 기회가 되었으리라.

위기는 늘 가까이 있다가 빈틈을 비집고 들어온다. 그리고 그 위기에서 숨은 영웅들이 탄생하게 된다. 어쩌면 어떤 사람들은 의료인, 성숙한 시민, 그리고 메르스 현장에 투입된 공무원의 노고를 잘 모를 수도 있을 것이다.

그러나 누군가가 알아주든 혹은 몰라주더라도 묵묵히 자신들의 '제자리'를 지키는 숨은 진정한 영웅들 그들이 우리 사회에 있기에 오늘도 대한민국이라는 거대한 수레바퀴가 그래도 잘 혹은 그런대로 굴러가고 있는 것이 아닐까.

– 2015년 8월 –

공자(孔子)의 인(仁)

위인들

인류의 역사에서
후세들에게 한 줄기 빛나는
등불이 되어
희망과 용기와 가르침을 주시는
많은 위인들

그분들은
자신이 살던 시대에 치열한
삶에서
'꾼'이 아닌 '가(家)'를 이룬
사람들이다
사상가, 정치가, 행정가, 혁명
가, 종교가, 자선가, 사업가, 탐
험가, 탐구가, 발명가,
건축가, 작가, 음악가, 화가,
예술가 등등…….

현대를 사는 우리 후세들은
그분들의 올곧은 삶으로부터
그분들의 향기로운 자취로부터
그분들 자신으로부터
새로운 삶의 유익한 에너지를
얻게 된다

후대에도 살고 있는 그분들이
우리들의 정수리에
무대가 무한대의 사랑의 생명수를
끊임없이 넣어 주고 채워 주기
때문이다

불세출의 성군 세종대왕 (2재)

　근세조선에 있어서 왕권의 기초를 더욱 튼튼히 하고, 또 우리민족 문화 수립에 가장 큰 공을 남기신 분이 바로 제4대 세종대왕이라고 하는 데 대한민국 국민이라면 이의를 달 사람은 없으리라.

　세종(1397~1450)은 태종의 셋째 왕자로서, 어려서부터 그 자질이 심히 총명하고 너그럽고 어진 데다, 학문을 좋아하여 매양 손에서 책을 놓지 아니 하셨다. 그러므로 부왕인 태종은 그를 사랑하였고, 또 장차 양위에 대한 촉망까지도 그에게 가져, 맏아들 양녕대군을 내치고 그를 세자로 봉하였다가 마침내 그에게 소중한 보위를 물려주었던 것이다.

　세종대왕! 그분은 실로 위대한 인격자요, 지도자셨다. 사사로운 면에 있어서나 국가의 정무에 있어서나, 효우공검(孝友恭儉)하고 박학다예(博學多藝)하여 추호의 구김새가 없었고, 여러 방면에 걸쳐서 통하지 아니하는 바가 없었으니…….

　정사를 두루 보살피는 한편, 여가마다 독서와 사색에 잠겨 잠시도 머리를 쉬지 않았으니 무가치한 일과 생각을 한 적은 단 한 번도 없었던 것으로 평가되고 있다. 그분은 사생활에 있어서는 효도와 우애를 지극히 하여, 부왕과 모후의 상중에는 그 슬퍼함이 사람들의 마음을 감동케 하였고, 왕위에 있으면서도 두 형님과 아우 성실대군을 날마다 청하여 침식을 같이하곤 하였다고 한다.

이러한 그분의 인간성은 국사에 있어서도 그대로 반영되어, 신하를 대하되 예를 잃지 않았고 백성을 지극히 사랑하여 그들의 곤란하고 어려운 생활에 깊은 관심과 동정심을 가지고 이른바 인민을 본위로 한 왕도의 정치, 애휼의 정치를 하였건만, 자신이 항상 구중심처(九重深處)에 거처하여 백성들의 사정을 잘 알지 못함을 탄식하여 마지않았던 것이다.

또한 그분은 강한 의지의 사람이었기에, 한번 자기가 옳다고 생각하는 일이면 어떠한 반대가 있더라도 기어코 실행하고야 말았다. 우선 뛰어나기 이를 데 없는 우리의 글인 훈민정음을 제정 반포할 때도 최만리, 정창손 등 완고한 신하들의 끈덕진 반대를 무릅쓰고, 기어이 실행에 옮겨 놓은 일이 그 한 예이다. 이야말로 자기비판, 자아반성의 정신적인 발현으로, '우리나라의 어음이 중국과 한자와는 서로 통하지 못하는 까닭에 어리석은 백성들이 하고 싶은 말이 있어도 그 심중을 표현하지 못하는 일이 많기 때문에, 내 이를 딱하게 여겨 새로 정음 28자를 만드노라' 한 말씀으로 미루어 보아도 족히 알 수 있는 바이다.

이 밖에 집현전을 설립하여, 앞서의 훈민정음을 비롯한 많은 서적을 편찬케 하고, 다음과 같은 훌륭한 서적을 다수 펴내셨다. 그분 자신이 손수 지은 『월인천강지곡』을 비롯하여, 정인지·권제의 『용비어

천가』, 정인지·김종서의『고려사』, 정초·변계량의『농사직설』, 설순의『삼강행실도』, 윤회·신색의『팔도지리도』, 이석형의『치평요람』, 수양대군의『석보상절』, 김순의·신석조 등의『의방유취』등 각 분야의 서적이 세종대에 쏟아져 나왔다.

그리고 관습도감(慣習都監)을 두어 박연으로 하여금 아악(雅樂)을 정리케 하였으며, 농사와 밀접한 관계가 있는 대간의(大簡儀)·소간의(小簡儀)·혼상(渾象)·일구·앙부일구·자격루·누호(漏壺)·일성정시의(日星定時儀) 등 천문기계를 제작하셨는가 하면, 농잠(農蠶)에 관한 서적의 간행, 환곡법의 철저한 실시, 조선통보의 주조, 전제상정소(田制詳定所)를 설치하여 공정한 전세제도의 확립 등으로 경제생활의 안정에도 진력하셨던 것이다.

또 무기 제조, 병선 개량, 병서 간행에도 힘썼으며, 왜구가 침입하자 이종무(李從茂)를 시켜 소굴인 대마도를 정벌하셨다. 밖으로는 대마도의 왜구를 정벌하여 해구의 화근을 뽑아 버리고 북방을 개척하여 육진을 둠으로써 여진과 몽고를 방비케 한 점 등, 실로 그분은 내치와 외치에 있어서 헤아릴 수 없을 만큼 빛나는 치적을 쌓아 올린 것이다.

그리하여 평화로운 나라 안에는 해마다 풍년이 들어 백성들은 어디를 가나 등이 따습고 배가 불러서, 태평성대(太平聖代)를 노래하는 소리가 그칠 줄을 몰랐었다고 지금껏 전해지고 있다.

참으로 '동방의 요순'이라는 일컬음을 듣는 세종, 그는 이상을 추구하는 동시에 실천하는 사람이었으며, 그러므로 일생을 통하여 늘 자기비판과 자아 반성의 정신으로 천백 가지 유익하고 빛나는 위업을 이루어 길이 후세에까지 그 유산을 내려 줌으로써 우리나라 역대 군주 가운데 가장 찬란한 역사적 업적을 남기신 것이다.

그분은 슬하에 자녀들도 많아, 아들 18형제에 딸 4형제를 두었으며 재위 32년 향년 54세를 일기로 승하하셨다.

이러한 세종대왕의 업적 가운데 특히 천문분야에 매료당한 일본의 천문학자 후루가와 기이치로(古川麒一郎) 선생은 지난해 새별을 발견한 동료학자를 설득해 새로 발견한 소행성에 '세종(Sejong)'이라는 이름을 붙였다고 하는 흐뭇한 소식이 현해탄을 넘어와 우리나라의 매스컴에 보도되고 있다.

우리 역사상 불세출의 성군이신 세종대왕은 진실로 우리민족의 큰 별이셨고 이제 자신의 이름을 단 별로 저만치서 거룩하고 고고하게 환생하시어 높고 높은 저 가없는 하늘에서 생전에 하셨던 대로 자신의 몸을 불살라 우리 백의민족의 앞날을 환하게 비춰 주고 계시는 것이다.

- 1998년 3월 -

백의민족의 대 스승
다산 정약용

'다산(茶山) 정약용(丁若鏞, 1762~1836)' 하면 나에게는, 백두산 천지의 영봉에서 지혜의 커다란 횃불을 들고 우리 민족을 향해 무엇인가를 쉬임없이 고하고 계시는 역사상 민족의 대 스승으로 영상지어 오곤 한다.

졸지에 혹독한 IMF사태를 맞았으나 그래도 배달겨레인 우리가 노력해서 2년 만에 그 터널을 빠져나온, 바야흐로 21세기가 전개되고 있는 2000년 2월인 지금, 특히나 지방행정을 직업으로 살아가는 나에게는 다산이 경외스러운 그리움처럼 더욱 크게 가슴에 각인돼 오고 있으니, 그분은 민족 최대의 학자·시인·실학사상가로서 500권이 넘는 실로 방대한 저서를 남기신 조선후기의 수많은 실학자 가운데에서도 경세애민(經世愛民) 마인드로 가장 높이 빛나던 만백성의 큰별이셨기 때문이리라.

경기도 양주군 마현(馬峴) 마을에서 태어난 다산은 어릴 때부터 재질이 뛰어났고 호학(好學)해서 진주목사를 지낸 아버지 정재원(丁載遠)으로부터 글을 배웠고 또한 부친을 따라다니며 부친의 목민하는 모습을 관심을 가지고 관찰하기도 하였다. 22세 때 과거 초시합격, 23

세 때 정조에게 중용을 강의하고, 28세 때인 1789년에 문과 갑과(甲科)로 급제, 벼슬길에 나아가 가주서(假住書)를 거쳐 병조참의(兵曹參議), 경기도 암행어사, 곡산부사(谷山府使) 등을 지냈다.

그는 1777년(正祖 1) 16세 때, 당시 동양인으로서 실학의 한 학파를 형성하여 명망이 높던 성호 이익(李瀷)의 『성호사설(星湖僿說)』을 보고 난 후 민생을 위한 경세의 학문에 뜻을 두게 되었으나, 23세 때인 1784년 천주교도인 이벽(李蘗)의 문하에 들어간 것이 다산의 운명을 결정짓는 계기가 되었으니……. 천주교도라는 이유로 29세에 충청도 해미현(海美縣)에 처음 유배되어 10일 만에 풀려난 후에도, 천주교 즉 서학과 연루되어 두 번이나 더 유배를 당해서 18년 동안 유배 생활을 하게 되는 불운을 겪게 되었던 것이다.

허나, 다산이 '서학쟁이'라는 당시로서는 용납될 수 없는 불리한 조건하에서도 위의 요직을 역임할 수 있었던 것은 실학왕(實學王) 정조의 특별한 지우(知遇)를 받았었기 때문으로 풀이된다.

그러나 정조가 재위 24년 만에 돌아가고 순조가 11세의 어린 나이로 즉위하자 안동김씨 세도 하에서 벽파(僻派)의 천주교 탄압이 시작되었으니, 이것이 유명한 1801년 신유사옥(辛酉邪獄)이다. 이 사건으로 다산의 셋째형 약종(若鍾)은 옥사하고, 둘째형 약전(若銓)은 흑산도로, 자신은 경상도 장기(長鬐)로 유배되었다. 곧이어 황사영백서(黃嗣永帛書)사건이 터지자 전라도 강진(康津)으로 이배되었고, 47세 때인 1808년 강진에서 조금 떨어진 다산(茶山) 기슭에 있는 윤박(尹博)의 산정을 빌어, 10년 뒤 해배될 때까지 여기서 살았으니, '다산'이란 호도 여기서 비롯된 것이다.

이 18년 동안의 적거(謫居)는 말할 수 없는 고통의 연속이었지만 한편으로는 보람된 삶이기도 하였다.

18세기에서 19세기로 세기교체기의 다산 일생의 후반기는 자신에게 형극의 시기였을 뿐만 아니라 조선 민중들도 이른바 세도정치하의 수탈에 신음하고 있던 수난기였었다. 그 당시 세도정치는 몇몇 세도가문에 독점되었고 종실(宗室)들은 모역(謀逆)에 연좌되지나 않을까 전전긍긍하며 생명을 구보(苟保)하는 형편이었다. 이러한 정치기강의 문란은 지방행정의 난맥상을 가속화하여 농민들의 생활을 비참한 지경으로 몰고 갔었다. 특히, 목민관인 수령들은 뇌물로 관직을 얻어 그의 재임기간 중에 치부하기에 급급하여 이서(吏胥)와 협잡결탁, 농민들을 착취하였다. 유배생활에서 실제 보고 느낀 이러한 기층실태를 고발하고 그 처방을 제시한 것이 저 유명한『목민심서(牧民心書)』인 것이다.

다산은 유배에서 풀려났으나 18년 동안 향리인 마현에서 저술에만 전념하여 여생을 보내다가 1836년(憲宗 2) 2월 22일 75세의 일기로 파란 많은 생애를 마쳤다.

허나, 흔히 다산과 비슷한 처지에 빠져 있는 사람들 중에는 울분과 좌절 속에 시문(詩文)과 난죽(蘭竹)으로 자기를 해소시키면서 시인·묵객의 아취를 누리는 것으로 자위하고 마는 경우가 적지 않았었다. 이에 비하면 다산은 어디까지나 한 사람의 학자로서, 고심정의(苦心精義)로 이룩한 그의 업적은 너무나 위대한 것이라고밖에 할 수 없을 것 같다.

이왕 얘기가 나왔으니, 다산의 만고불후(萬古不朽)의 명저 가운데 대표적인『목민심서』에 대해 나름대로 언급하고자 한다.

『목민심서』는 주지하듯이, 고금의 여러 책 중에서 치민(治民)에 대한 도리(道理)를 선취(選取)하여 논술한 책으로서 지방관료의 윤리적 각성과 농민경제의 정상화 문제를 다룬 것이다. 전라도 강진으로 귀양가 있는 동안 1818년에 저술한 것으로 우리나라와 중국의 역사서를 비롯한 여러 책에서 자료를 뽑아 수록하여 지방관리들의 폐해를 제거하고 지방행정을 쇄신하려고 한, 민본주의적 실학사상인 경세안민(經世安民)의 마인드에 바탕을 둔, 부임육조(赴任六條) 율기육조(律己六條) 등 총12편 72조로 구성된 방대한 지방행정개혁서임은 불문가지이다.

'목민(牧民)'이란 백성을 기르는 것 다스리는 것을 말하므로『목민심서』란 곧 백성들의 목자인 수령이 마음속에 깊이 새겨 실천해야 하는 글이라는 뜻이다. 다산은 자서(自序)에서 당시 수령들의 실정을 이렇게 말하고 있다.

> "요즈음의 사목(使牧)이란 자들은 이익을 추구하는 데만 급급하고 어떻게 목민해야 할 것인가를 모르고 있다. 이 때문에 백성들은 곤궁하고 병들어 졸지에 쓰러져 구렁을 메우는 데 목민관들은 고운 옷과 맛있는 음식으로 자기만 살찌고 있으니 이 어찌 슬픈 일이 아닌가!"

여기에서 다산의 목민심서 저술 동기를 살필 수 있다고 본다. 타락한 수령들의 백성 침해현장을 타는 마음으로 목격한 그는 그 개선이 자기 능력 밖의 사실인 줄은 인지했지만 지면(紙面) 위에서나마 개혁의 의지를 펼치지 않고는 견딜 수 없는 강한 충동을 느꼈던 것이라고 확신된다.

『목민심서』에 실린 보석 같은 내용 중 몇 가지를 적기(摘記)해 보면, "벼슬살이를 하는 데 세 글자의 오묘한 비결이 있으니, 첫째는 맑음(淸)이요, 둘째는 삼감(愼)이요, 셋째는 부지런함(勤)이다."라고 하여 세 글자의 의미를 높이 평가하면서도 그 위에서, "벼슬살이의 요체는 두려워함[畏] 한 글자뿐이다."라고 하는 주장이 눈에 띈다. 즉, 의(義)를 두려워하며 법을 두려워하며 상관을 두려워하며, 백성을 두려워하는 마음을 언제나 간직하여야 한다는 것이다. 그런가 하면, "청렴(淸廉)이란 목민관(공직자)의 본무인데, 모든 착함의 원천이며 모든 덕(德)의 근본이다. 청렴하지 않고서 목민관 노릇할 수 있는 사람은 없을 것"이라고 설파하고 있으니…….

새천년 새해 21세기를 맞고 있는 지금.

우리는, 우리 공직자들은 새로운 세기를 맞고 체현화하기 위한 총체적 준비와 노력으로 법과 제도와 관행의 대대적인 개혁을 수행해 가고 있다. IMF사태 이후 구조조정 등 견디기 어려운 개혁 작업을 전 국민과 함께 추진해 가고 있는 중이다. 그 어느 때보다 우리 공직자와 지방행정인들은 맡고 있는 분야에서 개혁을 위한 노력과 실행이 중요한 때임을 스스로 공감해야 한다고 본다. 작년에 5만 원 초과 선물 수수금지 등 '공직자 10대 준수사항'도 나오고 있는 것도 이러한 맥락과 그 궤를 같이 한 것이리니, 우리 공직자가 좀 더 직무에 충실한다는 것 중의 하나는 어렵지만 좀 더 청렴한 공직자로서의 몸가짐으로 자신들을 추슬러 보아야 한다는 자구적 의지와 처방에 곰곰 생각해 보아야 한다는 점이리라.

이러한 연장선상에서 볼 때, 청렴정신을 강조하신 다산의 시공을 초월한 폭넓은 혜안이 더욱 빛난다고 생각된다. 행정의 달인 고건(高建) 서울시장의 공직좌우명으로 알려진 '지자이렴(知者利廉: 지자는 청렴한 것을 이로운 일이라고 생각한다. - A man of wisdom thinks of honesty as beneficial to the society.)도 다산의『목민심서』에서 비롯한 것이라고 하니 말이다.

시대와 처지가 바뀌었지만 다산정신만은 만고불변이라고 생각된다.

경세안민의 다산정신을 실천적으로 새기기 위해 우리 공직자들은, 모름지기 목민심서를 새겨 읽고 읽어 소화해서 '목민심서(牧民心書)'를 실제로의 '목민서(牧民書)'로 만들기 위해 실천적 공직자로서 스스로의 바람직한 자세를 매일매일 추슬러 보았으면 하는 마음으로 출근 시 당산공원에서 푸른 하늘을 바라보면서, 나는 깊은 상념에 잠길 때가 많다. 노숙자가 더욱 어려움을 겪고 있는 요즘에 더욱 그러해진다.

-2000년 2월 -

공자(孔子)의 인(仁)

중국은 2004년부터 전 세계에 '공자 학원'을 만들기 시작했다. 그 처음은 서울이었다. '공자 아카데미'라는 이름으로 설립한 공자 학원은 유교 교육과는 무관하게 온전히 어학 교육기관으로 출발했다. 이후 중국은 불과 10년 사이 126개국에 1,300여 곳이 넘는 공자 학원과 공자 학당을 설립했다.

케냐의 수도 나이로비에 있는 공자 학원에서는 아프리카 젊은이들이 중국어 공부에 열중한다. 유럽도 예외는 아니다. 파리에 있는 공자 학원에도 중국어와 중국 문화를 익히는 사람이 많다. 한때, 비림비공의 문화혁명으로 뒤안길로 방치되고 사장되었던 공자가 중국의 부상과 함께 21세기에 공자 학원으로 다시 살아난 것이다.

주지하듯이, 석가모니, 소크라테스, 예수와 함께 세계 4대성인 중한 사람이자 중국 춘추 시대의 대철학자이며 사상가, 유교의 시조로도 일컬어지는 공자(孔子, BC551~BC479)는 이름이 구(丘)이며 자는 중니(仲尼)로서 기원전 551년에 노(魯)나라의 곡부(曲阜)에서 대부(大夫)인 숙량흘(叔梁紇)과 안징재(顔徵在)의 아들로 태어났다. 공자는 그 후 3

세 때에 아버지를 여의고 13세 때에 공부를 시작하였으며 15세 때에 이르러 학문에 뜻을 두게 되었는데, 34세 때에 주나라의 도읍인 낙양으로 가서 노자(老子)에게 예(禮)를 물은 것을 시초로 제나라와 위(衛)나라를 비롯하여 조(曹) · 송 · 정(鄭) · 진(陳) · 채(蔡) · 초나라 등 여러 나라를 총 14년 동안 돌아다닌 끝에 다시 노나라로 돌아왔다.

이렇듯 여러 나라를 두루 돌아다닌 공자는 그동안에 치국(治國)의 도를 설명하고 육경(六經), 즉 예(禮) · 악(樂) · 시(詩) · 서(書) · 역(易) · 춘추(春秋)를 산술(刪述)하고 고대의 사상을 크게 이루었다.

그리하여 공자의 학파는 유가(儒家)로 불리며 그의 사상은 맹자(孟子)와 순자(荀子)에 의해 이어졌는데, 인(仁)을 이상의 도덕이라 하여 효제(孝悌)와 충서(忠恕)로써 이상(理想)을 이루는 근거로 하였다.

기원전 479년에 73세를 일기로 세상을 떠날 때까지 3천여 명의 제자들을 길러내고 함께 고락하며 철저히 학문을 탐구하여 동양의 철학과 사상을 집대성하는 불후의 업적을 길이 만세에 남기신 것이다.

그리고 당시의 난세를 바로잡기 위해 공자가 심혈을 기울여 제창한 '인(仁)사상'을 바로 제대로 알고 접하고 또한 실천하기 위해서는『논어』를 폭넓은 안목과 식견을 구비하여 깊이 연구하여야 한다고 본다.

이『논어』라는 책명과 저자에 대해 여러 가지 학설이 전해진다. 그 중 후한 시대의 저명한 역사학자 반고가『한서』「예문지」에서 "『논어』란 공자가 제자들과 당시 사람들에게 응답한 것과 제자들이 서로 말을 주고받되 공자에게서 들은 것에 관한 말들이다. 당시 제자들이 기록해 놓은 것이 있었는데, 공자께서 돌아가신 뒤에 여러 문인들이 서로 모아 논찬하였으므로 그것을『논어』라고 부른 것이다."라고 하였는데, 이 설이 현존하는『논어』의 내용과 가장 부합된다. 그 편집 시기는 중국 전국 시대(BC370~BC310) 초기로 예상되고, 진시황이 중국을 통일하고 나서 유가(儒家)의 경전을 불태우고 유생을 파묻은 '분서갱유(焚書坑儒)'의 사건으로 인해『논어』는 공공연하게 민간에 널리 유통되지 못했던 것으로 알려진다.

그러나 공자 문하의 제자들이 많이 활약했던 노나라와 제나라 일대에서 대대로 구전된 것을 기록한 것과 공자 자택의 벽에서 출토된『고논어(古論語)』21편이 후대에 전해졌다고 한다. 동한 말기에 정현이 이러한『고논어』를 참고하여『논어주(論語注)』를 만들었는데, 그 이후에 전해지는『논어』는 거의 모두 정현의 책을 바탕으로 두고 있다고 학자들은 말한다. 현재 우리가 접할 수 있는『논어』는 모두 20편에 편집되어 있고, 492개의 단문으로 기록되어 있다.

이제,『논어』에 담겨 있는 공자의 '인(仁)'에 대하여 천착해 보고자 한다.

첫째, 樊遲問仁 子曰 " 愛人" 〈顔淵〉

번지가 인을 물으니 공자께서 말씀하셨다. "사람을 사랑하는 것이다."

공자의 근본 사상은 한 마디로 말하면 인(仁)이라고 할 수 있다. 이 인을 가장 알기 쉽고 명확하게 해설한 것은『논어』에서 번지라는 제자가 공자에게 인에 대해 물었을 때 "인이란 곧 사람을 사랑하는 것이다."라고 가르쳐 준 것이다.

둘째, 君子務本 本立而道生 孝弟也者 其爲仁之本與 〈學而〉

군자는 근본에 힘써야 하니 근본이 서야 도가 생긴다. 효와 제는 인을

177

행하는 근본이다.

　이 문장은 공자의 제자인 유자(有子, BC518~BC458)가 말한 것이다. 공자의 제자는 약 3천 명이 있었다고 하는데, 그중에서 육예(六藝)에 능통한 사람이 72명이었고, 유자는 72명의 제자 중 하나였다. 기질과 외모가 공자와 흡사하여 공자 사후에 많은 제자들이 그를 따랐다고 한다. 그는 제자들에게 먼저 "그 사람 됨됨이가 부모에게 효성스럽고 형과 어른들에게 공손하면서 윗사람 해치기를 좋아하는 이는 드물다."고 설명하고, 군자는 도(道)와 인(仁)을 행하는 근본은 효(孝)와 제(悌)로부터 비롯된다고 가르쳤다. 효와 제는 부모에게 효도하고 형과 어른에게 공손히 대하고 따르는 것을 뜻한다.

　셋째, 曾子曰 "夫子之道 忠恕而已矣!"〈里人〉
　증자가 말했다. "스승님의 도(道)는 충(忠)과 서(恕)일 따름입니다."
　어느 날 공자가 증자(BC505~BC436)에게 "삼(參: 증자의 이름)아! 나(우리)의 도(道)는 하나로 관철되어 있다."고 말하니, 증자가 바로 공자의 뜻을 알아듣고 "예."라고 대답했다. 잠시 후 공자께서 나가시자 주변에 있던 다른 제자들이 그 뜻을 이해하지 못하고 증자에게 되물었다. "방금 스승님의 말씀하신 뜻이 무슨 뜻입니까?" 그러자 증자가 "스승님의 도는 충(忠)과 서(恕)일 따름입니다."라고 설명했다.

　공자가 제창한 도(道)는 바로 '사람의 도'인 '인도(人道)'이고, 또 이는 '사람을 사랑하는 도'인 '인도(仁道)'를 의미한다. 그리고 이 인도(仁道)를 하나로 관철할 수 있는 마음가짐이 바로 충(忠)과 서(恕)라는 것이다.

넷째, *子張問仁於孔子 孔子曰 "能行五者於天下 爲仁矣."*

請問之 曰 "恭寬信敏惠" ⟨陽貨⟩

자장이 공자에게 인에 대해 물으니 공자가 말씀하셨다. "능히 다섯 가지를 천하에 실천할 수 있으면 인이라고 할 수 있을 것이다." 그것이 무엇인지 여쭈어 물으니 공자가 말씀하셨다. "공손, 관대, 신의, 민첩함과 은혜이다."

본문에서는 좀 더 구체적으로 인(仁)의 다섯 가지 덕목의 실천과 그 효과를 설명한 것이라고 할 수 있다.

먼저 '공(恭)'이란 남을 대할 때는 물론이고 자기 스스로 공손하게 처신함을 말한다. '관(寬)'은 너그러움으로 남을 대할 때에 관용, 관대함을 지녀야 한다는 것이다. '신(信)'은 믿음, 신의, 신실한 마음가짐을 말한다. 대인관계와 인을 행함에 있어 신의는 필수적인 덕목이다. '민(敏)'은 '재빠르다, 총명하다'는 뜻으로 민첩하게 행동한다는 것이다. 공자는 "군자는 말은 어눌하게 하고 행동은 민첩하게 한다."고 하였다. '혜(惠)'는 은혜를 뜻하는 것으로, 은혜로운 마음으로 다른 사람을 대하다 보면 자연스럽게 사람들이 따르고 부릴 수 있다는 것이다.

다섯째, *子曰 "剛毅木訥 近仁"* ⟨子路⟩

공자가 말씀하셨다. "강하고 굳세고 소박하고 말이 어눌하여도 신중한 자는 인에 가깝다."

공자는 인을 행하는 덕목으로 공(恭)·관(寬)·신(信)·민(敏)·혜(惠)를 제시했고, 또 "강하고 굳세고 소박하고 말이 어눌하여도 신중한 자는 인에 가깝다."고 하였다. 이와 반대로 "말을 잘하고 얼굴 모습

을 꾸미는 자 중 어진이가 적다."고 하였다. 공자의 제자 중에 '강의
목눌(剛毅木訥)'에 가까운 인물은 증삼(曾參: 증자)이라고 할 수 있다. 공
자는 "증삼은 노둔하다."고 평할 정도로 아둔했다. 그러나 증삼은 이
를 개의치 않고 철저한 자신 반성과 공자의 도를 실천하기 위해 노
력했던 것이다. 증자는 일찍이 "나는 하루에 세 번씩 나를 반성해 본
다."고 했다.

여섯째, *顔淵問仁 子曰 "克己復禮爲仁, 一日克己復禮 天下歸仁焉. 爲仁由*
己 而由人乎哉?"〈顔淵〉

안연이 인에 대해 질문했다. 공자께서 말씀하셨다. "자신을 이기고 다
시 예(禮)로 나아가는 것이 인이라고 한다. 하루라도 자신을 이기고 예로
돌아가면 천하가 인으로 돌아간다. 인을 행하는 것은 자기에게서 시작되
는 것이지 다른 사람에게서 시작되겠는가?"

안연(BC521~BC490)은 공자가 가장 아끼는 수제자라고 할 수 있다.
공자가 안연을 특별하게 아꼈던 까닭엔 여러 가지가 있지만 그가 어
려운 가정환경 속에서도 도를 즐기고, 또 몸소 공자의 말씀을 실천하
는 데 게으르지 않았기 때문이다.

그 역시 다른 제자들처럼 관심을 가지고 인에 대해 공자에게 물었
다. 이때 공자는 다른 제자와 달리 그에게 "자기를 이기고 예로 나아
가다."란 '극기복례(克己復禮)'를 제시했고, "하루라도 자신을 이기고
예로 돌아가면 천하가 인으로 돌아간다. 인을 행하는 것은 자기에게
서 시작되는 것이다."라고 강조했다. 안연이 더 자세한 설명을 원하
자 공자는 "예(禮)가 아니면 보지 말고, 예가 아니면 듣지 말고, 예가

아니면 말하지 말고, 예가 아니면 행동하지 말라."라고 말했다.

"자기를 이기고 예로 나아가다."란 말은 "자신의 사욕을 없애고 남을 배려하며 사랑하는 격식을 갖춘다."는 의미이다. 그렇다면 인과 예는 일맥상통한다. 인은 남을 사랑하는 것으로 내용에 해당하고, 예는 사랑을 몸소 실천하는 형식이라고 말할 수 있기 때문이다.

※ 예절(禮)이란 仁이 겉으로 드러남이다. 〈禮記〉儒行편

※ 대저 禮라는 것은 하늘의 벼리요, 땅의 마땅함이요, 사람이 행하여야 할 바이다. 천지의 핵심적 질서를 사람이 실제로 본받아 구현하는 것이 禮인 것이다. 〈左傳〉

일곱째, 子曰 "志士仁人 無求生以害仁 有殺身以成仁." 〈衛靈公〉

공자께서 말씀하셨다. "뜻이 있는 선비와 어진 사람은 삶을 구하기 위해 인을 해치는 일이 없고 도리어 자신의 몸을 바쳐 인을 이루는 경우가 있다."

인(仁)을 구하는 것은 자기로부터의 시작이지, 남으로부터 비롯되는 것이 아니다. 이 때문에 공자께서는 "군자는 식사를 끝내는 동안에도 인자함을 잃지 말아야 할 것이니, 황급할 때에도 의연히 인자해야 하고, 엎어지고 자빠지더라도 역시 그래야 한다."고 하여 자신의 일상생활에서부터 철저한 인의 실천을 강조하고 있다.

일상생활에서 인의 실천은 소극적인 인을 행하는 태도라고 할 수 있다. "인을 행함에 있어 스승에게도 양보하지 않는다. 선비는 위태로움을 보면 생명을 내걸고 이익을 보면 도의를 생각한다. 아침에 도를 들으면 저녁에 죽어도 좋다." 등을 주장하여 인을 적극적으로 실

천하는 방법을 제시했다.

공자의 인에 대해서, 인사상에 대해서 들여다보니 2500여 년 전에 이러한 사상을 창조해 냈다니 실로 범인(凡人)으로서는 상상할 수도 없다는 생각만이 나의 머리를 온통 지배하는 것을 어이할 수 없어서……. 역시 동양의 대성인임을, 동서고금을 통한 대성인이라고 할 수밖에 다른 말이 없다는 생각만 든다.

인이란 만고불변의 우리 인류 삶의 실천 이상의 요체 내지 정수로서 오늘날 지구촌에 퍼져 가는 공자 학원, 공자 학당의 울림이 클 수밖에 없다는 무한한 상념에 한층 빠지는 것이 당연한 것 같으니…….

- 2015년 9월 -

세 랍비 이야기

『탈무드』는 단순히 책이라고 하기보다는 하나의 학문이다.

실로 1만 2천 쪽에 달하는 방대한 탈무드는 기원전 500년부터 기원후 500년까지의 구전을 10년에 걸쳐 2천 명의 학자들이 편찬한 것으로 알려져 있다. 동시에 이것은 현대의 우리들도 지배하고 있으므로, 말하자면 유대 5천 년의 지혜이며 온갖 정보의 저수지라고도 말할 수 있을 것이다.

『탈무드』는 법전은 아니지만 법에 대해 말하고 있고, 역사책은 아니지만 역사에 대해 말하고 있으며, 인명사전은 아니지만 많은 인물에 대해 말하고 있다. 나아가, 백과사전은 아니지만 백과사전과 똑같은 역할을 하고 있음을 본다.

인생의 의의는 무엇이며 인간의 위엄이란 무엇인가? 행복이란 무엇이며 사랑이란 무엇인가? 5천 년에 걸친 유대인의 지적 재산과 정신적 자양(滋養)이 농축되어 듬뿍 스며들어 있다. 참된 의미에서 탁월한 문헌이며, 크고 빛나는 문화의 모자이크이다. 따라서 서양문명의 근본적인 문화 양식과 사고방식을 제대로 이해하기 위해서는 『탈무드』를 읽지 않으면 안 될 것이란 생각이 든다.

많은 학자들이 말해 왔듯이, 『탈무드』의 원류는 『구약성서』이며 『구약성서』를 보완하고, 더 나아가 『구약성서』를 확장한 것이라고 하는 편이 옳다. 그렇지만 그리스도교도들은 그리스도의 출현 이후의 유대 문화는 모두 무시했고, 『탈무드』의 존재 또한 인정하지 않았으니…….

『탈무드』가 책으로 쓰이기 전에는 구전으로 랍비에게서 제자에게 전해져 왔었다. 그 때문에 많은 부분이 질문과 대답의 형식을 취하고 있다. 그 내용의 범위는 대단히 넓고, 온갖 주제가 히브리어와 아랍어로 말해져 왔다. 그리고 비로소 문자화될 때에는 문장 부호도 전연 없고 서문도 후기도 없는, 오로지 내용만 있는 것이었다.

시간이 흐름에 따라 『탈무드』는 대단히 방대해졌을 뿐만 아니라 여기저기 흩어졌기 때문에 유대인들은 『탈무드』의 여러 가지 귀중한 부분이 없어지는 것을 막기 위하여 전승자(傳承者)들을 한곳으로 모았다. 그런데 전승자 가운데 머리가 좋은 사람은 일부러 제외시켰다고 한다. 그것은 그들이 자신의 의견을 덧붙임으로써 전승을 왜곡시킬 것을 두려워했기 때문이다.

이리하여 구전되어 온 내용은 몇 백 년 동안 여러 도시에서 편찬이 진행되어, 오늘날에는 바빌로니아의 『탈무드』와 팔레스타인의 『탈무드』가 존재하고 있는데, 바빌로니아의 탈무드가 더 중요시되고 가장 권위가 있다고 인정받고 있다. 그래서 『탈무드』라고 하면, 일반적으로 바빌로니아의 『탈무드』를 말한다. 또한 『탈무드』 최신판은 마지막 한 쪽을 반드시 백지로 남겨 두는데, 이것은 언제나 덧붙여 쓸 여지를 남겨 놓고 있음을 상징하는 것이다.

『탈무드』는 읽는 것이 아니다. 이것은 연구하는 것이다.

우리에게 사고 능력 혹은 정신을 단련시키는 데 있어 이것만큼 좋은 책은 없는 것으로 여겨진다. 따라서 『탈무드』는 '유대인의 혼'이라고 말할 수 있다. 오랜 이산(離散)의 역사를 보내온 유대민족에게 유대인들을 서로 강하게 결속시켜 주는 것은 『탈무드』뿐이라고 생각된다.

오늘날에는 무릇 모든 유대인들이 다 탈무드에서 정신적 자양분을 취하고 거기에서 생활의 규범을 구하고 있다는 것은 잘 알려진 사실이다. 그것은 유대인의 일부가 되어 있으며, 어떻게 보면, 유대인이 『탈무드』를 지켜 왔다고 하기보다는 『탈무드』가 유대인을 지켜 왔다고 말할 수 있을 것이다.

더 나아가 종합적으로 말하면 모두에서 시사된 바와 같이, 『탈무드』는 '위대한 연구, 위대한 학문, 위대한 고전연구'라는 의미에서 출발한 것으로 정리되는 것이다.

그런데, 성경에서도 쉽게 접할 수 있는 '랍비(rabbi)'란 원래는 유대교의 현인·승려이다. 또한 랍비는 때로는 교사이고, 때로는 재판관이며, 때로는 부모이기도 한 다방면의 여러 얼굴을 가진 존재이다. 소중한 『탈무드』를 구전시키고 후대에 전승되도록 하는 데 결정적인 역할을 다해 온 랍비들 가운데 백미가 되는 분들의 번득이는 지혜의 보고들을 간추려 들여다봄으로써 오늘을 사는 우리들에게 삶의 귀감으로 삼고자 하는 것은 나만의 소박한 바람적 욕심일까.

첫 번째 랍비, 힐렐

그는 2천여 년 전에 바빌로니아에서 태어났다. 20세가 되었을 무렵, 그는 이스라엘로 와서 두 명의 위대한 랍비 아래에서 공부했다. 그 당시는 로마의 지배하에 있었기 때문에 이스라엘의 생활은 대단히 어려웠다. 그는 생활을 유지하기 위해 생활비를 벌러 나갔으나 하루에 동전 한 닢밖에는 벌 수가 없었다. 그 동전의 반은 그의 최저 생활을 위한 생계비로 쓰였고, 나머지 반은 수업료로 쓰였다.

어느 날 그는 갑자기 일자리를 잃은 바람에 돈을 벌지 못하게 되었다. 그러나 그는 어떻게 해서라도 수업을 듣고 싶었다. 그래서 학교의 지붕 위로 올라가 굴뚝에 귀를 대고 한밤중에 교실에서 이루어지는 강의를 들었다. 그러다가 그는 어느 사이엔가 지붕 위에서 잠들어 버렸다. 한겨울의 추운 밤이었으며, 마침 내리기 시작한 눈이 그의 몸을 덮었다.

다음 날 아침, 또다시 수업이 시작되었다. 그런데 교실이 다른 때보다 어두워서 모두 천장을 바라보자, 천장에 있는 들창이 한 사람에 의해 가려져 있었다. 그들은 힐렐을 끌어내렸다. 그의 몸은 따뜻이 녹여지고, 간호를 받아 회복되었다. 그 일로 인해 그는 수업료를 면제받았다. 그 이후로 유대 학교의 수업료는 무료로 되었던 것이다.

힐렐의 일화는 가장 많이 이야기되어 왔으며, 그리스도의 말도 실은 힐렐의 말을 단순히 인용하는 것에 지나지 않는다. 그는 천재이며 매우 온순하고 예의바른 사람이었다. 그리고 그는 나중에 랍비의 대승정(大僧正)이 되었다.

한 번은 비(非)유대인이 찾아와서 힐렐에게 말했다.

"내가 한쪽 다리로 서 있는 동안에 유대의 학문을 모두 가르쳐 보시오."

그때 힐렐은 그를 향해 조용히 말했다.

"자기가 당하고 싶지 않은 일은 남에게도 강요하지 마시오."

또 한 번은, 힐렐을 화나게 할 수 있는지 없는지를 가지고 사람들이 내기를 걸었다. 안식일을 위해 금요일 밤에 힐렐이 목욕탕에 들어가 목욕을 하고 있을 때, 한 남자가 문을 노크했다. 힐렐은 젖은 몸을 대충 닦고 옷을 걸친 후 문을 열고 나왔다.

"인간의 머리는 왜 둥글까요?"

한 남자가 의미 없는 질문을 퍼부었다.

힐렐이 대답하고 간신히 목욕탕으로 돌아가자, 그 남자가 또다시 문을 노크하고는 어리석은 질문을 되풀이했다.

"흑인은 왜 검을까요?"

왜 검은지를 애써 설명한 뒤 다시 목욕탕으로 돌아가자, 또다시 문을 두드리는 소리가 났다. 이것이 다섯 번이나 되풀이되었다.

마지막에는 그 남자는 힐렐을 향해 말했다.

"당신 같은 인간은 없었으면 좋겠소. 나는 당신 때문에 내기에서 큰 손해를 보게 되었소."

그러자 힐렐이 대답했다.

"내가 인내력을 잃은 것보다는 당신이 돈을 잃는 쪽이 낫소."

또 한 번은 힐렐이 거리를 급히 걸어가고 있었다. 그를 발견한 학생들이 물었다.

"선생님, 무슨 일로 이렇게 급히 가십니까?"

"좋은 일을 하기 위하여 급히 가는 중일세."

그 대답에 학생들이 모두 그 뒤를 따라갔는데, 힐렐은 대중목욕탕에 들어가 몸을 씻기 시작했다. 학생들은 놀라서 물었다.

"선생님, 이것이 선행입니까?"

그러자 힐렐이 말했다.

"인간이 자신을 청결하게 하는 것은 커다란 선행이다. 로마인을 보라. 로마인은 많은 동상을 닦고 있는데, 동상을 씻는 것보다 자신을 씻는 편이 훨씬 좋은 것이다."

이 밖에도 힐렐은 여러 가지 위대한 말을 남겼다. 씹으면 씹을수록 맛이 있는 것뿐이다.

- 당신이 지식을 늘리지 않는다는 것은 실은 지식을 줄이고 있는 것이 된다.
- 자신의 지위를 사람들에게 알리고자 하는 사람은 이미 자신의 인격을 스스로 손상시키고 있는 것이다.
- 상대방의 입장에 서지 않고서 남을 판단하지 말라.
- 배우고자 하는 학생은 부끄럼을 타서는 안 된다.
- 인내력이 없는 사람은 교사가 될 수 없다.
- 만약 당신 주위에 뛰어난 사람이 없다면, 당신 자신이 그렇게 되지 않으면 안 된다.
- 스스로 자신을 위하여 노력하지 않는다면 누가 당신을 위하여 노력해 주겠는가?
- 지금 그것을 하지 않는다면 언제 할 수 있는 날이 있겠는가?
- 인생의 최상의 목적은 평화를 사랑하고, 평화를 구하고, 평화를 가져오는 것이다.
- 자기의 일만을 생각하는 인간은 자기 자신일 자격조차 없다.

두 번째 랍비, 요하난 벤 자카이

그는 유대 민족이 사상 최대의 정신적 위기에 직면했을 때 커다란 활동을 한 사람이다. AD 70년에 로마인이 유대의 사원을 파괴하고 유대인을 절멸(絶滅)시키려 했을 때, 요하난은 온건한 비둘기파였다. 그래서 강경파인 매파는 늘 이 랍비의 행동을 감시했다. 요하난은 유대민족이 영구히 살아가기 위해서는 어떻게 해야 하는가를 필사적으로 생각하고 있었다. 마침내 그는 로마의 장군과 어떤 일에 관한 담판을 짓지 않으면 안 된다고 생각하게 되었다.

그런데 그 무렵 유대인은 모두 예루살렘 성 안에 갇혀 있었기 때문에 나올 수도 들어갈 수도 없었다. 그러나 요하난은 중병에 걸린 환자로 가장해서 탈출에 성공했다. 그는 대승정이었으므로 많은 사람이 병문안을 왔다. 이윽고 그가 곧 죽을 것이라는 얘기가 입에서 입으로 퍼지고 곧이어 그가 죽었다는 소문이 널리 퍼졌다.

제자들은 그를 관 속에 넣고, 성 안에는 묘지가 없으므로 그를 성 밖에 매장할 수 있도록 해달라고 요청했다. 그러나 강경파의 수비병은 요하난이 정말 죽었다고는 믿지 않고 칼로 시체를 한 번 찔러 보고 싶다고 말했다.

유대인은 절대 시체를 눈으로 보지 않기 때문에 시체를 확인하기 위해서는 칼로 찔러 봐야 했던 것이다.

"그것은 돌아가신 분을 모독하는 것이오."

제자들은 필사적으로 항변했다. 그리고 그 당시 유대인의 장례 풍습은 대개 관을 길가에 방치해 두는 게 일반적이었는데, '스승은 대승정이었기 때문에 확실히 매장하지 않으면 안 된다.'고 우기고 결국 로마군의 전선을 향해 나아갔다.

그런데 전선을 막 통과하려 했을 때 로마병도 역시 '관을 칼로 찔러 보고 싶다.'고 말하면서 당장 칼로 찌르려고 했다. 그러자 제자들은 일제히 소리쳤다.

"로마 황제가 죽어도 당신들은 칼로 찔러 보겠는가? 우리들은 전혀 무장도 하지 않고 있는데……."라고 주장하여, 마침내 전선을 통과하는 데 성공했다.

랍비 요하난은 관을 열고 나와서 사령관에게 면담을 요청했다. 그는 로마 사령관을 똑바로 쳐다보며 말했다.

"나는 당신에게 로마 황제와 똑같은 경의를 표합니다."

황제와 같다는 말을 들은 사령관은 황제를 모독했다고 하면서 화를 냈다. 그러자 요하난은 단호하게 말했다.

"아닙니다. 내가 말하는 것을 믿어 주십시오. 당신은 반드시 다음 차례에 로마 황제가 되실 것입니다."

그러자 사령관이 물었다.

"당신 말을 이해했소. 그런데 원하는 것이 무엇이오?"

"한 가지 바라는 것이 있습니다."

요하난은 입을 열었다. 여기서 잠깐, 만약 여러분이라면 어떻게 대답했을 것이지 한 번 생각해 보길 바란다. 요하난의 대답은 다음과 같았다.

"집에서라도 좋습니다. 열 명 정도의 랍비가 들어갈 수 있는 학교를 하나 만들어 주시고, 그리고 그것만큼은 파괴하지 말아 주십시오."

요하난은 조만간 예루살렘이 로마에 의해 점령되고 파괴될 것을 알고 있었다. 처참한 대학살이 일어날 것도 예상하고 있었던 것이다. 그러나 학교만 있다면 유대의 전통은 이어질 수 있다고 생각했던 것이다.

사령관은 대단한 부탁이 아니라고 생각하고는 쉽게 승낙했다.

"좋소, 생각해 보지요."

그 후 곧 로마 황제가 죽고 요하난이 지목했던 사령관이 황제가 되었다. 황제는 로마병에게 작은 하교 하나만을 남겨두라고 명령했다. 그래서 그때 작은 학교에 남았던 학자들이 유대의 지식과 유대의 전통을 지켰다. 전쟁이 끝난 후의 유대인의 생활양식도 그 학교가 지켜 나갔다.

그는 다음과 같은 명언을 남겼다.

"좋은 마음을 갖는 것이 최대의 재산이다."

유대교의 재단에는 돌 이외에 다른 것은 사용하지 않는다. 금속은 결코 사용해선 안 된다. 왜냐하면 금속은 무기를 만들 수 있는 것이기 때문이다. 제단은 신과 인간 사이에 평화를 가져다주는 것이며, 동시에 신과 인간 사이의 결합의 상징이다. 즉, 생물이라고 말할 수 없는 돌조차도 신과 인간 사이를 결합시킬 수 있는 것이다.

당신은 인간이기 때문에 남편과 아내 사이, 나라와 나라 사이에 평화를 가져다줄 수 있을 것이다.

세 번째 랍비, 아키바

그는 탈무드에서 가장 존경받는 랍비이며 유대인의 민족적 영웅기도 하다. 젊은 시절의 그는 양치기로서 큰돈을 받고 고용되어 일하던 중에 주인집 딸과 사랑하게 되었고, 반대를 무릅쓰고 결혼을 했다. 그래서 두 사람은 집에서 내쫓게 되었다. 가난으로 학교를 다니지 못했기 때문에 책을 읽을 수 없었던 아키바에게 하루는 아내가 조심스럽게 얘기를 꺼냈다.

"부탁이 하나 있어요. 뭐든지 공부를 해 보세요."

그래서 그는 어린 아들과 함께 학교에 다니게 되었다. 그가 13년간 열심히 배우고 돌아왔을 때, 그는 당대 최고의 학자로서 명성을 얻고 유명해졌다. 후일 그는 『탈무드』의 최초 편집자가 되었는데, 그는 의학과 천문학을 공부하고 많은 외국어를 능숙하게 구사할 수 있었기 때문에 여러 번 유대인의 사절로서 로마에 파견되었다.

서기 132년, 유대인이 로마의 지배에서 벗어나기 위해 반란을 일으켰을 때, 그는 그들의 정신적 지도자였다. 이 반란이 진압되자, 로마인은 "학문을 하고 있는 자는 누구든 사형에 처할 것"이라고 선포했다. 왜냐하면 그들은 유대인이 학문을 통해서 유대인다운 정신력을 기른다는 것을 깨달았던 것이다. 이때 랍비 아키바는 다음과 같은 이야기를 했다.

"왜 그렇게 급히 돌면서 헤엄을 치니?"

여우가 물었다.

"우리를 잡으러 올 어망이 무섭기 때문이죠."

물고기의 대답을 들은 여우가 말했다.

"그렇다면 여기로 나와 있게나. 언덕으로 올라오면 내가 지켜 줄 테니까 걱정할 것 없네."

이 말에 물고기는 이렇게 대꾸했다.

"여우님, 당신은 대단히 머리가 좋다고 소문나 있지만, 사실은 아주

어리석군요. 우리들은 이제까지 살아온 물속에서조차 이렇게 무서워
하고 있는데, 언덕에 올라가면 어떻게 죽을지 모르지 않습니까?"

이 이야기는 '유대인에게 있어 학문은 물과 같은 것인데, 거기에서
떠나 언덕으로 올라간다면 죽어 버리고 말 것이다. 유대인은 언제까
지나 배우지 않으면 안 된다.'라는 것을 심어 주기 위해 아키바가 한
말이었다.

로마인에게 붙잡힌 아키바는 투옥되어 확정되었는데, 그때 로마인
은 그를 더욱 고통스럽게 죽이기 위해 불에 달군 인두로 온몸을 지져
태워 죽이기로 했다.

처형이 집행되는 날, 유대인의 지도자라는 것 때문에 로마의 사령
관이 형장에 입회했다. 이제 막 아침 해가 떠오르고, 아침 기도를 시
작할 시간이었다. 아키바는 새빨갛게 달구어진 인두가 몸에 닿자 아
침 기도를 시작했다.

이 광경을 본 로마의 사령관은 놀란 눈으로 물었다.

"그대는 이렇게 지독한 처지에서도 기도를 올리는가?"

"나는 하느님을 사랑하고 있기 때문에 아침 기도를 하지 않은 적은
없었소. 그런데 이제 죽으려는 마당에도 기도하는 나 자신에게서 진
실로 하느님을 사랑하는 나를 발견하니 정말 기쁘오."

이렇게 조용히 대답하는 랍비 아키바의 생명의 불은 서서히 꺼져
갔던 것이다.

- 2015년 4월 -

르네상스의 후원자
메디치가(家)

나는 을미(乙未) 2015년 초를 전후로 하여 누리 엄마의 휴가시즌을 맞아 아내와 함께 오붓한 열흘간의 일정으로 유럽여행을 하게 되었다. 특히 아내가 평소 가고 싶어 하는 이태리도 갔었는데, 1월 1일 새해 원단(元旦)을 피렌체에서 맞았다.

그곳에서는 계속된 여행의 피로도 잊은 채 웅장하고 고풍스런 듀오모 성당을 감동의 전율 속에 구경했었던 기억이 지금도 새롭다. 고교시절 세계사 시간에 공부했던 것으로 가물가물 기억되는 르네상스 메디치가의 찬란한 업적들, 즉 세계인의 귀중한 역사적 실물들을 여러 나라에서 온 여행객들과 함께 바로 눈앞에서 경이롭게 보았던 것이다.

주지하듯이, 인본주의에 바탕을 둔 문예부흥 운동인 이탈리아의 르네상스는 열정과 정성을 가진 많은 예술가들이 일으킨 것인데, 그들 뒤에서 티 나지 않게 후원하면서 그들을 있게 한 장본인이 바로 메디치 가문이었던 것. 나로서는 모처럼의 피렌체 여행을 통해서 오랫동안 예술가나 학자들을 후원하는 보기 드문 문화역사를 만든 갑부 메디치가의 혜안에 감탄하게 되었고, 무언가 메디치가에 대해 좀 더 천착해 보고자 하는 마음이 자연 일어 이 글을 쓰게까지 된 것이다.

현재 세계 최고의 갑부인 미국의 빌 게이츠가 젊은 시절 대학도 중도 포기한 채 자기 집의 차고(車庫) 안에서 새로운 기술로 도전한 아주 작은 스타트업에서 출발해 성공했듯이, 천하의 메디치 가문도 당시로서는 소규모의 고리대금업자로 새로이 출발한 환전상이었던 것이다.

그들은 베니스의 유대인처럼 길가에 긴 탁자를 놓고 벤치(bench)에 앉아 환전을 해 주고 어음과 신용장을 취급하는 업무를 보았다. 작은 점포에 불과하던 메디치 은행은 환어음 업무 등 규모의 다각화와 신용을 바탕으로 유럽 최고의 은행으로 성장하게 되었다.

바야흐로, 메디치 가문이 두각을 나타내기 시작한 것은 조반니 디 비치 데 메디치(Giovanni di Bicci de Medici, 1360~1429)가 은행업자로서 이름을 알리면서부터이다. 영리한 조반니는 삼촌 밑에서 종업원으로 일하면서 은행의 성공을 위해서는 고객의 신뢰가 생명이라는 것과 교황청의 주거래 은행이 되어야 한다는 점을 파악했던 것이다.

어느 날, 나폴리의 귀족 출신 발디사레 코사가 박사학위를 사기 위해 돈을 빌리러 왔을 때 조반니는 그에게 돈을 흔쾌히 빌려줬고, 놀랍게도 8년 후에 코사는 요한네스 23세 교황이 되어 있었다. 그리고 메디치 은행은 교황청의 주거래 은행이 되었다.

그런데 당시 로마와 아비뇽으로 분열되어 있던 카톨릭을 극복하기 위해 콘스탄츠공의회가 열렸고, 요하네스 23세는 폐위되어 구금되고 엄청난 벌금까지 부과되었다. 이때 돈을 갚을 능력이 없는 요하네스

23세에게 조반니와 그의 아들 코시모는 큰 손해를 감수하고 벌금 낼 돈을 대출해 주었다. 눈앞의 이익에 연연하지 않고 신용과 신뢰를 바탕으로 한때 최대 고객이었던 요하네스 23세에게 의리를 지킨 것은 향후 3세기를 뛰어넘는 금융 갑부집안으로서의 영속성을 예고한 것이었으니……

이 사건을 계기로 메디치은행은 신용의 상징으로 부각되면서 일류 은행으로 나아가는 확고한 영업기반을 구축했다. 몇 년 후 새 교황도 메디치은행을 교황청의 주거래 은행으로 지정했고, 이후 코시모는 유럽의 16개 도시에 은행을 세우게 되었다.

메디치 가문은 조반니가 유언으로 남긴 '유약겸하(柔弱謙下), 여민동락(與民同樂)'의 정신을 가훈으로 삼았다. 겸손하게 자신을 낮추고 항상 사람의 마음을 얻도록 하라는 뜻이다. 당시 메디치가는 뒤늦게 출발한 가문으로서 기존 귀족들의 견제를 받고 있었기 때문에 대중들의 지지가 필요했다. 실제로 코시모 데 메디치도 처음에는 메디치가의 독주를 질시하는 피렌체 귀족들의 음모로 5년간 추방을 당하기도 했다.

메디치 가문은 여타 상인들과는 다른 행보를 취했다. 코시모는 수도사 40명을 위한 독방에 도서관까지 갖춘 대형 수도원을 만들어서 시민들이 이용할 수 있도록 한 것이다. 거상들의 부의 과시를 못마땅하게 생각하던 시민들은 코시모의 집권을 지지했다. 피렌체의 인문학자들은 메디치의 집권을 정당화하는 이념적 근거를 찾기 위해 그리스·로마 시대의 고서(古書) 사냥에 나섰다. 메디치 가문은 이러한 일에 지원하여 그리스·로마시대 이래 사라졌던 수많은 책을 사 왔고 도서관에 보관했다. 그리고 그러한 도서관은 지식인과 예술가,

시민에게 개방되었다. 예술이 만개했고, 지식이 전파되게 됐다.

메디치 가문은 1397~1743년의 346년간 축적한 부의 대부분을 학문과 예술 발전에 쏟아부었다. 코시모는 후손에게 '쾌락과 오만을 경계하라'는 교훈을 주기 위해 피렌체 시뇨리아 광장에 있는 '유디트와 홀로페르네스' 조각상을 만들기도 했다. 그래서 메디치 가문은 막대한 부와 권력을 누리면서도 군림하지 않고 시민들을 배려했다. 검소함이 돋보이는 산 로렌초 성당도 화려한 도면 대신 미켈로초라는 건축가의 소박한 도면을 선택했다.

메디치 가문의 후원은 미켈란젤로, 레오나르도 다빈치, 도나텔로, 보티첼리, 마키아벨리, 갈렐레오 갈릴레이와 아메리코 베스푸치에 이르기까지 전 분야에 걸쳐 광범위하게 이루어졌다. 게다가 산 마르코 수도원, 산 로렌초 성당, 베키오 궁전, 우피치 미술관 등의 건축 유산도 남겼다. 높이 106m, 지름 43m의 거대한 돔을 버팀목 없이 쌓아올려 피렌체의 상징으로 꼽히는 산타마리아 델 피오레 성당('두오모'라는 애칭으로 더 유명하다) 역시 메디치가가 인류에게 남긴 커다란 값진 선물이다.

헌데, 당시 포조 브라촐리니가 교황청에서 일자리를 잃었을 때 머리도 식힐 겸 고대의 책을 찾아 나서게 됐다. 1417년 독일 남부의 울창한 숲과 계곡으로 말을 몰던 포조는 오래된 필사본의 보고로 유명한 수도원에서 「사물의 본성에 관하여」라는 케케묵은 장시(長詩)를 우연히 발견했으니, 이것이 세계사에 위대한 인류문화의 커다란 자산인 르네상스를 있게 할 소중한 하나의 단초가 될 줄이야⋯⋯.

' 우주는 원자들의 우연한 충돌로 탄생했으며, 창조자란 없다. 사후세계도 없다. 따라서 인생은 현생의 행복을 추구하는 방향으로 설계돼야 한다. 쾌락의 증진과 고통의 경감이 인생의 최고 목표가 되어야 한다.'

이것은 고대 그리스 철학자 에피쿠로스의 쾌락주의의 핵심 사상을 시인 루크레티우스가 시로 엮은 것이었다. 이 필사본은 곧바로 일반에 널리 읽혔고, 르네상스 운동의 기폭제가 되었다. 1508년 몽테뉴의 『수상록』에서는 루크레티우스의 장시가 100여 행이나 인용되었다. 이 시가 전한 에피쿠로스의 원자론은 셰익스피어나 뉴턴에게도 영향을 주었고, 계몽주의 사상가들에게도 영향을 미쳤다.

이 시에는 신을 중시하던 암흑의 중세시대로서는 아주 위험한 사상이 담겨 있었다. 너무 앞서 나간 사람들은 감옥에 갇히거나 화형을 당하기도 했던 시대였다. 1415년 후스(Jan Hus)는 교회의 면죄부 판매를 비난하고 성서주의를 주장하다가 화형에 처해졌다. 그보다 훨씬 뒤인 갈릴레이조차 코페르니쿠스의 지동설을 주장하다가 종교재판에 회부되고 1633년에는 감옥에 갇히기도 했다. 코페르니쿠스는 지동설을 주장했지만 난해한 책을 읽은 이가 거의 없어 종교재판을 받지 않았다. 그런데 갈릴레이는 라틴어가 아니라 읽기 쉬운 이탈리아어로 「프톨레마이오스-코페르니쿠스 두 개의 우주 체계에 대한 대화」를 썼다가 요새로서는 참으로 이해할 수도 없는 종교재판을 받았던 비운을 겪게 된 것이다.

그런가 하면, 1512년 마키아벨리는 『군주론』을 로렌초 데 메디치에게 헌정했다. 당시 이탈리아는 중소 도시국가로 분열되어 서로 세력을 다투던 중이었고, 반면에 프랑스와 독일은 절대왕권의 의한 강력한 통일국가를 형성하고 이탈리아를 침략할 기회를 노리고 있었다. 마키아벨리는 이런 분열을 통일시킬 수 있는 유능한 군주를 원했다. 그리하여 현실정치에 기반한 효율적 방법으로 권력을 잡고 나서 국민을 존중하는 시민적 공화체제를 이룩하여 강한 나라를 만들고자 했다.

헌데, 마키아벨리의 『군주론』이 이론서로 끝나지 않고 현실적으로 가장 잘 활용했던 인물은 누구였을까? 학자들은 그 사례의 본보기로 '카테리나'를 들고 있다.

카테리나 데 메디치(1519~1589)는 14살(1533년)의 나이에 훗날 앙리 2세 프랑스의 왕이 된 오를레앙 공에게 시집을 갔다. 그녀의 친척 아저씨인 교황 클레멘투스 7세는 프랑스 왕실의 재정 적자를 메울 정도의 거액과 제노바 밀라노 나폴리에 대한 영향력 확대를 프랑스에 약속했다. 그러나 이듬해 교황이 사망하면서 그녀는 홀로 오또마니 프랑스인들 틈에 내던져지고 말았다. 프랑스 사람들은 교황의 술책으로 왕족이나 귀족이 아닌 부르주아 출신의 이탈리아 여자와 결혼했다며 그녀를 노골적으로 멸시했다. 그녀의 남편인 앙리 2세(재위 1547~1559)도 그녀의 편이 아니었다.

카테리나와 동갑이었던 왕에게는 디안 드 프왁티에라는 20년 연상의 정부(情婦)가 있었다. 아버지 프랑수아 1세 대신 마드리드의 감옥에서 7살 때부터 4년간 감금되었다가 11살에 풀려난 둘째 왕자 오를레앙은 침울한 성격으로 변해 있었다. 그래서 궁중예법을 가르치는 가정교사로 디안이 함께 생활하게 된 것이었다. 그런데 앙리 2세로 등극하고 나서도 실권은 디안에게 있었다. 왕이 디안에게 슈농소 성을 하사했지만, 카테리나는 아무것도 할 수 없었다. 그녀는 계약에 의해 후사를 잇기 위한 정기적 합방으로 만족해야 했다.

이런 그녀에게 프랑스에서의 참담한 세월을 견딜 수 있게 해 준 것은 혼수로 가져온 마키아벨리의『군주론』이었다. 마키아벨리는 말했다.

"군주란 민중의 사랑을 받으면서도 두려움의 대상이 되고, 엄격하면서도 즐거움을 주어야 한다."

카테리나는 이 책을 오랫동안 숙독했다. 위기의 순간마다 그녀가 보여 준 능숙한 자제력은 마키아벨리가 주장했던 군주들의 필수 덕목을 익힌 데서 비롯한 것이었다.

1559년에 40세인 앙리 2세는 마상희를 즐기다가 눈에 창이 관통하는 바람에 죽고 말았다. 이후 아들이 왕위에 오르면서 30년간 카테리나의 섭정이 이어지게 되었다. 앙리 2세의 장례가 끝나고 카테리나는 디안을 조용히 불렀다. 그리고 디안이 왕에게서 받았던 슈농소 성과 자신의 쇼몽 성을 바꾸자고 제안했다. 카테리나의 마음을 잘 알고 있었던 디안은 아무 말도 없이 짐을 싸서 쇼몽 성에도 발을 들이지 않고 그녀의 전 남편이 남겨 준 아네 성으로 갔다고 하니…….

카테리나의 섭정 기간은 신교도인 위그노와 기즈 가문으로 대변되는 로마 카톨릭이 증오와 암살과 테러로 충돌하던 시대였다. 그녀가 양 진영으로부터 이중인격자라는 소리를 들으면서도 이를 참으면서 이들을 중재시키기 위해 애를 썼던 것은 그녀의 가슴속에 있던 마키아벨리적인 정치현실주의 때문이었다. 그녀가 죽고 나서도 유럽은 30년 종교전쟁(1618~1648)을 치르고 나서야 겨우 공존의 기술을 배우게 되었던 것이다.

이처럼 메디치가(家)의 부의 후원에 의해서 잉태되고 만개된 빛나는 다수의 예술과 사상들이 어쩌면 오늘날까지도 유럽인들의 정신적 기저에 DNA자산으로 살아 숨 쉬면서 이어지고 있음을 보는 것 아니겠는가.

− 2015년 11월 −

링컨의 그린백 시스템

내가 에이브러햄 링컨(1809.2.12.~1865.4.15.)을 처음 알게 된 것은 어린 초등학교 시절 교과서를 통해서인 것 같다. 흑인 노예해방의 미국 대통령으로서 불행히도 부스라는 청년한테 암살당한 분으로서, 어린 시절 가난한 집안의 어렵고 척박한 환경인데도 주경야독을 하는 등 불굴의 의지로 극복하여 훌륭한 정치가로서의 위대한 인물의 반열에 선 분으로, 내가 감동받고 존경하는 위인들 가운데 가장 맨 먼저 자리에 있어 왔다는 생각이 든다.

그리고 중학교 때는 남북전쟁 중 모범적인 민주주의의 정의를 내린 게티스버그의 명연설을 세계 역사에 남기신 대통령으로서 대수를 말하자면 우리나라 노무현 대통령과 같은 16대라는 것이 각인되어 왔었다.

암튼, 성인이 되고 공무원으로서 은퇴를 한 후 주식투자의 세계에 입문하게 되자 경제분야를 공부한답시고 경제서적을 더러 읽게 되면서부터는 내가 기왕에 알지 못했던 링컨 대통령의 화폐제도에 대한 업적에 접근하게 되었는데, 그것은 바로 그가 새로운 화폐제도인 그린백 시스템을 창안한 것인다. 이는 나로서는 그분을 새롭게 조명하게 되는 계기가 되었고, 나아가 더욱 폭넓고 정확한 링컨상(像)을 보게 되었다고나 할까.

그럼, 링컨 대통령이 시행했던 경제정책의 핵심이었던 그린백 시스템으로 접근해 보고자 한다.

이해의 편의를 위해 먼저 금본위제(金本位制)를 말하자면, 금본위제 시절의 지폐는 금을 보관하는 증서 개념이었다. 금이나 금화를 멀리 가지고 다니거나 거래에 직접 사용하는 것이 불편하므로 은행에 보관해 달라고 맡기고 영수증을 받는 개념이어서, '금보관증'은 그 자체가 돈은 아니고 채무증서였다. 그리고 기본적으로 어느 은행이나 금보관증인 은행권, 즉 지폐를 발행할 수 있었다. 실제로 초기에는 백가쟁명(百家爭鳴)식으로 모든 시중은행들이 금을 보관하고 금보관증인 은행권을 발행했다. 그러므로 다종다양한 은행권이 사회 내에 유통되기도 하였었다.

흔히 금본위제도는 임의적인 통화량 팽창을 막는 제도라고 인식되고 있다. 하지만 지폐인 은행권이 도입되고, 시중은행의 부분지불준비금 제도가 합법화되고 신용창조가 허용되면 경제시스템 내에 신용통화가 생겨난다. 즉, 신용통화 시스템이 구축된다는 말이다.

헌데, 그린백 시스템이란 일반적으로 신용통화의 경우 중앙은행이 화폐를 발행하는 데 반해 국가가 주체가 되어 직접적으로 화폐를 발행하는 시스템을 말한다. 물론 이때도 중앙은행이 화폐를 발행하기는 하나 정부의 명령에 따르는 하수인에 불과해 독립성을 찾아볼 수 없고, 신용통화의 근간이 되는 부분지불준비금 제도 역시 형식에 가

203

까운 것이다.

'그린백(Greenback)'이란 미국 링컨 대통령 시절에 남북전쟁의 전비조달 목적으로 발행했던 법정통화 지폐를 부르는 이름인데, 그 지폐의 뒤쪽 색깔이 초록색이었기 때문에 붙여진 이름이다. 링컨 대통령시절 발행되었던 그린백 지폐는 은행권(bank note)이 아니라 재무부가 발행한 '정부권(government note)'이었다.

그리고 당시는 금본위제를 기반으로 하고 있었기 때문에 정부가 세입을 넘어서는 비용집행을 위해서는 누구한테라도 어떻게든 돈을 빌려 와야 했는데, 주로 은행가나 부유한 상인에게서 돈을 빌렸다. 국가가 은행으로부터 돈을 빌려 오게 되면 나중에 상환할 때에는 결국 국민이 낸 세금으로 원리금을 갚아야 했다. 여기에서 국민들의 반발이 일어날 수 있었다.

"은행은 금도 없으면서 은행권, 즉 금보관증을 빌려주고 이자를 받고 있다. 정부가 그냥 돈을 찍어 내면 이자를 물지 않아도 되고 그러면 세금을 내지 않아도 되는데, 왜 은행의 배만 불려주고 있느냐?"는 주장이 대두되었다. 그래서 이에 기반한 통화시스템이 시도되었고, 바로 이것이 그린백 시스템의 탄생 배경이 된 것이다.

말하자면, 정부가 세입 이외에 추가로 재원을 조달하려면 국채를 발행해야 했는데, 이에 반하여 정부는 남북전쟁의 전비를 조달하기 위해 국채를 발행한 것이 아니라 그냥 그린백 지폐를 새로 찍어내어 정부의 조달 물자 구매에 사용한 것이다. 다시 말해서 은행으로부터 빌린 돈이 아니라 정부가 그냥 찍어낸 돈이었다.

그렇기 때문에 그린백은 채무증서의 성격이 전혀 없는 '빚을 수반하지 않는 돈'이었다. 빚을 수반하지 않기 때문에 이자를 발생시키지도 않았다. 정부는 이자부담을 느낄 필요가 없었기 때문에 필요한 만큼 얼마든지 돈을 찍어내어 넉넉하게 재정지출을 할 수가 있었다. 따라서 링컨 정부는 국채를 발행할 필요도 없었던 것이다.

정부는 이런 그린백 화폐의 발행을 통해 전쟁 초기의 심각한 돈 부족 현상을 해결하고 미국 북부의 각종 자원의 효과를 극대화함으로써 남북전쟁을 승리로 이끌기 위한 기초를 쌓을 수 있었다. 또한 이토록 값싼 비용으로 발행된 화폐가 법에 의해 북부 은행의 기축화폐가 됨에 따라 북부 은행의 신용대출이 대폭 확대되고 방위산업, 철도 건설, 농업 생산과 상업 무역 분야가 대규모로 금융지원을 받게 되었다.

1848년 시작된 골드러시로 미국의 금융은 유럽 은행가의 손에 좌우되는 극단적으로 불리한 국면에서 점차 벗어나가고 있는 시점에서, 바로 이런 양질의 화폐가 있다는 자신감을 기반으로 링컨의 새 화폐는 국민들에게 널리 받아들여졌을 뿐 아니라, 남북전쟁의 승리를 위한 든든한 금융 기반을 다져 주었다.

게다가 남북전쟁이 발발한 1861년에서 전쟁이 끝난 1865년까지 북부의 물가지수는 100에서 216으로 올라 안정세를 유지했다. 전쟁의 규모와 파괴의 심각성을 참작할 때, 또한 다른 비슷한 규모의 전쟁과 비교할 때 실로 금융의 기적이라고 말하지 않을 수 없는 것이다. 남부 역시 지폐 유통방식을 채택했으나, 그 효과는 하늘과 땅 차이였다. 남부 지역의 같은 기간 물가지수는 100에서 무려 2,776까지 치솟았었다.

좀 더 부여하여 말하면, 남북전쟁 기간 전체를 통틀어 링컨 정부는

4억 5천만 달러의 새 지폐를 발행했다. 신종 화폐 제도가 이토록 잘 운용될 수 있었던 것은 링컨 대통령이 국채 없는 화폐(debt free money) 발행의 장기화와 법제화를 진지하게 고려했기 때문이다. 이 점이야 말로 국제 금융 거두들의 근본적 이익을 심하게 침해하는 것이었다. 만약 모든 정부가 은행에서 돈을 빌릴 필요 없이 스스로 화폐를 발행해 사용한다면, 로스차일드가(家) 등의 국제은행재벌이 화폐발행을 독점하는 시대는 영원히 작별을 고할 것이다. 그럴 경우 은행이 호시절을 구가하는 것도, 이제 마지막이 아니겠는가?

> "미국이 채택한 혐오스러운 새 재정 정책인 링컨의 그린백이 영구화되면, 정부는 비용을 지급하지 않고 스스로 화폐를 발행할 수 있다. 이제 미국은 모든 채무를 상환하고 다시는 채무를 지지 않을 것이다. 미국은 필요한 모든 화폐를 공급받아 상업을 발전시킴으로써 세계에서 가장 번영하는 나라가 되고, 세상의 인재와 모든 부가 북아메리카로 흘러들 것이다. 이 나라를 반드시 무너뜨려야 한다. 그렇지 않으면 이 나라가 세계의 모든 군주제 국가를 쓰러뜨릴 것이다."

링컨의 신 화폐정책에 대한 영국 은행가를 대변하는 『런던 타임스』의 우려스런 성명이었다.

그런가 하면, 그 당시 유럽의 국왕들은 1861년 남북전쟁 발발을 전후해 대규모의 군사를 미국에 파병함으로써 미국의 분열을 획책하고도 있었다.

남북전쟁 발발 후 링컨은 로스차일드와 그의 미국 측 대리인이 제시한 24~36%라는 고금리의 융자를 단호히 거절하고 재무부에 '미국 정부권', 즉 그린백을 발행할 권한을 주었다. 1862년 2월에 통과한 '법정 화폐 법안(Legal Tender Act)'으로 재무부는 1억 5천만 달러의 그린백을 발행했으며, 1862년 7월과 1863년 3월에 각각 1억 5천만 달러를 발행해 남북전쟁 기간 동안 총 4억 5천만 달러를 발행했다.

링컨의 달러 발행은 국제 금융계의 벌집을 쑤셔 놓은 격이어서 은행재벌들은 격분했다. 그러나 일반 국민과 산업 부문에서는 달러 발행을 환영했다. 링컨의 새 화폐는 1994년까지 유통되었었다.

흑인 노예를 해방하고 남부를 통일한 링컨은 남부 정부가 전쟁 중 진 빚은 모두 무효로 한다고 선포했다. 전쟁 동안 남부에 줄곧 거액의 금융지원을 해온 유럽의 국제은행들은 참담한 손실을 보았다. 국제 금융재벌들은 링컨에 보복하고, 나아가 링컨의 화폐 정책을 뒤집기 위해 링컨에 불만을 품은 세력들을 모아 치밀하게 암살을 준비했었으니……. 열성분자 몇 명만 보내면 링컨 하나쯤 암살하는 일은 식은 죽 먹기였다고 적은 쑹훙빙의 『화폐전쟁』은 나에게는 머리를 망치로 맞은 것 같은 충격으로 다가왔었다.

1865년 링컨이 대선에 승리하여 연임에 성공한 후 41일 만에 암살당하였고, 이후 국제 금융세력의 조종을 받은 의회는 링컨의 새 화폐 정책을 폐지한다는 선언과 함께 새 화폐 발행 상한액을 4억 달러 미만으로 동결했다.

결국은, 미국 남북전쟁은 본질적으로 유럽의 국제 금융세력이 미국 정부와 미국 국가화폐 발행권 및 화폐정책의 이익을 놓고 벌인 한 판의 치열한 싸움이었던 것으로 보는 견해가 지배적인 것인데…….

1972년, 누군가 미국 재무부에 링컨이 발행한 4억 5천만 달러의 새 화폐로 이자를 얼마나 절약할 수 있었는지 질문했다. 계산결과 재무부 측의 답변은 이러했다. "링컨이 미국 자신의 화폐를 발행함으로써 미국 정부는 총 40억 달러의 이자를 절약했다."라고.

물론, 그린백 시스템의 경우 금본위제나 신용통화시스템과는 달리 구조상 돈을 무한정 찍어낼 수 있기 때문에 제도 초기에는 경제가 활성화되는 듯해도 돈의 가치를 떨어뜨려 물가를 폭등시키는 부작용이 있을 수 있다.

하지만, 링컨 정부의 경우에는 위에서 시사된 바와 같이 그러한 현상이 발생하지 않았으니……. 만에 하나 정말 잘못 운용하면 하이퍼인플레이션을 초래할 수도 있다는 우려를 미리 치밀하게 내다보고 자본주의 경제규범 내에서의 합리적인 운용, 의회가 정해 준 실링 하에서 그리고 경제 틀 내에서의 정책시행을 무리하지 않고 원만히 일관되게 잘 수행해 냈기 때문이리라.

다시 말하면, 애민애국의 정신이 기본 바탕이 되어 오로지 국민의 행복과 국가의 안전만을 위한다는 대승적 차원의 대정치가로서의 깊은 철학과 비전을 가지고 경제 분야에서도 큰 정치를 한 링컨의 탁월한 지도력의 당연한 결과라는 것이다.

국민을 위한, 국민에 의한, 국민의 정부를 민주주의의 이상으로 삼았던 링컨 대통령은 주위의 강력한 반대를 무릅쓰고 자신의 정적이었음에도 불구하고 적임자였기에 에드윈 스탠턴을 국방장관의 자리에 앉힘으로써 결국 남북전쟁도 승리로 가져오는 쾌거를 만드는 등 대정치가로서 큰 면모를 보인 것은 잘 알려진 사실이다.

소인배 정치꾼들만 판치고 있고 철학과 비전이 있는 대인으로서의 정치가가 보이지 않고 있는 요즘, 우리나라 정치계에도 링컨을 귀감으로 삼는 참 정치가가 좀 나왔으면 하는 바람을 국민의 한 사람으로서 한사코 기원해 본다.

- 2015년 7월 -

이런 주식은 피하라

주식이란

1602년
네덜란드 암스테르담에서 자본주의의 꽃
주식시장이 그 고고성을 발한 이래로
튜우립 버블, 미시시피 버블, 남해주식회사 버블과
1929년 대공황, 2008년 리먼브러더스 사태로
대 폭락해, 온 세계가
선혈이 낭자한 피바다로 물들었어도

주식이란
참으로 냉혹한 정글의 세계에서 그러한
피를 맘껏 먹고 우상향으로 자라나는 축복의 선물!
기다리는 인고의 기나 긴 세월 속에서
결국은 우상향, 주식본성의 길
과거 · 현재 · 미래에도 그대로인
만복(萬福)의 길일지어니······.

신가치투자의 창시자
김원기 대표

    신가치투자는 먼저 차트를 분석하여 이평결집의 매집을 확인하고 저평가 국면에서 끼 있는 종목을 선별하여 상승초입인 엘리어트 파동의 2파 국면에서 분할 매수하는 손절 없는 투자법으로, 안정적인 급등시세를 볼 수 있는 탁월한 투자방법이다.

    신가치투자는 세력이 매집한 저평가 종목을 대량 매수할 수 있고 일반 가치투자에 비해 빠른 수익을 거둘 수 있는 장점을 지녔다. 또 잦은 매매를 지양하고 분할 매수로 안정적인 투자를 할 수 있어 자금이 한정된 대부분의 개인투자자들에게 매우 적합한 투자법이다.

    '사 놓고 마냥 기다리는' 투자를 넘어 '곧 급등할 우량한 주식을 급등 직전 올라타는 전략'을 목표로 한다.

    주식은 시간의 예술이자 타이밍의 예술이라는 말이 있다. 아무리 좋은 주식도 빠른 시세가 나지 않으면 투자자에게 좋은 주식일 수 없다. 사 놓고 오를 때까지 마냥 기다리는 것도 투자자 입장에서는 기회비용을 잃는 손실투자가 될 수 있다. 개인투자자들에게 언제 오를지 모르는 주식을 기약 없이 들고 있는 것만큼 심리적으로 어려운 일도 없다. 좋은 주식을 오랫동안 보유하다가 정작 본격적인 상승이 시작되는 지점에서 매도하고 마는 게 투자자의 전형적인 패턴이다. 그만큼 곧바로 움직임이 나타나지 않는 종목을 싫어한다는 의미이다.

신가치투자는 급등 직전에 저평가된 우량한 주식을 매수하기 때문에 기존의 지루한 가치투자와는 차별화가 되며 동시에 빠른 시세가 나기 때문에 투자자들에겐 매력적인 투자법이 되는 것이다.

신가치투자는 '다락방의 기적'이라 불릴 만하다. IT버블이 한창이던 시절, 나는 짧은 기간에 일반인이 상상하기 어려운 큰 수익을 거두었다. '수익은 곧 내 실력이다'고 자만하던 시기였다. 하지만 버블이 꺼지면서 그동안 벌었던 수익이 제로가 되었고, 머지않아 원금마저 허공으로 사라지고 말았다. 실력이 아닌 운이 벌어준 돈이었기에 시장의 폭락과 함께 수익도 운명을 같이한 것이었다. 온전한 정신으로는 견디기 힘든 고통이었다.

생활을 하기 위해 서울 변두리에 작은 분식집을 차렸다. 분식집으로 생계를 유지하면서 분식집에 딸린 다락방에 올라가 주식공부에 매달렸다. 낮에는 일하고 밤에는 다락방에서 숙식을 해결하면서 오로지 나만의 기법을 만드는 데 매달렸다. 워런 버핏과 벤저민 그레이엄 등의 책을 탐독하고, 과거의 내 실수를 복기하였다. 절대지지 않는 투자법이 무엇일지 연구하고 또 연구했다. 고군분투한 결과, 다락방에서 내려올 때는 내 손에 '신가치투자'라는 신무기가 들려 있었다. 세상을 놀라게 할 기법이 겨우 1.5평 남짓의 좁은 공간에서 창조된 셈이었다.

신가치투자는 시간이 지나면서 빛을 발하기 시작했다. 시간이 지날수록 계좌의 자금이 안정적으로 불어나는 것을 확인하였다. 나 자신이 부의 눈덩이 효과를 직접 경험했으며, 회원들도 신가치투자를 통해 부자의 반열로 올라가고 있다. 주가가 오르면 수익이 나고, 내리면 주식을 싸게 살 수 있는 기회로 작용하기에 올라도 내려도 편안한 마음으로 주식투자에 임할 수 있었다. 이는 실로 놀라운 변화였다.

신가치투자에 '가치투자'라는 말이 붙었다고 하여 하염없이 기다리는 투자법이라 생각하면 오산이다. 신가치투자가 가치투자와 차별화되는 점이 바로 여기에 있다. '빨리 빨리'에 적응된 한국인의 입맛에 맞게 창조된 투자법이 바로 신가치투자법이기 때문이다. 기존 가치투자가 좋은 기업을 선정하여 주가가 오를 때까지 하염없이 들고 있는 방식이었다면, 신가치투자는 차트를 통해 매집이 이루어진 종목을 먼저 선정하고 그다음 기업의 가치가 저평가된 종목인지를 확인한다. 매집을 먼저 확인하기 때문에 빠른 시세를 볼 수 있는 것이다. 좋은 종목이지만 언제 상승할지 기약이 없는 단점을 보완한 것이다. 이것이 바로 신가치투자의 장점이자 최고의 매력이다.

이상은 이 글의 제목에서 보는 김원기 님의 저서 『세계로TV의 신가치투자로 돈 번 사람들』에서 일부 인용한 내용이다.

김원기 님은 강원도 어느 산골에서 가난한 집안의 장남으로 태어났다. 그는 강의할 때마다 어린 시절의 혹독한 가난이 지금의 자신을 있게 한 원천이 됐다고 말하곤 한다. 언뜻 이해하기 어려운 듯하나 그러한 어려운 환경을 불굴의 의지로 노력하여 극복하고 나면 오히려 축복이 된 경우들을, 특히 돈을 많이 번 동서양의 큰 인물들의 성공사례에서 보아 오지 않았던가. 그런 맥락에서 생각하니 이해가 되었다.

그는 네 번이나 주식깡통을 차고서 한강투신도 시도할 뻔한 정글의 주식세계에서 31년째 잔뼈가 굵은 실전투자의 달인이자 쉼 없이 책을 벗하며 공부하는 학구적 이론가로서 성실한 주식투자자들에게는 복음적 보물과 같은 신가치투자기법(新價値投資技法)을 창시하여 선물로 제시한 주식의 최고수이다. 주식투자 기법의 전설이 되어 가는 이러한 신가치투자기법은 앞의 그의 저서의 인용문에서 기술된 바와 같이 피를 먹고 자라는 주식시장에서 절대 지지 않는 실전 주식투자를 해야 한다는 그의 격물치지(格物致知)적 처절한 사고(思考)와, 체질화된 독서가 바탕이 된 지칠 줄 모르는 노력이 맞물려 마침내 빚어진 삶의 철학이 담긴 빛나는 결과인 것이다.

이러한 치열하고 진솔한 삶의 자세는 그의 다른 저서『울림』에서 몸소 접할 수 있으니.

막노동과 노점상으로 시작해 애널리스트를 거쳐 인터넷 주식방송·컨설팅사(社)인 세계로TV를 창립해서 현재 그 대표직을 맡고 있는 그는 '내가 보낸 울림은 언젠가는 더욱 커져서 메아리가 되어 돌아온다'는 굳은 믿음이 현재의 나를 있게 했다고 술회하고 있다. 즉, '울림은 널리 퍼지고, 메아리가 되어 다시 나에게로 돌아온다! 내 안에서 일어나는 울림을 이용하면, 기적과도 같은 일들이 내 삶 속에서 연달아 일어나며, 그 누구도 들려주지 않았던 성공의 비법을, 자기 치유법을, 원하는 것을 얻는 방법을, 오로지 스스로의 힘으로 찾아낼 수 있다.'는 자신의 실천적 삶에서 울어나서 체득된 진솔한 지혜담을, 인생을 바꾸는 자신의 가슴속 유일한 해법으로서 사상가들의 귀중한 말씀들과 돈, 성공, 행복, 건강과 나눔 그리고 메아리법칙을 삶에 적용하는 법에 대한 그의 통찰과 비전을 잔잔히 들려줌으로써 읽는 이로 하여금 깊은 감동을 주고 있는 것이다.

내가 그를 알게 된 것은 먼저 책을 통해서다. 수년간 나름 노력해서 직접 주식을 했으나 초보 수준을 벗어나지 못해서인지 별 재미를 보지 못해 절망하고 고민하던 시기에, 나는 매일경제 광고에서 그의 책『新가치투자 창시자 김원기의 주식완결판-THE FINAL STOCK GUIDE BOOK』을 보고 '신가치투자'라는 말에 언뜻 구미가 당겨 책을 구입하여 읽으면서 그를 접하게 된 것이다.

읽어 봐도 완전히 이해되지는 않았으나 기존에 읽었던 주식 책들과는 뭔가 다르다는 감을 갖고 있던 차에, 무료 저자직강 경제지 광고를 보게 됐다. 옳거니! 그리하여 공덕동에서 토요일마다 수강하게 되었고, 무료라서 그런지 생각보다 많은 사람들이 몰려드는 것을 볼 수 있었다. 많은 도움이 됐으나 수차례나 강의 참석을 못하고 강의 중 유료회원이 되는 게 좋다는 강의자 측의 권유는 못 들은 척해 버리는 등 성실한 수강생은 아니었었다.

내가 강의에 참여한 지 1년이 지나서야 작년 설전(前) 더 이상 늦춰서는 안 되겠다는, 나로서는 모험성의 대단한 결심을 하고 세계로TV의 정식 유료회원이 됐다. 필요성을 느끼면서도 1년이 넘게 유료회원 가입을 주저한 것은 선가입자들의 경험담을 들어 봐도 1년짜리 정도 가입해야 의미 있는 수익을 낼 수 있을 터인데, 회비 1천만 원이 사실상 나에게는 부담이 됐기 때문이다.

나의 필명은 '누리와 한해'로서 나의 사랑스런 딸과 아들의 내가 지어 준 한글 이름이다. 주식을 후대에게도 물려준다는 뜻으로 아이들 이름을 택했고, 아들 한해 생일인 2월 16일부터 세계로TV호의 승선객이 됐던 것이다. 기초투자금액이 작아서 추천주식 10종목을 먼저 매입한 후, 매일 오전방송(08:50~09:00)과 오후방송(14:00~15:00) 청취, 그리고 방송이나 문자메시지를 수신하면 그대로 따라서 홀딩이나 매입·매도하는 등 즉각적으로 대응하는 세계로호의 승선객으로서의 활동을 무리 없이 해오면서 신가치투자의 상(像)도 거의 깨닫게 되었다. 헌데, 회사탐방 등 신가치투자를 더욱 탄탄히 다지고 글로벌 시대에 해외진출도 모색하기 위한 시간적 공을 들이기 위해 금년부터는 오전 방송만 실시하고 있다.

이제 다음 달 중순이면 세계로호에 승선한 지도 1년이 되게 된다. 그간 급락한 경우도 수차례 있었으나 과거에는 해 보지 못했던, 회비를 공제하고도 상당한 수익을 거두었으니 나로서는 만족스런 생각이 든 지 오래됐고, 또 늦게 가입한 것이 다른 회원들처럼 후회되기도. 운이 좋아서인지 가입 후 2달이 안 돼 회비를 회수할 수 있어서 신가치투자의 위력을 맛보고선 지기(知己)들 몇 사람에게 우선 수강을 권유하기도 했었으니……

그리고 신가치투자기법은 김원기 님이 세계적으로 유일무이하게 창시한 것으로 특허에 해당하는 것이니, 특허권자 이외의 자(者)가 그 특허를 사용하면 당연히 로열티(royalty)를 지불하듯이, 내가 내는 회비도 회비라기보다는 당연히 지불해야 하는 로열티에 해당하는 것으로 치자는 생각이 자연스럽게 들어, 신기하게 기분도 좋아졌다.

세계로호에 승선하면서 시간이 흐르자 몇 가지 면에서 내가 달라졌음을 피부로 느낀다.

첫째는 무어니 해도 편안한 상태로 주식을 하게 된 것.

회원되기 전에는 데일리 트레이딩에 주력했던바 사고 나면 더 내리고, 팔고 나면 더 오르는 시황에 끌려다녀 안절부절못하고 후회스럽고 불안한 경우가 대부분이었는데, 강의나 문자메시지대로 따라 하기만 하면 거의 만족스런 결과가 결국 나오니 편안한 마음으로 주식을 할 수 있게 된 것이다. 특히, 예기치 못한 큰 폭의 급락시세가 돌출해 누구나 극도로 불안해질 수 있는 경우 등에는 '제가 뒤에 있으니 걱정하지 마시고 편안한 마음을 가지세요.'라는 카리스마적인 김 대표의 메시지를 받게 되니 더욱 안정된 마음이 되곤 하는 것….

둘째, 주주로서 남겠다는 주식에 대한 자신감을 가지게 된 것이다.

신가치투자 방식에 따라서 인내하고 기다리다 보면 반드시 무조건 수익이 난다는 믿음이 생긴 것. 전에는 돈이 있어도 어느 종목을 사야 괜찮을까 노심초사했는데, 급락의 매수 호기회에 나에게 돈이 없는 것이 한이 되기도. 또한 기회 있을 때마다 김 대표가 항상 강조하는 말씀들인 '안 좋을 때가 좋을 때고 좋은 때는 안 좋을 때가 오는 것을 미리 생각해야 한다.'든가, '꽃샘추위가 왔다고 해서 다시 겨울로 되돌아가지 않는 자연의 섭리처럼 주식도 살아 있는 생물이다.'는 점과 더불어 주식수익은 '고통의 산물'이라는 앙드레 코스탈리니의 금언도 이해하게도 됐다. 그래서 나도 시간이 되면 100억 원을 버는 주식투자가가 될 수 있다는 자신감을 가져 보는 것이다.

유료회원이 되려면 김 대표와 종목진단 등의 사전상담 시간을 갖게 되는데, 첫 대면에 날 보고 100억 원을 벌 수 있다는 전연 의외의 말을 하시기에 그때는 믿지를 못했었지만, 큰돈을 담을 수 있는 그릇부터 키우라는 말씀이 가슴에 와 닿아서인지 어느 순간부터 그 말이 자꾸 떠오르고 그럴 수도 있겠다는 자신감이 생겨났던 것이다. 그랬기에 아예 그를 슬그머니 나의 주식의 멘토로 스스로 삼아 버렸다. 나아가, 언젠가 100억 원의 수익목표가 실현되면 마음에 구상하고 있는 분야의 발전에 조금이라도 도움을 주기 위해 기부하려고 한다.

그리고 김 대표로부터 1602년 암스테르담에서 주식시장이 생긴 이후 주식은 우상향에서 벗어난 적이 없다는 것, 냉혹한 글로벌시장에서 강자의 양털 깎기(Fleecing of the flock) 대상이 되지 않도록 각별히 유의할 것과 돈이라는 것은 저리에서 고리로, 저성장국가에서 고성장국가로 이동한다는 만고불변의 자본주의 본질을 알게 된 점 이외에도, 6천여 권의 방대한 독서량에서 표출되는 김 대표의 해박한 지식, 특히 주식은 마음의 학문이라면서 그러한 면에 포커스를 맞춘 역사학을 포함한 주옥같은 인문학고전(人文學古典) 강의를 간간이 듣고 미래지향적인 가르침과 진한 감동을 받다 보니 이순(耳順)의 나이에 새로운 인생 공부를 시작하게 된 점이 덤으로 달라진 점이라고 할까. 다른 유료회원들도 아마 나와 거의 같으리라고 생각되니…….

그런가 하면, 세계로TV 홈페이지에는 유료회원들의 매매일지와 댓글들이 많다. 회원이 된 동기의 배경설명이나 회원이 된 후의 변화된 상황 등을 보게 되는데, 모두들 신가치투자가 만들어 내는 수익으로 인한 놀라움의 경험과 감탄이 서려 있다. 그리곤 김 대표를 '신가치호(號)의 영원한 선장님', '한국의 워런 버핏', '신가치교의 교주', '주식대통령' 등으로 칭송하기도 하는데, 모두 진실성에서 비롯된 것임을 간파할 수 있다.

더욱 놀라운 점은 김 대표의 기부 문화에 동참해서인지 주식수익금에 대한 답례로서 세계로TV에 자신의 수익금의 일부를 흔쾌히 기부하는 사람들도 많은데, 갈수록 이러한 사례가 늘어나고 있다는 점이다. 나도 동참하기 위해 가입 6개월 되는 날 소액을 기부했고 계속 그러려고 한다. 특기할 점은 작년에는 연예계나 있을 법한 '김원기를 사랑하는 모임'인 김사모가 회원들 가운데 스스로 만들어져 활동하게 됐다는 점이다.

이 모든 상서로운 상황들이 일어나는 것을 보면, 김원기 세계로TV 대표가 '한국을 빛낸 21세기 인물 대상' 등 매년 받는 여러 가지의 괄목할 만한 상들을 수상하게 되는 것을 더욱 이해하게 되기도 한다.

'감사합니다. 덕분입니다. 사랑합니다.'를 사시(社是)로 내건 그는 여러분들을 부자로, 대한민국을 부로 부강하게 그리고 만고에 남는 좋은 책을 내는 것이 자신의 목표라고 강의할 때마다 말하곤 하는데, 지금까지의 이루어 가고 있는 경과로 볼 때 그렇게 이루어질 것으로 뜻있는 여러 회원들처럼 나도 또한 확신한다.

주식은 『대학(大學)』의 격물치지(格物致知), 즉 모든 것을 꿰뚫어 앎을 얻은 상태에서 보게 되면 전체를 완전히 알게 되고 그렇게 되면 넓은 시야로 앞날을 위에서 내려다보는 경지에 이르게 되는데, 그런 연후에야 제대로 주식을 알게 된다고 얘기하는 김 대표가 특히 강조하는, "하늘의 도를 잘 지키는 사람은 선을 택하여 그 선을 단단히 지키는 사람이다. 그런 사람은 넓게 배우고, 신중하게 묻고, 그것을 진중하게 생각하며, 분명하게 사리판단하며, 묵묵히 실천하는 사람이다(誠之者 擇善而固執之者也 博學之 審問之 愼思之 明辯之 篤行之)."는『중용(中庸)』제20장(第二十章)의 귀한 말씀을 항상 곰곰이 음미하며 컴퓨터의 주식 창을 나는 보곤 한다.

그러다 보면 나에게 올지도 모르는 치매의 예방 등 100세 클럽 가입을 위한 유용한 도구가 되고도 남을 것이라고 믿고서 말이다.

- 2016년 1월 -

이런 주식은 피하라

투자자를 부자로 만들어 주는 좋은 기업이 있는 반면, 투자자의 돈을 빼앗아가는 기업도 있다. 비단 대주주가 돈을 횡령하거나 시세조작을 해야만 그 기업이 나쁜 기업이 되는 것은 아니다. 주주의 입장에서는 이러한 부도덕한 기업뿐만 아니라 돈을 벌지 못하는 기업도 나쁜 기업에 속한다고 볼 수 있다.

기업의 가치에 중점을 두고 장기적 안목에서 주식시장에 접근하는 가치투자자로서 피해야 할 기업을 어느 전문가가 크게 두 가지로 나누고 있는데, 그 하나는 심리적인 이유로 피해야 할 기업이며, 다른 하나는 사업모델의 측면에서 피해야 할 기업이라는 것이다. 이 둘을 합해 모두 6가지의 피해야 할 기업의 유형을 차례로 언급하고자 한다.

첫째, 동화형 기업.

대체로 기성세대의 사람들은 자라는 어린 시절에 동네 어른들이나 선생님들로부터 한 번쯤은 보물선과 관련된 이야기들을 들은 적이 있을 것으로 생각된다. 그런데 해적선이 침몰했는데 거기에 엄청난 보물을 싣고 있었다는 이야기는 옛날 동화 속에만 등장하는 것이 아니다. 오늘날 주식시장에서도 보물선과 관련된 전설들이 많은 주식에 관심 있는 사람들을 크게 흥분시키기도 한다. 신기한 것은 정말 옛날이야기 같은 이 전설을 믿고 귀중한 자신의 돈을 이런 얘기를 흘리는 주식들에 투자하는 사람들이 한둘이 아니라는 점이다. 대표적인 경우가 보물섬신드롬을 일으켰던 동아건설의 사례이리라.

동화 이야기는 그냥 듣고 웃어넘겨 버려야지 실제 투자로 연결해서는 안 된다는 것. '동화형 기업'은 투자자들의 돈과 함께 금방 어디론가 사라져 버리고 말기 때문이다. 왕자와 공주 이야기는 책에나 나오는 것이지, 주식시장에서는 존재하지 않는 신기루에 불과한 것이라고 믿어야만 하는 것이니…….

둘째, 껍데기형 기업.

A&D는 재무구조가 부실하거나 사양 산업을 영위하는 업체를 인수하여 기업의 가치를 끌어올리는 투자방식인데, 한때 주가를 올리는 기법으로 많이 사용되었었다. A&D는 단기적으로 회사 내용만 슬쩍 바꾸어서 차익을 실현하려는 나쁜 의도가 개입된 경우가 많으니. 그러나 껍데기만 남은 기업이 외관의 이름만을 좀 바꾸고 정관을 바꾼다고 좋은 기업이 될 가능성은 높지 않은 것으로 보아야 한다. 예컨대, 호박에 줄 긋는다고 수박이 되는 것은 아니지 않은가 말이다.

이런 형태의 주식에 투자하게 되는 사람들의 대부분은 '껍데기형 기업'을 자신이 산 가격보다 더 높은 가격에 사 줄 어쭙잖은 사람들이 분명 있을 것이라고 기대하고서 추진하는 경우가 많다. 하지만 이러한 주식도 보물선 주식과 마찬가지로 시한폭탄 돌리기 게임과 같으며, 투자자는 결국 회복하기 어려운 비싼 수업료를 치르게 되고 만다.

셋째, 냄비형 기업.

뭇사람들의 관심을 한 몸에 받고 있는 뜨거운 기업의 주가는 이미 제값을 받고 있거나, 때로는 과대평가 되어서 미래의 수익까지도 주가에 선(先)반영되어 있을 가능성이 크다. 더 올라갈 것처럼 보이며 투자자들을 유혹하지만, 그것은 폭탄 돌리기의 다른 모습에 지나지 않는다. 99년 IT버블사례가 우리나라의 주식시장에서의 냄비를 끓인 대표적인 경우였고, 2000년에 찾아왔었던 IT 폭락장은 냄비에 손을 대인 대표적인 경우로 기록되고 있다.

실제 주식에 대한 아무런 지식도 사전 준비도 없이 그저 쉽게 돈을 벌어 보려는 욕심 하나로 주식시장은 바야흐로 바로 보이지 않은 정글인데, 그러한 정글시장에서 폭등하는 주식을 뒤늦게 산 사람들은 자신의 자산이 몇 십 분의 일로 줄어드는 것을 망연히 지켜보고만 있어야 하니······. 따라서 누구나 '냄비형 기업'을 조심해야 함은 불문가지이다. 말하자면, 냄비는 빨리 끓고 빨리 식으며 또한 달구어진 냄비에 섣불리 손을 대면 화상에 걸릴 뿐이기 때문이기에 말이다.

넷째, 덤핑형 기업.

경쟁은 기업의 체질을 강화하는 소중한 기회를 주는 좋은 것으로 작용한다. 경쟁을 통해 발전으로 나아가는 것이 일반적이기 때문이다. 그러나 경쟁 중에서도 최악의 경쟁이 있는데, 그것은 가격 경쟁이다. 저렴한 가격만으로 차별화를 만들 수밖에 없는 제품을 생산하는 기업을 '덤핑형 기업'이라 하는데, 투자처로서는 매우 위험한 범주에 속한다. 물론 모든 기업에 있어서 가격경쟁력은 소중한 자산이지만 그것이 경쟁요소의 전부가 될 경우에는 동종 산업군 내의 모든 기업들은 결국 불행히도 공멸의 길로 나아갈 수밖에 없는 한계성을 내재하고 있기 때문이다.

이런 업종은 기업들 간에 특별한 차이점을 구별하기 힘들고 거의 유사한 품질의 서비스나 상품을 공급하는 업체들이라 보면 된다. 이러한 기업들은 가격경쟁의 회오리에 빠질 가능성이 매우 농후하고 또한 이와 같은 가격경쟁은 한 기업의 생명을 무자비하게 앗아가거나 최소한 불구로 만들어 버리기도 한다. 바꾸어 말하면, 가격경쟁은 기업경영에 있어서 최악의 조건이 될 수 있는 위험스런 것이라는 사실을 투자자들은 각별히 유념하여야 한다.

다섯째, 물 먹는 하마형 기업.

현재의 기업경쟁력을 유지하기 위해서 끊임없는 대규모 시설투자가 필요한 기업은 기계판매업자나 건축업자들에게는 환영 받을 수 있겠지만, 주주들에게는 그리 매력적인 회사가 아니다. 수익이 나더라도 재투자를 해야 하고, 대규모 설비투자가 필요한 기업들은 결국 주주의 귀중한 수익을 기업의 생존을 위해 쓰고 있는 것이 된다는 점이다. 즉, 주주에게 돌아갈 수익이 현재의 경쟁력을 유지하기 위한 수단으로 낭비되고 있다는 의미가 된다는 말이다. 성장할수록 더 많은 돈을 필요로 하고, 돈을 붓고 부어도 끝이 안 보이는 기업들을 '물

먹는 하마형 기업'이라 한다.

업종 자체가 끝없는 대규모 시설투자를 요구하는 기업과 현재의 경쟁력을 유지하기 위해서는 끝없는 R&D 투자를 해야 하는 첨단기술 기업이 이에 해당한다.

여섯째, 부채형 기업.

주식투자에 있어서 빌린 돈으로 투자하는 신용투자가 위험한 것과 마찬가지로, 기업 또한 자신의 돈이 아닌 남의 돈을 과다하게 빌려 쓰는 것은 그 자체가 큰 위험요인이 될 수 있어 경계하여야 한다. 특히 경기에 영향을 크게 받는 삼류기업이 사업을 확장하기 위한 자금을 부채에 의존하는 것은 정말 어리석은 일이다.

조달금리보다 더 높은 수익성을 가지고 있지 못하거나 회사의 존립에 영향을 줄 만큼 부채비율이 높은 회사는 부채가 자칫 독이 될 수도 있다. 따라서 이러한 '부채형 기업'은 투자검토 대상에서 아예 제외시키는 편이 현명하다. 말 한마디로 천 냥 빚을 갚는다는 것은 단지 속담일 뿐이다. 이러한 기업들이 천 냥 빚을 갚으려면 주주들의 피 같은 돈을 가져다 써야 하기 때문이다.

그런가 하면, 신가치투자기법을 창시한 김원기 세계로TV 대표는 절대 피해야 할 주식으로서 회사명을 자주 바꾸는 종목, 1,000원 이하의 저가주, 테마를 형성하며 급등한 종목, 200일선 밑에 있는 주식, 전 정권에서 대시세난 주식을 거론하고 있는데, 김원기 대표의 주장도 귀담아 들어야 할 중요한 지적이라고 생각한다.

주식은 하면 할수록 나에게 만만하지 않은 쉽지 않은 어려운 분야로서 한 번 들어서게 되니 빠져나오기도 매우 힘든 중독성이 강한 것이라는 생각이든 지 오래다. 그리고 상장된 많은 종목 가운데서 나 스스로 좋은 종목을 자신 있게 선정하여 실제 매매에 활용한다는 것이 정말 쉽지 않음을 피부로 느끼게 되는 답답한 경우가 한두 번이 아니니⋯⋯. 아마 주식에 입문하게 된 대다수의 사람들이 나와 같은 경험을 최소한 한두 번 이상은 하거나 하였을 것이리라.

주로 가치투자에 관심을 가지고 있는 나로서는 노력하면서 시간이 가다 보면 주식종목 선별에 대한 혜안이 차자 길러지기를 바라는 긴 마음으로 위의 어느 전문가의 피해야 할 기업의 유형이나 지적을 곰곰 되씹고 되씹어 음미해 보게 된 것이 나의 요즘 일상이 되다시피⋯⋯.

- 2015년 5월 -

기업의 주인은 누구인가

대저, 기업의 주인은 누구이고, 기업은 누구를 위해 경영되어야 하는가라는 화두는 경제, 경영학에서 오래되고 어려운 질문 중의 하나임은 주지의 사실이다.

기업은 보통의 물건과는 달리 다양한 형태의 권리와 의무가 복합적으로 존재하는 자산이기 때문이다. 여기에는 크게 두 가지 입장이 있어 왔다. 좀 더 단순한 견해는 주주자본주의의 입장으로서 기업은 주식을 소유한 주주들의 권익을 최우선시하여 경영되고 또한 그 성과도 배분되어야 한다는 입장이다. 또 다른 하나는, 기업의 주인은 주주뿐만 아니라 노동자, 경영자, 지역사회, 나아가 고객까지 포함하는 여러 사람들이 주인이라는 이해관계자 중심 자본주의 입장이다.

전자(前者)는 영미식 자본주의를 대표하는 이론이나, 주주 이외의 당사자들의 권익을 무시하고 있다는 비판을 받아 왔다. 미국의 대표적 기업가인 잭 웰치는 2008년 금융위기 이후, 주주중심 자본주의는 허구라고 비판한 바도 있다. 주주가 회사의 법적 주인이라는 점에서 주주 중심주의는 언뜻 그럴 듯해 보이지만, 이론적 근거는 그리 탄탄하지 않다고 본다. 반면, 이 견해에 치중하다 보면, 웬만한 주주의 투자의 경우 주주에게 실제 돌려줄 이윤을 경영자가 방만하게 자의적으로 투자한 것이라는 비판을 받을 우려가 있으며, 나아가 세계적 차원의 저성장·저고용을 낳고 있다는 빌미가 되기도 한다.

무릇 기업은 기업의 가치를 최대화하는 방향으로 경영되어야 하고, 이를 위해서는 기업의 가치에 공헌할 수 있는 여러 당사자들의 권익을 같이 고려해야 함은 당연한 것이다. 즉, 기업가치 제고는 주주들만의 힘으로는 부족하고, 경영자와 노동자, 지역사회의 적절한 참여 없이는 불가능하다고 본다.

한편, 기업은 불행히도 그 기업이 망했을 때 가장 피해를 볼 사람을 중심으로 경영되어야 한다는 이론도 있다. 기업에 참여하는 여러 주체를, 자본을 제공한 금융자본, 경영 노하우를 제공한 경영자본, 노동자들의 인적 자본, 지역사회가 제공한 사회적 자본 등으로 본다면, 이들 중 기업이 망했을 때 실제로 가장 큰 피해를 보는 자본은, 그 성격 자체가 해당 기업에서만 유용하거나 특수성이 높은 자본일 것이다.

가령 그 기업에서만 유용한 특수한 숙련을 오래 쌓은 노동자들이 그럴 것이고, 기업이 망하면 엄청난 평판의 붕괴와 종종 형사처벌을 받는 경영자본이 그러할 것이다. 그 기업 주변의 길을 닦거나 인프라를 제공한 사회적 자본도 피해를 보는 범주에 속해 있다. 이러한 자본들은 기업과 헤어질 수 없는 반면에 금융자본은 맘만 먹으면 언제든지 팔고 나가버릴 수 있는, 즉 가장 특수성이 낮은 형태의 자본임은 불문가지이다.

사물에 대한 소유권은 그 사물을 통해서 어떤 소득을 수취할 수 있는 소득권과, 그 사물을 통제할 수 있는 통제권으로 나뉜다. 금융자본은 주로 소득권을 향유한다고 보는 것이 맞고, 노동자나 경영자는 그 기업을 실질적으로 운영한다고 보면 된다. 물론 경영자의 일부는 소득권도 행사하고, 노동자들도 직급에 따라 통제권의 폭은 달라지기도 한다. 이렇게 기업과 관련한 여러 자본을 고려하면, 주주만을 중시하는 주주중심 자본주의는 '기업가치 제고'라는 효율성 기준에 맞지 않는다.

　소득권, 즉 매매차익이나 배당을 노리는 단기투자는 주가가 이를 반영하기에 규제가 필요 없으나, 그런 단기투자자에게 통제권, 즉 의결권까지 주식 보유기간에 상관없이 부여하는 것은 맞지 않는다고 생각된다. 주식을 하루 보유한 주주와 10년간 보유한 주주가 똑같은 의결권을 갖는 것은 비합리적이라는 것이다. 더구나, 이런 의결권을 가지고 장난을 쳐서, 투자에 실제로 쓰여야 할 귀중한 돈이 경영권 방어에 낭비되고 기업 가치를 훼손하는 부작용까지 낳고 있는 것이 현실이지 않은가 말이다.

　최근 인수합병 소식이 알려진 이후에야 삼성물산의 지분을 대거 획득한 엘리엇 펀드가 인수합병이 잘못되었다고 주장하는 것도 그렇고, 장기적인 주식 보유자와 똑같은 의결권을 행사하는 것도 비합리적이라고 보아야 할 것이다. 즉, 의결권은 주식 보유기간에 비례하는 것이 합리적이고, 실제로 이런 식의 제도를 채택한 외국 사례도 존재하기 때문이다.

　아니면, 주식 보유의 목적상, 재무적 투자와 경영 참여 간에 좀 더

엄격한 구분을 두는 대책이 강구되어야 할 것이다. 처음에는 재무적 목적으로 주식을 보유했다고 해놓고는, 나중에 아무런 제한도 없이 경영 참여로 전환할 수 있는 것은 문제가 있다고 본다. 경영 참여권을 주기 위해서는 반드시 보유기간이 얼마 있어야 한다는 제약이 필요하거나 또는 일단 경영 참여를 하겠다고 하며는 얼마 동안은 주식을 스스로 팔지 못하도록 제한하여서, 실제로 경영에 참여할 기회를 충분히 제공하여야 할 것이라고 생각이 요즘 나의 머리에 메아리쳐 오고 있다.

– 2015년 10월 –

우리나라의 벤처기업(2재)

　'소호(SOHO)'라는 단어는 몇 년 전부터 조그만 작업실이나 아니면 작업실도 없이 집에서 혼자 일하는 직업군의 사람들을 가리키는 용어로 자리 잡기 시작했다. 미국이나 일본에서는 이미 대중화 수준에까지 와 있다. 가장 빠르게 늘어나는 직종은 홈 비즈니스와 온라인 컴퓨터 서비스 그리고 DM용 데이터베이스 직종이다.

　주지하듯이 벤처(Venture)는 '모험'이라는 의미이다. 새로운 기술과 기업가정신으로 도전하는 모험 기업을 말한다. 일단은 실패 위험이 높은 만큼 성공만 하면 수익성도 그만큼 높다. 이 말이 처음 등장하기 시작한 것은 70년대 후반에서 80년대 초였다. 당시 컴퓨터와 사무의 소프트화가 진전되고, 대학에서 첨단기술 분야를 공부하던 사람이나 실리콘벨리에서 기술을 익힌 사람들을 중심으로 나 홀로 창업을 한 것이 그 연원이었다.

　벤처는 기술에, 소호는 아이디어에 좀 더 비중을 두고 있다. 부족한 자원과 주변 국가의 군사적 위협 등 이스라엘은 한국과 공통점이 많다. 한국 역시 우수한 인재가 풍부한 만큼 우수한 벤처기업이 자랄 수 있는 토양만 마련되면 경제위기 극복에 큰 역할을 할 것이다.

이스라엘 벤처기업사(史)에는 군대에서 갈고 닦은 기술을 첨단상품으로 탈바꿈시켜 성공한 사례가 수도 없이 많다. 특히 정보통신분야에서는 이런 사례가 더욱 풍부하다. 지난 94년 설립된 지오인터랙티브는 멀티미디어 데이터의 실시간 압축 및 재생기술 '임블레이즈(Emblaze)'로 인터넷 업계에 혜성처럼 등장했다. 임블레이즈는 별도의 소프트웨어를 설치하지 않고도 동영상과 오디오 등 덩치 큰 데이터를 실시간으로 주고받을 수 있도록 한 기술을 말한다.

이 회사가 선보인 웹 차저(Web Charger)를 이용하면 2백 배에서 1천 배까지 그래픽 파일을 압축할 수 있다. 이 정도 압축률이면 비디오테이프를 전화선으로 꽤 자연스럽게 감상할 수 있는 것이다.

군대에서 가상훈련 기법으로 군사훈련용 컴퓨터 프로그램을 만드는 임무를 맡았던 경험으로 인터넷에 임블레이즈를 이용한 제품을 선보일 때마다 큰 히트를 쳤었고, 설립 2년째인 지난 96년 주식이 영국 런던의 장외시장(AIM)에 상장됐으며 작년 주가상승률 211%를 기록, 최고의 수익률을 올린 10대 주식에 올랐던 것이다.

전문가들은 이스라엘이 벤처에서 강한 이유를 그들 특유의 정신력에서 찾는다. 역사적으로 무수한 시련을 겪었기 때문에 어려움을 참고 견디는 것이 체질화되었다는 것. 또 인구, 시장이 협소해서 제조업으로는 세계적인 기업이 탄생할 수 없기 때문에 그들의 우수한 두뇌를 첨단분야에 활용할 수밖에 없다는 것이다.

"모험을 하지 않으면 아무것도 얻을 수 없다(Nothing ventured, Nothing gaind)." 이스라엘 벤처 투자자들이 자주 쓰는 모토다. 대표적 공적펀

드인 요즈마 등 벤처 캐피탈들은 인큐베이터 단계에서부터 미국 나스닥에 주식이 상장될 때까지 한 개발자의 아이디어를 경쟁력 있는 상품으로 탄생시키는 과정에서 마르지 않는 젖줄 역할을 한다.

근로자 1만 명당 과학기술인력은 135명, 2위인 미국의 80명이나 일본 74명에 비해 엄청나게 높은 수준이다. 그러나 인력과 아이디어, 기술 인큐베이터(TIC)와 같은 육성책이 있다고 해서 벤처기업이 성장할 수 있는 것은 아니다. 무엇보다 중요한 것은 자본, 바로 투자 손실의 위험을 무릅쓰고 유망한 아이디어에 투자할 수 있는 벤처 캐피탈이 얼마나 풍부한지 여부가 벤처기업의 성공을 좌우한다는 것이다.

96년 말 현재 벤처기업을 포함한 우리나라의 소호족은 대략 1,700명 정도, 2000년에는 1만 명으로 예상하고 있다. 이러한 추세는 대략 세 가지 요인에 의해 가속화되고 있다. 먼저 각종 사무기기와 컴퓨터 통신 및 인터넷의 대중화로 웬만한 업무는 집에서 처리할 수 있게 된 것이다.

다음으로는 기업의 리스트럭처링(기업혁신)과 아웃소싱 바람이다. 불황으로 인해 가능하면 부담도 적고 업무에 관한 책임도 분명히 가릴 수 있는 프리랜서를 쓰려는 추세이다.

작가를 대신해서 출판사측과 책이 나오기까지의 전 과정을 대행해 주는 온라인 출판 매니저, 외국인과 우리나라 학생들로 팀을 짜서 답사여행을 함께 하도록 하는 여행컨설팅사업, 자택 거실에서 컴퓨터로 소프트웨어를 개발하거나 PC통신에 정보를 제공하는 IP사업, 사무실에 컴퓨터 한 대를 설치하고 서울시내 개봉관 전산망과 연결해서 영화회원들을 모집하여 서비스를 실시하는 회사도 성업 중이다.

재테크 월간 잡지 기자에서 PC통신 창업정보를 시작한 경우도 있다.

기업의 신제품이나 신간 서적, 아니면 언론 홍보를 필요로 할 때 보도 자료를 각 언론사 담당 데스크에 보내 주는 회사도 생겨났다. 직원이 하면 일주일은 족히 걸릴 일을 이들은 단 하루 만에 완벽하게 대행해 준다.

시간이 없는 맞벌이 주부들을 위해 신선한 야채와 생선 등 시장을 대신 보아주는 아이템도 서서히 궤도에 오르기 시작했다. 그런데 이제는 더 나아가 전국 대도시에 체인망도 개설할 계획이다. 최근에는 이 아이디어를 다시 차별화하여 새벽시장을 나가야 하는 요식업소를 상대로, 이 일을 대행해 주는 곳도 생겨났다.

장난감 대여업, 화분 대여업 등도 있다. 장난감 대여업은 아이들이 장난감에 쉽게 싫증을 낸다는 점에 착안한 것이다. 싫증을 내면 곧 반납하고 다른 것으로 바꾸어 대여해 준다. 그러면 아이는 항상 새로운 기분으로 여러 장난감을 가지고 놀 수 있게 된다. 화분 대여업은 주로 사무실을 대상으로 하지만 손님을 맞는 가정집에도 빌려준다. 그러면 언제나 새로운 분위기를 연출할 수 있게 된다.

이처럼, 벤처기업은 독특한 아이디어와 기술로 창의적 제품이나 서비스를 창출해 내는 모험적 기업을 말한다. 성공으로 이어질 경우에는 떼돈을 벌지만 실패 위험이 높기 때문에 '벤처'라는 접두어가 붙는다. 실제로 벤처기업의 천국이라는 미국에서조차 창업 후 성공률은 3%에도 미치지 못한다. 나머지는 돈과 시간만 날리고 있는 셈이다.

지난 80년대 장기 불황의 늪에 빠진 미국경제를 살려낸 주역들도 마이크로소프트 선마이크로시스템 넷스케이프 같은 벤처기업들이었다. 그 후 도전과 성취라는 미국인들의 취향과 맞아떨어져 미국에서는 매년 70만 개의 벤처기업이 탄생하고 있는 것이다.

우리는 지금 IMF라는 미증유의 경제대란을 겪고 있다.

국민의 소득수준은 비참하게도 10년 전으로 후퇴하고 말았다. 정말 어려운 이때, 번득이는 두뇌와 피 끓는 패기를 소중한 자산으로 가지고 있는 우리의 젊은이들이 소호족이 되어 서울과 지방도시에서부터 벤처기업을 창업하거나 참여하여 끈질기게 활약함으로써 우리나라 경제에 젊은이답게 새로운 활력을 불어넣었으면 한다.

– 1998년 6월 –

소프트웨어가 산업의 경쟁력이다

소프트웨어(software, 이하 'SW')란 하드웨어(hardware, 이하 'HW')와 함께 컴퓨터를 구성하는 중요한 요소로서 운영체제와 공용 프로그램 및 프로그램으로 구성되는 것을 말한다.

글로벌 시대의 오늘날 많은 면에서 바야흐로 SW가 점점 중요해지고 있음은 불문가지이다. SW 접목이 필요한 각종 산업의 경쟁력 측면에서도 그렇고, 특히 젊은 청년들에게 조금이라도 희망을 주어야 할 일자리 창출 측면에서도 그렇다. 그럼에도 불구하고 얼마 전 발표된 한국이 가지고 있는 세계 1위의 경쟁력을 갖춘 제품 8개에서 SW는 전무하고 모두 하드웨어(HW)였다.

그런가 하면, SW의 중요성을 영토에 비유해 해석한 흥미로운 조사도 있으니. 과거 로마제국은 전 세계 영토의 3.6%를 지배했었고, 해가 지지 않는다는 대영제국은 전 세계 영토의 23.6%를 지배했었다. 그러나 구글은 현재 전 세계 영토의 54.7%를 SW를 통해 지배하게끔 되었다. 세계인류사에 없었던 미증유의 엄청난 SW제국이 만들어지고 있다고 해도 과언이 아닌 셈이다.

무릇, SW의 영향력은 정보기술(IT) 산업에만 국한되지 않는다. 자동차, 가전제품의 개발원가에서 SW와 관련된 부품 비중은 이미 50%를 넘어섰고, 뉴스위크에선 '모든 기업은 SW 기업'이라고도 단언하고 있을 정도다. 자율주행차(Autonomous Vehicles), 로봇(robot), 상업용 드론(Drone) 등 미래 블루오션 분야에서도 SW는 이미 핵심 요소로 자리 잡고 있는 것이다.

헌데, 주지하듯이 SW의 경쟁력은 SW 특허와 직결돼 있다고 해도 과언이 아니다. 그러한 연유로 선진 기업들은 적극적으로 SW 특허를 확보하고 있다. 2012년 IBM은 이 회사 전체 특허의 44%에 달하는 약 3,000건의 미국 SW 특허를 취득했다고 한다. 마이크로 소프트(MS), 구글, 애플 등 IT 기업들도 SW 특허권 확보를 위해 전력을 다하고 있다. 세계적으로 내로라하는 이들 기업들은 미래에는 SW 기술 보호가 기업의 흥망성쇠와 직결되는 관건이 되며, 무어니 무어니 해도 특허권이야말로 SW 기술을 실질적으로 보호할 수 있는 가장 강력하고도 효과적인 수단이라고 판단하고 실천에 옮기고 있는 것이다.

나아가, 미국 · 유럽 · 일본 등 각국 선진국 정부도 마찬가지로 특허를 통해 자국 SW 기술을 효과적으로 보호하고 있음은 주지의 사실이다. 특허로 등록된 SW 기술에 대해 제3자는 특허권자의 허락 없이는 해당 기술을 이용한 프로그램을 제작하거나 판매할 수도 없도록 강제법제화하고 있음은 불문가지이다. 즉, 국가 정책적 차원에서 합리적이면서도 당연한 수준의 보호제도를 채택한 것이라고 할 수 있다.

이러한 선진국들과 비교하면, 우리나라의 SW 특허는 제 역할을 다하고 있다고 볼 수 없으니……. 현행 국내 특허법은 타인의 SW 특허를 구현한 프로그램을 무단으로 만들어 온라인을 통해 판매한다고 해도, 특허침해에 해당되는지의 가부(可否)가 불명확하게 제정돼 있다는 게 현실이기 때문이다. 애써 SW 기술에 대해 특허 등록을 했어도 누군가가 내 SW 기술을 무단으로 사용해 프로그램을 개발하고 CD와 같은 저장매체가 아닌 온라인으로 배포하면 침해를 묻기가 어려운 상태이다. 대부분의 SW가 온라인으로 전송되는 시대지만, 제도는 아직도 오프라인 시대 그대로 머물러 있는 상황이라니…….

다행히도 지난해 10월 SW 특허를 구현한 프로그램의 온라인 전송도 특허로 보호됨을 명확히 하려는 특허법 개정안이 발의됐다. 어느 정도 시의적절하다고 생각된다. 정당한 보상이 있어야 실제 현장에서 기술 개발이 활성화된다. 기술 개발에 걸맞은 정당한 보호가 실제로 행해져야 기업과 산업이 성장할 수 있음이 당연하듯이, 구글이 세계 2위의 거대 기업으로 성장하는 데에는 페이지랭크 특허가 큰 역할을 했다는 것 또한 간과해선 안 된다.

아마, 새로운 SW 특허법 개정안에 대한 반대도 없지 않을 것이다. 권리의 범위가 모호해 분쟁의 원인이 되고 있는 SW 특허의 보호 대상을 확대하면 영세 SW 기업들이 특허 소송에 시달릴 수도 있다는 우려가 있으니 말이다. 특허로 보호받을 가치가 없는 기술에 특허를 부여하면 오히려 분쟁이 늘어나고, 특허관리전문회사(NPE, Non-Practicing Entities)의 소송에 악용되는 등 사회적 문제가 될 수 있다는 주장도 있다. 일견 분명히 맞는 말이다.

하지만 개정안의 목적이 SW 특허의 보호 대상 확대가 아닌 SW 특허를 CD로 배포해도 특허침해, 온라인으로 배포해도 특허침해라는 것을 명확히 하려 한다는 것을 이해하면 해소되는 우려라고 생각된다. 또 무분별한 SW 특허 등록은 특허청에서 우수한 SW 특허 심사관을 양성해 해결할 문제로서, 특허 심사 단계의 문제인 것이다.

국내 SW 경쟁력을 높이기 위해서는 SW 분야 종사자의 부단한 노력과 더불어 SW 기술과 산업, 그리고 특허 제도가 모두 함께 성숙해야만 제대로 이룩할 수 있다고 본다. 앞서 나가는 시대적 상황을 반영해 SW 기술을 적절히 보호할 수 있는 제도를 만드는 것은 SW 산업 경쟁력을 한층 더 높이기 위한 전제조건이다.

지금은 HW보다 SW가 더 중요한 시대다. 모두 다 합심해서 있는 힘을 모아 SW 기술의 보호와 우리나라의 산업 발전을 위해 미래지향적으로 바람직한 방향을 향해 지혜를 모아 총체적으로 움직일 시점이라고 본다.

이와 연관되어서인지, 30여 년 전으로 거슬러 올라가 1980년대 초 강남구에 있는 특허청 국제협력과에 담당사무관으로 초창기 공직의 발을 내디뎠을 때의 어쭙잖은 일화가 늙어 버린 나의 머리를 가물가물 적셔 옴은 어인 일인가?

부임한 지 얼마 안 됐는데, 미국과 세계지적재산권기구(WIPO)로부터 Soft Ware 뭉치문건을 접수받고서 'Soft Ware'를 우리말로 어떻게 번역해야 할지를 놓고 고민했던 것. 그 당시 알만한 곳을 수소문해 보았으나 모두 금시초문이라는 반응을 보여 그냥 직역하여 '부드러운 그릇'이라는 엉뚱한 발상을 혼자 하기도 하였었으니……. 그도 그러할 것이 당시는 문서 작성 시 PC는 생각할 수도 없었고, 과(課)에

한 대밖에 없는 타자기에 의존하는 시대였다. 또한 특허에 대한 우리나라의 국제협력 업무가 일천하고 개발초기여서 기피부서였기에 행시출신이라고 해서 신참인 내가 맡게 되었던 것 같은데, 그래도 다른 공무원들보다 국제업무에 좀 안다는 편에 속했던 내가 그랬으니, 나는 세상이 어떻게 돌아가는지를 너무도 모르는 부끄러운 우물 안 개구리 공무원이었던 것이다.

　소프트웨어, 하드웨어가 우리말이 되어 버린 지금에 와선 나의 일화는 한낱 낡아 버린 옛날이야기에 불과하지만, 특허행정 분야는 국제간에 직접 연관되는 분야이기 때문에 글로벌 시대의 국제적 시야(International Eye)를 기본적으로 가지고 실기하지 않고 적시성 있게 대처해야 한다는 소신에는 지금도 변함이 없으니……．

－ 2015년 8월 －

미래의 금융혁명
핀테크 시대가 도래하고 있다

『유엔 미래보고서 2040』의 저자인 미국의 스탠포드 대 경영대학교 교수, 토니 세바는 앞으로 5년 후 다가올 가장 큰 변화 중 하나는 금융의 천지개벽이라고 주장하고 나섰다.

현존하는 은행을 이용하는 사람들이 각자 다양한 지불시스템을 새롭게 이용하게 되면서, 은행에 돈을 저축하거나 주식시장에 돈을 넣어서 주식을 사지 않는다. 주식거래는 5년 후에 크게 모습이 바뀌게 되며, 너무나 다양한 금융체계가 부상하고 있어서 지금 현재로서는 누가 미래의 승자가 될지 알 수 없는 상황을 맞고 있는 것이다.

이러한 천지개벽의 대변화는 기본적으로 IT기술을 기반으로 금융서비스를 제공하는 핀테크(Fin Tech)로 말미암은 것이니.

첫 번째 변혁은 인터넷, 모바일 등 새로운 결제시스템의 등장이다.
우선, 아프리카의 케냐에서는 다른 아프리카국가들처럼 유선전화가 없고 유선인터넷이 깔리지 않고 곧바로 모바일 스마트폰이 들어오고 말았다. 기존의 은행들이 존재했지만, 가난한 케냐 사람들은

은행을 많이 이용하지 않았던 것. 그런데 갑자기 누구나 다 스마트폰을 이용하게 되자 은행을 제치고 전화회사들이 '엠페사(mpesa)'라는 지불시스템을 개발하게 되었고, 4년이 지나자 케냐 인구의 대부분이 돈을 지불해야 할 때 모바일로 엠페사를 이용하게 된 것이다. 그래서 현재 케냐 GDP 40%가 엠페사 거래를 하고, 0%~40%로 거대한 성장을 하게 되었다. 케냐 사람들은 엠페사를 사서 엠페사로 모든 물건을 사고판다. 아프리카의 은행들은 급격히 추락하고 아프리카의 전화회사, 즉 삼성이나 KT가 은행이 되어 버린 것이다.

현재 인터넷 대기업들이 자신의 지불시스템을 개발하거나 이미 사용하고 있는 기업들로서는 중국의 바이두, 알리바바, 그리고 미국에서는 구글, 애플, 아마존 등이 자신의 지불시스템을 이용하려 하고 있다. 늘 아마존에서 많은 물건을 사는 사람은 아마존 코인으로 모든 물건의 값을 지불할 수 있게 되며, 아마존 코인의 값이 올라가면 돈도 벌 수 있는 시스템이다.

두 번째 천지개벽은 금융에서의 크라우드펀딩이다.

'크라우드펀딩'이란 제품이나 서비스를 개발한 사람이 킥스타터에 자신의 제품이나 서비스를 소개하면서 얼마의 돈이 필요하다고 이야기를 하면, 일반인들이 1만 원, 10만 원 등 적은 돈을 투자하여서 개발자 또는 창업가에게 지원을 해 주는 것을 말한다. 이제는 은행에 그 많은 서류를 준비해서 들고 갈 필요가 없게 되고, 은행을 바이패스해서 투자자와 개발자가 직접 거래를 하여 자금을 지원받을 수 있게 된 것이다. 사실상, 은행의 역할이 없어지는 사회가 도래하는 것이다.

세 번째는 은행이나 기존의 금융시스템이 급격히 소멸하게 된다.

이유는 인터넷기업이 금융업에 뛰어들었고, 또 비트코인의 등장 때문이다. 비트코인은 가상의 화폐인데, 이미 나온 지 10여 년이 되면서 그 시장이 점점 커지고 있다. 이제 미국에서는 20% 정도가 현금으로 거래되는 물품인 무기나 마약 등이 거래되고 있기 때문에 이에 10%의 세금을 매기기로 하였다고 발표하였다.

젊은이들은 비트코인을 신뢰하지만, 나이가 든 세대들은 비트코인을 부정하고 있다. 하지만 3~4년 후에는 비트코인의 시장이 더욱더 커지면서 다양한 각국 정부의 제재가 가해질 것이고, 2세대 · 3세대의 비트코인들이 등장하여 금융시장이 복잡해질 것이다. 현재 비트코인 다음에 나온 것이 리플코인, 해피코인, 케이코인, 리코인 등 우리나라에서만도 수십여 개가 넘는다고 한다.

네 번째, 금융시스템의 파괴자는 사물인터넷(IoT)과 빅데이터이다.

주식시장과 주식거래는 일정한 투기와 몇 년 후의 그 기업의 장래에 대한 추측투자를 주식거래로 하는 것이다. 그런데, 빅데이터나 사물인터넷이 너무나 정확하게 각 기업의 미래를 분석하고 예측해주기 때문에 주식시장을 통해서 예측하고 추측하고 과감하게 투자할 필요가 없이 정확한 정보를 가지게 되면서, 그 회사에게 투자자들이 직접 찾아가 돈을 투자함으로써 주식시장을 바이패스 하게 된다.

마지막으로 다섯 번째, 미래 금융시스템의 지배자는 만물인터넷 (IoE)이다.

5~10년 후에는 전 세계에 수많은 인터넷을 연결시켜 줄 센서 칩 등이 깔린다. 2020년에는 구글프로젝트 룬이 나와서 공중에 무선인터넷 중계기가 풍선에 들어가 떠돌아다니게 되며, 구글은 5년 동안 태양광패널에너지로 공중에 떠 있는 타이탄 무인비행기에 인터넷 중계기 등을 달아서 무료인터넷을 전 세계에 퍼트리겠다고 한다. 페이스북 또한 지상에서 모든 전봇대 전신줄 높은 빌딩에 무료인터넷을 까는 데 자금을 아끼지 않겠다고 발표하였다.

무료인터넷, 센서 칩이 깔리게 되면 모든 명령이나 정보가 페이스북, 구글 프로그램으로 돌아가기 때문에 '페이스북정부', '구글정부'가 퍼트리는 말을 듣는 보텀업(bottom up) 시스템이 되고, 톱다운(top down) 시스템은 죽게 된다. 위에서 정부가 또는 장관이 또는 국회가 무엇을 국민들에게 요구하거나 정하는 것은 국민들이 피하고 듣지 않는다. 단지 구글이나 네이버, 다음카카오가 하는 말을 듣고 따라 할 뿐이다. 이럴 경우에 은행이나 정부가 지정하는 금융시스템을 이용하는 사람들이 급격히 줄어들게 될 것은 명약관화(明若觀火)인 것이다.

금융시장의 중요성을 알게 된 중국정부는 꾀를 부리고 있다. 알리바바가 MMF를 판매하여, 8개월 새 83조 원을 끌어 모으도록 일조를 하고 있다. 6%대 예금금리로 유동성을 흡수한 것이다. 이로 인하여 국영의 공상은행에는 예금이탈로 그야말로 거대한 충격이 다가오고 있으니⋯⋯. 모바일 결제·송금 서비스 등이 부상산업으로 떠오르며 페이스북·구글도 적극적으로 가상화폐시장을 노크하고 있는 실정이다.

알리바바·텐센트 같은 중국 인터넷 기업들에게 중국정부가 민영

은행 설립을 허가해 준 이유는 이미 세계시장이 그쪽으로 가고 있고 국가경쟁력을 높이기 위해서 허가를 해 준 것이다. 세계 금융업계의 화두는 알리바바 · 텐센트 · 페이스북 · 구글과 같은 인터넷 기업들의 은행 만들기 대행진이다. 새로운 먹거리 찾기에 나선 인터넷 기업들이 금융서비스 분야에 줄줄이 진출하고 있다. 미래예측을 하자면, 앞으로 국영은행은 결국 소멸하게 된다고 본다.

인터넷 기업의 금융업 진출은 전 세계적인 현상이다. 페이스북은 아일랜드 중앙은행에 결제 · 금융 서비스를 신청했다. 아일랜드 중앙은행이 승인하면 페이스북은 '전자화폐 취급기관'으로 인정받는다. 페이스북은 승인을 발판으로 유럽 모든 지역에서 예금 · 송금 등 은행과 다름없는 금융서비스를 할 예정이다. 구글도 금융업 진출에 적극적이다. 구글의 모바일 결제 시스템인 '구글 월렛'을 바탕으로 금융업에 진출 송금 및 펀드투자로 서비스를 확장한다는 구상이다. 이를 위해 이미 영국에서 전자화폐 발행 권한을 받아 놓았다.

알리바바와 텐센트는 인터넷 분야에선 이미 세계 시장을 선도하는 기업으로서 알리바바는 미국의 아마존을 제치고 거래 규모 측면에서 세계 최대 전자상거래 기업으로 성장했다. 모바일 메신저 분야의 강자 텐센트는 시가총액 기준으로 구글, 페이스북, 아마존에 이어 세계 4위에 올라 있다. 작년 하반기 알리바바는 '위어바오'를 출시하면서 중국 금융업계를 위협하기 시작했다. 작년 6월 출시한 머니마켓펀드 (MMF) 상품인 위어바오가 시중의 자금을 빨아들이는 '블랙홀' 역할을 했다. 3%대 초반의 은행 예금 금리의 두 배에 달하는 6%대 금리를 제시한 비즈니스 모델이 먹힌 것이다. 위어바오가 대성공을 거두자, 텐센트도 지난 1월 '리차이퉁'이라는 인터넷 금융상품을 시장에 선보였다. 이는 출시 하루 만에 8억 위안의 자금을 끌어 모으는 저금통이 되었다.

중국 금융시장을 장악하고 있는 5대 국유은행(공상·중국·농업·건설·교통은행)에 비상이 걸리자, 인터넷 금융상품이 금융시장의 질서를 어지럽힌다며 정부에 규제 강화를 촉구했다. 말하자면, 국유은행들이 데모를 하기 시작한 것이다. 전 세계 기존의 금융시장들이 벌벌 떨고 있다. 그들은 이미 자신들의 추락을 예견하고 있다. 그래서 그들은 기존세력동조자들에게 강력한 제재를 촉구한다. 의회나 정부에게 새로운 금융시장을 억제하도록 하려고 한다. 하지만 편리하고 빠른 것을 찾는 세계시민들은 이미 인터넷 속 가상화폐의 맛을 본 상태다. 되돌아갈 수 없는 강을 건너고 말았다고 본다.

알리바바와 텐센트가 최대의 기업상품을 금융업에서 찾는다고 한다. 사람들은 편리한 것을 찾고 더 쉬운 것을 찾는다. 또 알리바바는 B2B 사이트인 알리바바닷컴을 통해 중소기업들의 신용정보를 축적하고 있고, 텐센트는 모바일 메신저 '위챗' 가입자 3억 명에 대한 개인 정보를 갖고 있다. 포화상태에 달한 선진국과 달리 중국의 소매금융 시장은 앞으로 발전 가능성이 높은 곳이며, 특히 인터넷 기업들이 소매금융 시장의 혁신을 주도하도록 정부가 유인하고 있는 상황이다. 아마도 중국정부는 예금을 보호하지 않는 민영은행 모델이 성공하도록 예금자보호제도 도입, 은행파산법 제정 등을 준비할 것이다.

한국의 IT기업도 금융서비스에 기존 은행과 카드사와 제휴, 플랫

폼을 제공하는 형태로 나서고 있어 최근 금융서비스 진출을 선언한 다음카카오는 금융결제원과 전국 18개 은행이 참여하는 '뱅크월렛'에 동참하는 형식의 '뱅크월렛 카카오' 서비스를 준비 중이다. 일정 금액을 모바일 지갑에 충전하고 카카오톡 친구끼리 자유롭게 송금하는 서비스라고 한다.

미래예측은 지금이라도 늦지 않았다. 개별국가 화폐들이 추락하고 각자 끼리끼리 혹은 편리한 쪽으로 화폐나 금융시장이 선다. 이런 변화는 극히 초기다. 그러므로 많은 한국 인터넷기업들의 세계화폐, 가상화폐, 자기 회사 화폐를 만드는 일이 급선무로 보인다. 한국대기업의 미래부상산업 모델을 금융업으로 보았을 때, 여기에 투자를 하는 것이 도움이 될 것이다.

또한, 토니 세바교수는 이제 더 이상 자동차회사는 자동차회사가 아니라고 말한다. 앞으로 자동차회사는 컴퓨터회사이다. 컴퓨터를 잘 만드는 회사가 네 바퀴 달고 달리는 컴퓨터를 더 잘 만들 수 있기 때문이라는 것이다. 즉, 삼성은 무인자동차를 만들어야 하고, 현대자동차는 아마도 에너지회사로서 슈퍼충전기 등을 만드는 거대한 에너지회사가 될지도 모른다. 그리고 비즈니스 모델이 없는 다음카카오와 네이버는 이제 금융업을 시작해야 하거나, 창업지원센터를 만들어 미국의 플럭앤플레이처럼 창업기업에 조금씩 투자를 하여 페이팔을 만들고 드롭박스를 만들어야 할지도 모른다.

나도 모르는 사이에 어느새 내 곁에 가까이 다가와 있는 새로운 패러다임으로서의 핀테크(Fin Tech)!

거대한 흐름의 시대의 변화인 전자화폐의 등장에 우리도 귀를 쫑긋, 실기하는 우(愚)를 범하지 않도록 각별한 관심을 가지고 국경이 없어진 금융상의 글로벌 시대에 유효하게 대처해 나아가야 할 것이다.

- 2015년 6월 -

사미용두(蛇尾龍頭)

.

으레 개업하는 집에 가 보면 '네 시작은 미약하였으나 네 나중은 심히 창대하리라'라는 성경 구절을 흔히 볼 수 있을 것이다. 정성 들여 나무판에 새긴 글이 눈에 잘 띄는 곳에 반듯하게 걸려 있다. 그것을 보면서 큰맘 먹고 가게를 시작하면서 번창하기를 희망하는 주인의 간절한 염원을 읽을 수 있고, 하객으로서도 그렇게 되도록 기원해 보는 것이다.

이 문구를 찬찬히 음미해 보면 끝이 창대해지기 위해서는 시작이 미약해야 한다는 교훈을 깨달을 수 있게 된다. 말하자면, 시작이 거창할수록 끝이 흐지부지될 가능성이 높아진다고나 할까. 즉, 좀 뭣한 얘기지만 미약하게 시작해야 창대한 성공을 거둘 수 있다는 데에는 나름의 몇 가지 이유가 담겨 있다고 생각된다.

첫째, 새로운 사업을 정확하게 이해하고 학습하기 위해서는 작은 규모로 시작해야 한다는 점이다.

능력과 경험이 부족한 상태에서 대박을 노리는 욕심만 잔뜩 앞서서 어쭙잖게 크게 시작하는 것은 운전이 미숙한 초보자가 대형 트럭을 모는 것과 다를 바 없다. 잘 모르는 신규 사업에 처음부터 많은 예산과 인력을 들이는 것은 무모하기 짝이 없는 어리석은 짓이기 때문이다. 자기 집 차고에서 작고 아주 조촐하게 사업을 시작해서 나중에는 세계의 1등 갑부로 변신한 미국의 빌 게이츠의 성공사례를 좋은 본보기로 삼아야 할 것이다.

둘째, '작은 시작'의 가치는 유연성과 실험 가능성에 힘을 실어 주고 있다는 점이다.

시작부터 규모가 창대하면 만약에 잘못된 의사결정을 하는 경우, 쉽게 고칠 수 없게 된다. 중도에 수정하게 되면 비용과 부작용이 크게 발생해, 자신의 사업에 원하지도 않는 엄청난 부담을 초래할 수밖에 없기 때문이다. 작게 시작해야 필요시 이것저것 실험도 해 보고 잘못돼도 실기(失期)하지 않고 고쳐 새롭게 개선해 볼 수 있는 기회를 가짐으로써 초창기의 취약해질 수 있는 체질을 오히려 강화시킬 수 있는 호기회로도 활용할 수 있는 것이다.

셋째, 시작이 '미약'해야 겸손하고 또한 낮은 자세로 출발하게 된다는 점이다.

밑바닥에서부터 시작해야 고객과 종업원의 진정한 목소리가 속 깊게 들리게 되고, 번거로운 와중에서도 자신의 실상을 찬찬히 되돌아보는 겸손과 성실성의 자세가 쌓여 자기도 모르는 사이에 체질화되는 것이다. 그렇게 되면 흔들리지 않고 초심을 유지하며 착실히 하나하나씩 단계를 밟아 다지며 올라가는 자신만의 노하우도 생겨, 기업 체질을 강화시키고 아울러 사업기반을 튼튼하게 갖추어 갈 수 있는 첩경인 것이다. 특히 어렵게 자수성가한 사업가들 중에는 2세에게 자신의 사업을 물려주는 한 방법으로 우선 밑바닥부터 일부로 참여시키는 고행의 길을 택하기도 하는 것은, 이러한 자신만이 몸소 체득한 값진 노하우의 지혜에서 비롯된 것으로 보인다.

넷째, 작게 시작하면 남의 시선을 별로 의식하지 않고 자유롭게 원하는 것을 시도해 볼 수 있다는 점이다.

시작이 창대하면 많은 사람의 주목을 끌기 쉽기 때문에 반드시 성공해야 한다는 강박관념에 사로잡히게 되고 아울러 허장성세를 부리기 쉽다.

그런데 아쉽게도 주변에서 작은 시작을 하는 경우를 찾아보기 어려운 것이 오늘날의 현실이다. 개인이 개업할 때 다른 사람들을 의식하는 심리가 작용해 거창하게 시작하려는 유혹에 빠지는 경우를 더러 보게 된다. 처음부터 번화가에 멋진 가게를 그럴듯하게 차리고 종업원도 여러 명 고용해서 '사장님' 소리 들으며 폼 잡으며 남들에게 자랑하고 싶어 하는 것이다. 그러나 창업하려는 사람이면 누구나 바닥부터 실력을 탄탄히 다지지 않고 덜컥 사업체를 크게 차려 버리면 성공할 확률은 매우 희박해지고 만다는 냉엄한 불문율을 각별히 유념하지 않으면 안 된다.

민간 기업들도 신규 사업을 대대적으로 추진하다 큰 낭패를 보는 경우가 많다. 세계 시장을 석권하고 있는 우리나라 굴지의 조선사들이 새로운 성장동력으로 해양플랜트 사업을 공격적으로 추진했다가 예상치 못한 비용이 크게 발생해 고전하고 있으니……. 자기의 고유 사업 분야에서는 탁월한 경쟁력을 가지고 승승장구한 대기업들이 신규 사업에 섣불리 진출했다가 회복불능의 큰 손실을 입고 모기업 자체가 그냥 송두리째 공중분해당하는 허망한 사례도 종종 보아 왔었다.

공공 부문에서도 시류적으로 주목받는 사업일수록 언론 기사를 도배하며 화려하게 시작하는 경우가 빈번하다. 예를 들면, 한식의 세계화를 표방하며 대한민국의 국격을 높이는 사업이라고 한참 떠들썩했던 '뉴욕플래그십 한식당 개설사업'도 제대로 추진되지 못하고 무산됐었다. 정부나 지자체에서 벌린 수많은 공공사업들이 거창한 행사 뒤에 어떻게 진행됐고 얼마나 성과를 거두었는지에 관한 뒷소식은 별반 들리지 않는 경우가 허다하다. 그럼에도 불구하고 전시성 행사가 반복되는 것을 보면, 창대한 시작 자체가 목적이 아니었나 하는 한심스런 생각이 들 때도 있으니. 말하자면, 사미용두(蛇尾龍頭)를 흉내만 내고, 아니, 흉내 내는 시늉만 하고 말아 버린 사례의 지속된 반복에 지나지 않았다는 말이다.

개인이든, 민간 기업이든, 공공 부문이든 시작을 창대하게 하는 주된 이유는 조급함과 과시에 있다고 생각된다. 이익만을 추구하는 영리기업은 처음부터 대박을 터뜨릴 조급함에 사로잡혀 창대하게 시작하는 것이다. 공공 부문의 경우에는 임기가 제한된 기관장이 단기간에 실적을 과시하려는 욕심에 전시성 행사를 선호하기도 한다. 그러나 대부분은 내실이 빈약하고 성과가 미흡하다는 사실이 밝혀져 끝이 창대해지기는커녕 그만 미약해지고 만다. 말하자면, 겉보기엔 그토록 바라마지 않는 사미용두(蛇尾龍頭)인데도 실제로는 바라지도 않는 그 반대 현상만을 양산하고 마는 것이니.

허나, 시작이 작으면 빨리빨리 조급함에서 한 발짝 벗어나 긴 안목을 갖고 유연하게 접근할 수 있다. 또 부족한 부분을 채우기 위해 자만하지 않고 스스로 열정을 다하는 것이 인지상정이다. 무릇 건강한 나라 건강한 사회의 첫 단추는 작은 시작에서 출발한다고 생각한다.

금년은 을미년 2015년, 광복 70주년이 되는 뜻깊은 한 해 !

어느덧 고희를 맞은 G20 대한민국 우리나라도 이제부터는 바야흐로 글로벌 시대의 명실상부한 선진국이 되어야 하며, 그렇게 되기 위해서는 대한민국도 이제 내실을 진솔하게 다져서 오늘의 시작은 미약하지만 언젠가의 내일은 창대한 결과를 도모하는 역동적인 새로운 모습으로 철저하게 환골탈태(換骨奪胎)해야만 한다.

"네 시작은 미약하였으나 네 나중은 심히 창대하리라(Though thy beginning was small, yet thy latter should greatly increase)."라는 말씀을 각자의 가슴에 금과옥조(金科玉條)로 아로새기면서 말이다.

−2015년 8월 −

백만 불짜리의 미소

치앙마이에서의그리움이(1재)

계속된 그리움이
지쳐서인가
나의 마음의 심연으로 아련히 저며 오는
진한 이 외로움은
그 누구를 못내 향해서인가

푸르른 기상이
치앙마이의 온 누리를 푸르게 수놓아서인지
저절로 나의 가슴도 푸르름 속에
온통 잠겨지는 데에도

야자나무 잎새처럼 더위에 지쳐
차마 누를 수 없는
피곤한 나의 외로움은
포곤한 당신의 눈매와 안온한 가슴을 마냥
사무치도록 그리워하는군

태국의 황금빛 사원에서 빚어지는 듯한
평소 느껴 보지 못한
그러한 화려한 그리움에 젖어지어져….

정년퇴임하는 아내 유금효 교장 선생에게

2016년 2월 말로 정년퇴임은 맞는다고 하니, 많은 세월이 흘렀군요. 정년퇴임을 축하해요, 누리와 한해 엄마.

작년 1월엔 이제 1년여 남았어요. '내년이 정년이니까'라는 한담을 나눈 기억이 가물가물한데 세월은 어김없이 흘러서, 당신도 이제 강산이 네 번이나 바뀐 40년이 넘는 긴 세월 동안의 교직에서 벗어나게 되는 군요.

사실, 1년 남았다는 아내의 말을 들었을 때, 그때에 나는 무엇을 해 줄까 하다 생각나는 게 미루어 왔던 세 번째 수필집을 발간하여 정년퇴임 기념으로 증정하면 좋겠다는 생각을 하게 된 것이 계기가 되어 세 번째 수필집에 싣기 위해 이 글도 쓰게 된 것이니…….

당신이 정년퇴임을 한다고 하니, 당신을 처음 만났던 이후의 기억들이 장면 장면 주마등처럼 스쳐 지나가며 회고되는군.

1975년 7월 19일 전주 덕진초등학교 교사로 출발해서 얼마 되지 않아, 서울에서 중앙부처의 공무원으로 근무하는 나와의 결혼으로 인해 1980년 초 중화초등학교로 옮겨 와 서울에서의 어쩔 수 없었던 새로운 교사 생활이 시작됐었지.

당신이 태어나 자라 온 낯익은 고향 전주에서 그대로 교사생활을 보냈더라면 좀 더 에너지를 덜 소모하고서도 더 잘 보냈을 것을, 나 때문에 서울로 올라와서 매사를 새로 시작하는 꼴이 됐고, 여러 가지로 고생하는 것을 옆에서 지켜보면서 응원해 주지 못하는 남편으로서 미안한 마음이 든 적이 많았었어.

허나, 원래 꼿꼿하고 의지가 강한 당신이어서인지 그러한 처지에 전연 괘념치 않고 시간이 가면서 새로운 환경에 곧잘 적응하며 생각보다 잘 해내는 것 같더군. 무엇이든 감당해 낼 수 있는 저력이 내재돼 있다는 것을 느끼게 된 후부터는 나도 몰래 한숨 놓았다고나 할까.

천상, 당신은 교육자로서의 기질, 아니 선생 기질을 타고났다는 생각이 들었어.

당신을 낳아 주신 부모님이 모두 선생이셨고, 장인어른은 초등교장을 지낸데다 당신 할머니도 당시로서는 희소(稀少)한 여선생님을 하셨으니, 바탕이 대(代)를 이은 교육자 집안으로서 당연히 그러한 유전자를 물려받았을 터이니까 말이지.

그래도 재작년에 소천하신 어머님께서 고맙게도 몸소 집안 살림을 도맡아 해 주시고 우리 자식들인 누리와 한해를 자신의 귀여운 손주들로서 무한한 정성과 애정을 쏟아 길러 주신 말로 할 수 없는 헌신적인 뒷바라지를 평생 다해 주셨기에 당신의 학교생활이나 나의 직장 생활에 큰 도움이 되었다는 오랜 생각에는 변함이 없어요. 부부는 일체(一體)이니 물론, 이심전심 당신도 나와 같은 생각인 것으로 알

아. 그러니, 열악한 가정·생활환경에서도 다행스런 면도 있었던 것이 아닌가 생각이 들 때가 많아.

그렇지만, 모든 것을 감안해 생각해 보면 근본적으로는 당신이 훌륭하다고 생각해.

좋은 환경에서 귀하게 자란 당신이 외아들만 있는 홀시어머니를 인내하면서 잘 모시고 못난 나와 살면서 어머님이 도와주셨지마는 우리 애들을 별 탈 없이 건강히 그런대로 길러 내 성년이 된 누리와 한해가 자기의 기본적인 앞가림을 하는 대한민국의 국민으로서 잘 지내고 있는 것이나, 집안 내의 대소문제를 경우마다 역지사지로 지혜롭게 잘 처리해 화목하게 해 주는 것 등……. 누리와 한해의 실질적인 교육은 선생인 당신이 다 해 준 것이지. 돌아보면 나는 아빠로서 애들에게 해 준 것이 없으니.

서울의 첫 임지인 중화초에서 인헌초, 남성초, 이태원초, 용암초, 원명초 그리고 동명초를 거쳐 교감으로 승진하여 숭례초와 개운초에서 근무하다가 교육계의 꽃인 교장으로 승진하여 현재의 면중초등학교의 최고관리자로 자리를 받아 교육공무원으로 봉사해 오고 있는 누리와 한해 엄마 유금효 당신!

36년을 살아오면서 잘 알고 있는 당신 본연의 처세나 성품 그리고 더불어 살려고 하는 자세와 성실성 및 근면성 등으로 보아 교사 생활도 학교생활도 사회생활도 인간관계도 원만히 하고, 전체를 먼저 고려하고 솔선수범 노력해서 더 나아지게 하는 일들을 해왔을 것이라고 생각하며, 그러하기에 직업 중 자긍심과 만족도 1위로 평가받는 교장이 되었다고 나는 생각하고 있어.

그래서 교직의 꽃인 교장이 됐을 때, 그러한 일을 해낸 당신이 제일 기뻤겠지만 나도 나의 생애 중 제일 기뻤었지. 그리고 우리 가족은 물론, 당신을 아는 모든 사람들도 기뻤던 것을 알고 있어. 당신은 우리 김씨 가문에서 처음 교장 선생이 됨으로써 교장 선생을 배출한 장본인으로서 가문을 빛내 준 자랑스러운 사람으로 종친회에서 고마워하고 칭송해 주었었잖아. 또한, 당신 아버지를 이어 교장이 되어 유씨 집안에서도 2대에 걸친 교장이 배출됐으니 당신 집안의 경사이기도 한 것이고.

언젠가 학교가 쉬는 일요일에 당신이 교장이 된 학교를 구경시켜 드린다고 연로하신 어머님을 모시고 가서 당신 자리인 교장석에 어머님을 떡하니 앉게 하시고, 커피를 드리는 기회를 만듦으로서 어머님께 행복감을 안겨 드렸었지. 어머님께서 매우 흐뭇하고 행복해하시는 조용한 모습이 지금도 눈앞에 선해. 원래 말씀이 별로 없으셔서 말씀은 안 하셨지만 어머님도 살다 보니 이런 좋은 날도 있구나 하는, 당신의 며느리에게 마음으로 고마워하신 것을 읽을 수 있었어. 물론, 그러한 것을 생각지도 못했던 나로서도 고마웠었고.

그런 후 어머님이 먼저 학교에 가시자고 해서 몇 번 더 갔었던 것으로 기억하고 있지.

그런가 하면, 이런 일도 있었지.

노란 은행잎들로 면중초 교정이 온통 뒤덮인 어느 가을날, 당신의 권유로 교정에 여기저기 떨어진 은행들을 모아 추위도 무릅쓰고 껍질을 벗기는 힘든 작업을 몇 사람들과 같이 해서 많은 양(量)이 모아졌는데, 나중에 알고 보니 학교 재산은 학생들과 함께 나누어야 한다면서 전교생과 교직원들에게 골고루 나누어 줘서 작은 기쁨이나마 함께했던 모두가 기억할 만한 첫 사례도 당신이 교장 선생으로서 만들었었지.

그리고 정년퇴임하면서, 무엇보다 이번에 정부로부터 황조근정훈장을 받게 된 것을 축하해. 우리 전 가족을 대신해 진심으로 축하하는 것은 불문가지지. 당신이 40여 년의 올곧은 교육 외길을 걸으면서 이루어 낸 교육 발전과 헌신봉사를 당당히 인정받아서 받은 것이니까 말이야. 아마 대대로 물려줄 우리 집의 빛나는 가보(家寶)가 될 거야.

동시에, 정년을 맞아 유종의 미(有終之美)를 거두는 상징으로 손색이 없으니 당신도 축복받은 것이지, 행복하고.

헌데, 나는 말년에 청와대에서 행정관으로 근무하다가 어쩔 수 없었던 상황으로 인해 생각보다 일찍 공직을 마감당하고 나니 퇴직 후의 생활에 나름대로 적응하는 데 시간이 필요했다오.

유 교장, 당신만큼은 짐을 벗어버리고 홀가분한 모습으로 지냈으면 해.

항시 무엇을 해야만 하는 당신이 집에서 가만히 있게 되면 한동안은 그런대로 괜찮겠지만, 시간이 가서 무료해지게 되면 허전해 할지도 모른다는 걱정이 되기도 하니 말이야. 허지만 지혜로운 당신이니까 잘 해내리라고도 봐. 정년퇴임 자축기념으로 금년 4월경 당신 언니 내외와 우리 둘 그리고 외손자 송민이까지 5명을 같이 미국 여행을 보내 준다고 약속도 해 주는 당신이니까 정년퇴임 후의 삶도 잘 요리해 갈 것으로 믿기로 했어. 고맙고 잘될 거라고 거듭 믿어 보기로 했어.

우리 세대는 부모님 세대와 달라서 바야흐로 '인간 100세 휴먼 헌
드레드(Human Hundred) 시대'가 되어 가고 있으니, 그러한 면도 생각
해 즐겁고 건강하게 같이 살아가기 위하여 100세 클럽 가입을 위한
생각도 한번 해 봅시다 그려.

거듭 당신의 정년퇴임을 축하하면서

2016년 2월 19일

남편 김종박 드림

난과 어머니(2-1)

　근래에 와서 생활하는 가운데 우리가 가장 흔히 접하는 화초는 어떤 것일까.

　내가 보기에는 바로 '난(蘭)'이라고 생각한다.

　여느 회사의 사무실이나 시내의 백화점, 은행창구, 학교 교실, 도서관, 복지관, 음식점 그리고 다방 등에도 꼭 난분 하나씩은 놓여 있는 것을 현대인이라면 누구나 쉽게 볼 수 있을 것이다. 심지어 요즘 젊은이들 가운데에는 자신의 컴퓨터 초기화면에 난으로 장식해 놓고 매일 완상하는가 하면, 스마트폰에 멋진 난이 나오도록 설정해 놓고 쉼 없이 난과 접하는 일상생활을 하는 사람들도 많이 목격되기도 한다. 그런가 하면, 내가 과거 근무하고 있었던 영등포구청 내 방에도 난분이 예닐곱 개 아담히 놓여 있었고, 어떤 것은 꽃까지 피어 있어서 그 운치를 더해 주곤 했었던 아련한 기억들이 지금도 가끔 떠오르곤 한다.

　행당동 우리 집에도 여느 집과 마찬가지로 난분이 있다. 베란다에 삼십여 분이 빼곡히 놓여 있는 것이다. 내가 난에 대해 관심을 갖게 된 것은 20여 년 전부터이다. 일반 공무원으로서 근무하면서 가끔씩

답답함을 느꼈던 나는 사무실 내 책상 위에 미스 한이 놓아둔 난분을 바라보면서 쌓인 스트레스가 확 풀리는 체험을 하게 되자, 집에서도 난을 보았으면 하는 소박한 생각을 갖게 되었던 것이다.

그리하여, 처음에 난가게에서 난분 하나를 구입하여 집에 갖다 놓게 되었는데, 그때부터 누리 엄마와 어머니가 난에 관심을 가지게 되었다. 아내인 누리 엄마는 교사로서 직장에 있는 난사랑 동우회에 가입하여 난에 관한 식견을 넓히고 난우를 사귀고 난 분갈이도 하는 등 난에 대해 정성을 쏟게 되었던 것이다.

그런가 하면 시간이 점점 흐르게 되자 자연스럽게 불어난 난의 관리는 집에서 살림을 도맡아 하시는 어머니의 몫이 되어 갔다. 분무기로 가벼이 물을 뿌려 주시는가 하면 때가 되면 대야에 난분을 담아 흠뻑 물을 주시고 영양제도 주시는 등 애지중지 난을 기르고 제대로 관리하는 상태로까지 발전한 것이다.

사실 따지고 보면 하나의 난분이 많은 때에는 오십 분이 넘을 때도 있었지마는, 삼십여 분의 난분으로 늘여놓은 것은 순전히 어머니의 난에 대한 지극한 애정 때문이라고 생각한다.

난 기르는 데 '물주기 3년'이라고 하는데, 어머니는 일찍이 이를 마스터하시고, 물주기, 햇볕 쬐기, 통풍, 벌레잡기, 분갈이, 비료주기, 꽃피우기 그리고 난의 병 확인과 병 고치는 방법과 춘란·한란·대엽보세란·혜란·풍란·자개란·석곡 등 동양란의 종류까지도 분별해 내시는 등 언제부턴가 난 관리의 전문가가 다 되셨다. 그래서 우리 집에는 사시사철 거의 난꽃이 피어대 딸과 아들인 누리와 한해까지 즐겁게 해 주었고, 가족이 모두 즐거워하는 것을 알게 되고서는 어머님도 난 기르기에 남다른 취미를 붙이셨고 상당한 보람을 느끼시어 일종의 자부심도 느끼시는 것 같다고.

어머님에게 난 기르기는 당신 또래의 시니어 그룹과 어울리는 쏠쏠한 재미에 맛을 들여서 자주 즐겁게 다니시는 사회복지관에서의 신명만큼이나 부지불식간에 어머님의 노후 삶의 중요부분을 차지하기까지에 이른 것으로 보이는 것이다.

난은 벼·보리와 같은 단자엽 고등식물에 속한다. 원래 인공번식이 어려운 산이나 해변의 들녘에 자생하는 식물이다.

쭉 뻗은 푸르디푸른 잎, 여러 잎의 멋진 어우러짐, 갓줄 무늬 복륜(覆輪), 속빛 무늬 중투(中透), 호반, 사피 등 엽예품(葉藝品), 수줍은 듯 피어나는 형형색색의 난꽃인 적홍화(赤紅花), 황화(黃花), 소심(素心) 등 그 자태가 어떤 군자다운 그윽하고 고매한 기품을 은은히 간직하고 있다.

그리고 난에 따라서는 진한 또는 은은한 꽃향기를 지니고 있기도 하다. 그래서 자연 그대로의 멋을 즐겼던 옛 중국인들은 난을 통해 덕(德)과 선(善)을 배우면서 민중을 다스리는 인생의 천상(天上) 천하(天下)를 이야기하며 또한 난에 대해 '진선미인(眞仙美人)'이라고 하여 고결한 품격을 부여하고 항상 삶의 주위에 난을 가까이 해왔다고 여겨진다. 고결한 선비정신에 투철했던 우리네 조상들도 그러한 범주에서 예외는 아니어서 난을 화폭으로 남기기도 하고 시조나 시로서도 난의 향취를 남겼던 것이다.

현대로 와서는 영전이나 승진, 개업 등 상서로운 일이 있을 때 난을 선물하는 경우가 많은데, 이러한 현상은 난이 지닌 품격과 향취만큼이나 축하와 발전의 진솔한 함의(含意)를 전하고자 하는 우리의 아름다운 전통으로 이해되어야 할 것이다. 그리고 지구촌화된 오늘날엔 국가의 상징인 국기에 난을 그려 넣는 싱가포르의 사례도 등장하고 있다. 난을 국장(國章)으로까지 승화시키기도 하는 것이다.

세월이 흐른 지금은 공무원사회에도 전 조직이 거듭나기 위한 구조조정 차원에서 명퇴가 대안이 될 수 있다는 개념이 보편적 시각으로 자리매김해 가고 있다고 생각이 되나, 이윤추구가 궁극 목표인 회사와는 다른 공익지향의 정부에서 신분 보장된 공무원인데도 강제명퇴란 아직 생각할 수도 없었던 시기에 한평생 잘나가는 길만 걸어 온 민간대기업 사장 출신의 이명박 서울시장의 서울시청에서 졸지에 명퇴의 철 퇴를 당하는 바람에 집에서 소리 없이 칩거하며 하릴없는 나락의 생활을 했던 분노와 고뇌의 허망한 시절이 있었는데, 그때에 집에서 어머님의 난사랑 생활을 자연스레 지켜보게 되었다. 그러는 동안 시간이 흐르면서 과거 우리 조상님들이 매난국죽(梅蘭菊竹) 운운하고 유유자적(悠悠自適)하며 난을 사군자(四君子)의 하나로 칭송하며 기리는 참선비의 자족의 삶의 의미를 일부분이나마 이해할 수 있게 되었고, 이러한 바닥에서의 깨달음과 이해가 작아지고 비참해진 나 자신을 스스로 위로하게끔 만들었던 것 같다.

따라서 난을 어머님이 집에서 가까이 하시고 손수 관리하시면서 또 난을 즐기시기도 하는 것이 나는 무엇보다도 좋은 것으로 생각되었고, 현재도 그런 생각에는 변함이 없다. 고매한 소일거리로서 어머님께 안성맞춤이라는 생각이 늘 지펴 오기 때문이다.

난이 자생하지 않았던 일본은 400년 전부터 중국에서 난을 수입하여 관상 원예용으로 일찍이 상품화하는 데 성공하여 오늘에 이르고 있는데, 그러한 일본에는 '훈욕(薰浴)'이라는 게 있다고 한다. 늙으신 부모님의 건강과 만수무강을 위해 난향기로 가득한 밀폐된 방을 만들고, 그곳에서 부모를 모시어 난 꽃향기를 지속적으로 온몸으로 맞게 한다는 일본식 효도를 말하는 것이다.

정말 일어나서는 안 됐던 안전 불감증의 잔인한 달, 지난 4월(April is crual).

2014년 4월 16일은 304명의 꽃다운 귀중한 겨레의 생명들이 졸지에 희생된 치욕·분노의 황망한 세월호참사가 난 날이다. 그 하루 전 운명하신 오드목 당숙모님의 뒤를 이어 우리집안의 최고령자가 되신 85세 고령의 어머님도 이제 기력이 많이 쇠해져서 예전만큼 건강하시진 못한 것 같다.

그러나 위 일본식 훈욕은 아니지만 매일 난꽃을 대하고 당신이 실제로도 즐거운 마음으로 기르시고 난과 대화도 하시기 때문에 어머님의 몸과 마음은 그래도 비교적 건강하시다고 생각되는 것은 나의 지나친 바람적 사고(思考)일까. 21세기는 휴먼 헌드레드 시대(Human hundred) 즉, 인간 건강 100세를 화두로 삼는 장수의 시대가 돼가고 있으니 난을 사랑하시는 어머님도 그러하시길…….

난 관리의 전문가이신 어머님, 어떨 때는 그러한 어머님한테서 한 폭의 아름다운 난을 느끼게 되는 때가 있다. 어머님께서 난을 계속 기르시는 한, 이제는 장성해 부부들이 된 누리와 한해가 난 기르시는 할머니를 찾아 집에 들르는 생활을 지속함으로써 나의 집은 난과 함께 하는 그러한 정황을 지켜 갈 것이다.

그리고 알고 보니, 동양란(東洋蘭)은 한국과 중국이 원산으로서 한국의 경우, 서남 해안지역과 호남지방 그리고 제주도가 자생란의 산지로 되어 있으며 내가 태어나 잔뼈가 굵어진 고향 순창(淳昌)도 난의 산지에 포함돼 있어서, 어릴 제 산에서 지천으로 보았던 산짐승들이 먹기도 했었던 야생의 풀꽃이 다름 아닌 난꽃이었다는 것을 나중에서 알고서 난에 대한 무지를 탓하기도 하였던 것이다. 화폭 속에서만 보고 실제로 지천으로 널린 살아 있는 진짜 난을 보지 못했던 나의 어리석음을 탓하면서, 이제는 돈 버는 것이라 해서 남획으로 고향 산에서 거의 없어져 버렸으나 다행히도 아버님 산소에 성묘하는 길에서 산채(山採)한 고향 난을 몇 촉 가져와 기르고도 있다.

헌데, 나도 이제 인생 후반기에 들어서인가.

이순(耳順)의 고개를 넘어서인지 해가 거듭할수록 자꾸 어릴 제 고향 생각이 나곤 한다. 어머님한테서 느끼는 난 냄새 밴 고향 순창이 생각나는 것이다. 나도 몰래 포근한 고향 꿈을 꾸곤 하는 것이다. 인지상정이랄까, 귀소본능이랄까 고향이 더욱 그리워지는 것이리라.

난의 원산지 우리고향 순창에 순창하면 누구에게나 떠오르는 고추장의 고장이나 장류박물관처럼 온 세상에서 회자(膾炙)되는 난박물관이 생겨났으면 하는 생각도 난다. 그윽하고 청량한 난향이 가만히 온 대지를 진동하고 흩날려 퍼져서 이 세상의 만민의 마음이 사랑의 마음으로 난화(蘭化)되는 난박물관(蘭博物館) 말이다. 그러한 그리운 내 고향의 먼 꿈을 꿔 본다.

아마도 나는 어머니로 인한 난에 대한 특별한 애착 때문이어서 더욱 그러하는 것 같으니…….

- 2014년 5월 -

누리와 한해(1재)

'누리'와 '한해'는 나의 사랑스러운 딸과 아들의 이름이다. '누리'와 '한해'는 나의 딸과 아들의 사랑스러운 우리 글 이름이다.

'누리'와 '한해'라는 한글 이름은 나의 딸과 아들이 이 세상에서 삶의 궤적을 그려 가는 과정에서 각자 자신을 세상에 스스로 대표하게 해 주는 공적 이력서이다. 아울러 '누리'와 '한해'라는 한글 이름은 나의 딸과 아들이 이 세상에서 삶의 도화지를 채색해 가는 과정에서 수많은 사람들 가운데서 자신들이 스스로 구별되게 할 수 있는 소중한 표징이라 할 수 있다.

'누리'와 '한해'! 지금껏 아무리 생각해 보아도 나의 딸과 아들에게 이러한 한글 이름을 지어 준 것은 아버지가 자식들에게 준 최고의 선물로서 손색없다는 생각이 드는 우리 글 이름이다.

나의 이러한 이름을 지어 주기 위해 상당한 노력을 기울이고 나서야 비로소 얻을 수 있었던 것을 지금도 기억하고 있다. 학창시절에 나는 장차 무슨 문학을 해 본다는 친구들이 모이는 모임에 가끔 나가곤 하는 기회가 있었는데, 그 모이는 회원 중에 '김 꽃답이'라는 한글 이름을 지닌 독문학과 여학생이 있었다. 으레 이름 하면 한자 이름인 터에 한글 이름이라는 데에 굉장한 호기심이 일었었다. 아울러 한자 투성이의 이름 가운데 유일하게 한글 이름을 실제로 난생 처음 대하고 보니 매우 이채로워 나의 인사에 강하게 와 닿았으며. 엉뚱하게도 내가 결혼을 하여 자식들의 이름을 짓게 되면 손수 한글로 지어 주리라 마음을 굳게 먹었던 것이다.

그러나 막상 애기 아빠가 되어 이름을 지으려고 하니 좋은 한글 이름이 떠오르지 않아 좋은 이름을 짓게 해달라고 하느님께 진심으로 기도하는 등 나는 보름여 동안을 이름 짓는 데에만 골몰하였으나 마음에 드는 한글 이름이 도통 떠오르지 않았다. 하지만 두드리면 열린다고 어느 날 이른 아침 "온 누리에 길이 빛나라."라는 글귀가 문득 뇌리를 스치고 지나가자, 이에서 힌트를 얻어 나는 쾌재를 부르며 딸아이 이름을 미련 없이 '누리'로 지었다. 그리고 온 누리(世上)에 길이 빛나라는 뜻에서 '누리'라고 지었다고 이름을 풀이해 주었더니, 아내도 대찬성이었다.

딸아이 이름 짓는 데에 무척 고생하였었다는 행복한 경험을 갖고 있었던 나는 둘째 애부터는 수월하게 짓게 되겠지 하였지만, 또다시 막상 닥치고 보니 그렇게 되지를 못했었다. 사실상 처음엔 딸을 낳고 보니 좀 섭섭하기도 했었는데, 예기치 못하게 아들을 낳고서는 기쁜 마음에 단숨에 이름부터 지어 보자고 작정했으나 여의치 못했다. 각종 국어사전과 이름 짓는 데 관련된 서적만 애타게 뒤적이다 한 달을 소비하고 말았다.

이거 자식 이름 하나 짓지 못하는 애비인가 하는 비관적 자책감이 들려는 순간까지 되었을 때, 딸아이의 경우처럼 어느 이른 새벽, 여느 때와는 달리 일찍 일어나 가까운 망우리 뒷동산에 올라 밝게 솟아오르는 태양을 목도하게 되자, '하나의 떠오르는 '커다란 태양(해)'이라는 경구가 불현듯 뇌리를 때리고 지나갔다. 나는 이에서 힌트를 얻어 곧바로 '하나의 큰 해' 즉 '한해'라고 아들 이름을 지었는데 어인 일인지 형언할 수 없는 환희가 내 몸을 감싸 왔으며, 부리나케 하산하여 아직 아침잠에 취해 있는 아내를 깨워 이를 기쁘게 알리고, 만족해하는 아내에게 술 한 잔 달래서 정말 맛있게 마시고는 그날로 바로 망우동 사무소로 가서 주민등록 신고와 동시에 호적 신고까지 마쳤었던 무척이나 흔쾌한 기억을 갖고 있다.

헌데, 딸아이의 이름을 짓고 나서 정말 세상에 공인된 이름으로 되기 위해서는 호적에 등재해야 하는데 손쉽게 될 수 있을는지 걱정이 되기도 하였으나, 동사무소에서 용이하게 마칠 수 있어서 매우 다행이었다. 70년대 초 학창시절의 나는 외종사촌 아이의 이름을 산마루(山頂)·마루(宗)에서 뜻을 도출하여 "조(趙)마루"로 한글 작명하여 동사무소에 신고하였으나 한글 이름이라는 이유 때문에 받아들이지 않아 한글 이름으로 신고를 마치지 못했던 씁쓸한 사연을 겪었었던 점에 비추어 볼 때, 80년대가 되니 한글 이름에 대한 세상의 인식이 많이 달라졌구나 하는 생각이 들기도 하였다.

이제는 우리 것을 찾아보고 소중히 간직하자는 주체적 자아 인식의 성장에 발맞추어 딱딱하고 어려운 한자(漢字)가 아니라 고운 우리 이름을 지어 주려고 새롭게 시도하는 부모도 많이 나타나게 되었다는 현상을 자주 목격하는 것이 무엇보다도 나로서는 반갑고 기쁜 일 중의 하나이다. 이제 '누리'와 '한해'의 이름이 특이하고 예쁘다며 한글 이름이 아니냐고 짐짓 먼저 물어오는 사람도 많게 되었다. 그럴 때마다 우리 부부는 열심히 기쁜 마음으로 뜻풀이를 해 주기도 한다. 그러면 남들이 한글 이름에 대한 전진적인 관심을 표해 주는 데 대하여 왠지 좋은 기분이 자연스레 들곤 한다.

아버지가 최대의 좋은 선물로서 지어 준 '누리'와 '한해'라는 이름을 소유한 나의 딸과 아들이 자기의 한글 이름처럼 자랑스러운 한국의 얼을 오래도록 간직하며 튼튼히 살아가기를, 우리 내외는 부모로서 기대해 본다. 그리고 **누리와 한해를 부모로서 사랑하듯이 그 이름 또한 영원할 것**이다. 나의 애정이 듬뿍 투영된 한글 이름이니까……

- 1987년 2월 -

송민이와 강민이

송민(頌旻)이와 강민(堈旻)이는 우리 내외의 사랑하는 손자, 외손자들이다.

송민이는 형으로서 8살이고 강민이는 동생으로서 한 살(8개월)이다.

형 송민이는 2008년 정해년(丁亥年) 생으로서 우리 내외에게 맨 처음 할머니 할아버지라는 칭호를 선물로서 듣게 했고, 금년 2015년 을미년(乙未年) 생인 동생 강민이도 그 칭호를 선물로서 지속하게 해 주었다.

송민이와 강민이는 우리 집의 보물 같은 존재임에 틀림없다. 두 손자들로 인해 하루하루가 즐겁고 행복스럽기 때문이다.

우리의 첫 손주 핏덩이 송민이가 태어났을 때, 물론 첫 손주를 보았다는 기쁨과 감사함도 있었지만, "아! 나도 어느덧 할아버지가 돼 버렸구나. 이제 허연 늙은이 대열에 들어섰구나." 하는 덧없다는 생각이 지펴 오는 것이 아닌가.

허나, 갓난애가 건강하게 무럭무럭 자라나면서 옹알이도 하는 등 귀염둥이의 모습으로 다가왔고, 정말 사랑스럽다는 정감(情感)이 첫 손주 송민이가 커 가면서 비래하여 점점 커 가는 것이 아닌가. 울어

대도 귀엽고, 젖 달라고 칭얼대고 보채도, 똥 싸 놓고 언전을 피워대도 귀엽고, 엄마를 알아보고 아빠를 알아보고 우리 내외를 알아보기도 하고 조금씩 아장아장 걸으면서 '엄마 아빠' 소리도 하니 더욱더 귀여워져서 싫은 줄을 몰랐었다. 그런가 하면 새근새근 편안히 자는 모습에선 어떤 면에서는 가끔 나의 분신을 보는 것 같기도 하는……. 말하자면, 내가 어렸을 때 고향 시골에 살던 할머니 할아버지들이 손주들을 그렇게 귀여워하는 흐뭇한 모습들을 많이 보았었는데, 나도 그 분들의 뜻을, 맛을 알 수 있을 것 같았다. 아니, 이래서 그랬었던 것이구나 확실히 알게 된 것이다. 그저, 무조건 귀엽고 사랑스러우니…….

송민이 부모가 둘 다 직장을 다니고 집도 우리 집에서 가까이 있어서 첫 손주인 송민이는 외가인 행당동 대림아파트 우리 집에서 자라게 되었다.

강제명퇴를 당하고 백수가 된 후 아파트관리소장으로 변신한 나는 쉬는 날이나 시간이 날 때면 우리 송민이를 안거나, 유모차에 태우고 아파트 단지 내 거리를 슬슬 다니거나 놀이터에 데려가 시간을 보내곤 하였다. 우리 송민이를 보는 사람이라면 남녀노소 누구나 "잘 생겼네. 커서 탤런트 해야 되겠어." 등등 찬탄하며 애교 섞인 덕담들을 한마디씩 하면서 유심히 쳐다보면서 감상하는 사람이 많았다. 그런 소릴 들으면 괜히 할아버지로서 송민이가 손자로서 자랑스럽고 둥둥 기분이 좋아졌었다. 아마도 그 얼굴은 내 딸보다는 사위인 아빠를 더 닮아서인지 서구적인 마스크를 가지고 있으니.

한 번은 성동문인협회 주최 시화전에 모처럼 출품을 했던지라 마침 송민이와 나와 같이 찍은 사진을 나의 졸시에 게첨했기에 송민이도 데리고 갔었는데, 한 시인이 순수한 몽고리안이 아니라며 농담을 던져 왔던 것도 기억난다. 아마도 이국적인 손자의 마스크를 그렇게 말씀하신 것이리라.

그러한 송민이가 건강히 무탈하게 자라나서 금년 초등학생이 됐다. 딸 내외의 집은 한진아파트여서 인근의 금북초를 배정받았는데, 우리 집에서도 가까운 곳이어서 필요할 때는 우리 집에서도 다닐 수 있어서 참 다행인 것이다.

초등학교 가기 전 여느 어린애들이 그러하듯이, 송민이도 친구도 사귀며 어린이집과 유치원을 즐겁게 다녔다. 어린이집을 다닐 땐 주로 딸 내외가 출퇴근길에 차로 데려다주거나 데려왔었지만, 때로는 할아버지인 내가 도보로 데려다주거나 끝나는 시간에 맞추어 데려오기도 했었다. 그러한 시간을 가지면서 정이 더욱 도타워짐을 느끼기도. 그리고 낮에 무슨 재롱발표대회가 열리기라도 하면 가서 사진도 찍어 주고 하면서 말이다.

다른 할아버지 이야기를 들으면 자기 손주가 최고라고 스마트폰에 사진을 담아 놓고 자랑들을 많이 하는 것을 목격하게 되는데, 우리 손주 송민이도 재주도 많고 영리한 것 같으니 손주 사랑과 자랑은 어느 누구에게나 인지상정인 것 같다.

내가 그 나이의 어렸을 때에는 상상할 수도 없었던 영어회화나 한자공부, 구구단 외우기 등을 하게 되는데, 다른 애들 못지않게 재치 있게 곧잘 해낸다. 나로서는 아직 어린애들에게 그렇게까지 수준 있는 공부를 시켜야 하는지 이해가 가지 않으나, 나의 어린 시절과는 판이하게 모든 환경이 바뀌어서 요새 아이들의 젊은 부모들도 그렇게 하지 않을 수 없는 듯하다. 또한 태권도도 익혀서 초등 1년생이 검은 띠 공인 2품을 따냈고 계속 태권도장을 다니는데 매우 재미있어 한다. 그 이외에도 축구, 인라인, 장기, 바둑 등에도 소질이 있고 돼지띠로서 스스로의 복(福)된 의욕도 있어 보인다.

그리고 친구들과 잘 어울리면서도 리드하는 기질도 어느 정도 있는 것 같으니, 지난 가을엔 금북초의 학예발표대회에서 1학년 사회를 맡아 잘 해내기도 했었다.

나아가, 특히 이과방면(理科方面)에 재능이 많고 이과적인 두뇌에도 탁월한 것으로 보인다. 어린애라서 장난감 가지고 재미있게 노는 것이 당연하지만 꽤 어릴 때에도 우리 송민이는 간단한 장난감을 조립하여 만들어 냈다고 자랑하더니, 지금은 설계도를 보고 상당히 크고 복잡한 것도 빠른 시간에 조립하는 손재주가 있고 아울러 조립하는 그 자체를 즐겨 노는 것을 보고선 할아버지로선 대견하면서도 깜짝깜짝 놀랄 때가 많다. 저러한 모습이 발전되게 되면 아무래도 커서 공대에 가면 훌륭한 엔지니어나 과학자가 되지 않을까 하는 예감이 조심스럽게 들기도 하니 말이다.

그런가 하면, 우리 내외의 둘째 손주 강민이도 송민이의 경우처럼 지금 우리 집에서 자라고 있는데, 갓난애였을 때의 형 송민이와는 또 다른 맛을 우리들에게 느끼게 해 준다.

송민이와 달리 쌍꺼풀이 없는 다소 작은 눈이지만, 커 가면서 웃기를 잘한다. 흔히 갓난 어린애들은 웃기를 잘하지마는 강민이는 특이하게 잘 웃는 것이다. 처음 보는 사람에겐 물론 낯가림을 해서 그렇지만 엄마나 아빠, 송민이 형, 친할머니, 외삼촌인 한해네 그리고 우리 내외처럼 자주 보는 사람들에게는 한참을 빙그레, 방실방실 해맑고 환한 미소를 보여 대니 그렇게 귀여울 수밖에, 그렇게 사랑스러울 수밖에……. 그래서, 엄마인 딸 누리는 자기 둘째아들 강민이의 미소가 백 만 불짜리라고 으스대곤 한다.

아닌 게 아니라, 아빠를 더 닮아서인지 보는 사람마다 잘생겼다고 하는 송민이보다는 수수한 엄마를 더 닮아서인지 다소 네모형 얼굴이어서 미모는 형 송민이보다는 못하지만 그 웃음, 미소를 보면 첫째 손주 송민이의 어릴 때와는 뭔가 또 다른 신선한 흥취감(興趣感)을 우리들에게 주는 것이 아닌가. 그리고 어리디 어린 강민이가 학교에서 돌아오는 형 송민이를 알아보고 8개월이 되면서부터는 반가워 손을 흔들며 미소 짓기도 하니, 평소 자기에게 잘해 주는 것을 아는 피를 나눈 형제애를 벌써부터 느끼기라도 하는 것인가. 이 또한 우리들에게 기이하고 묘한 흥취감을 주는 것이니.

배가 고프다든지 하는 등의 경우를 제외하곤, 양띠의 순둥이 뚱보인 귀염둥이 강민이가 매일 빚어내는 천사의 미소로 인해서 우리 모두는 집안이 환하게 윤활유가 흐르는 행복감을 항시 만끽한다. 세상사는 참맛을 집안에서 느끼게 되는 것이다. 그러면서 손주가 없는 사람들은 이 맛을 모르고 사니 얼마나 불행한 사람들인가 하는 상념이 일기도…….

자라나는 송민이와 강민이의 모습에서 이순(耳順)에 접어든 우리 내외는 미래의 밝은 희망을 본다. 우리 삶의 자취인 대(代)를 이어갈 조상으로부터 전승된 영혼(靈魂)인 DNA을 지닌 애들이기에 더욱 소중하다는 생각이 들곤 하는 것이다.

헌데, 얘기를 나누다 보면 외손주보다는 친손주가 더 가까우니 친손주가 생기게 되면 지금과는 달리 친손주를 더 귀하게 생각하게 될 것이라는 말을 흔히 듣게 된다. 어쩌면 그럴지도 모르겠다. 허지만 아들만 귀하게 생각하는 사고방식은 고루해서 사라지고 있다고 본다. 지금은 과거처럼 아들딸 구별하는 세상도 아니고 심지어 자식을 낳으려고 하지 않는 우려스런 풍조도 나오는 세상인데, 친손주니 외손주니 하는 구별은 불필요하고 그래서도 안 된다고 판단된다.

오히려, 엄마 아빠의 사랑을 듬뿍 받고 친할머니와 우리 내외의 사랑도 더해져 바르고 건강하게 잘 자라서 글로벌 시대의 지덕체(智德體)를 겸비한 폭넓은 교양인(敎養人)으로서 자기 앞가림을 하는 정도(正道)의 사람이 될 것이라고 믿는다. 그리하여 국가의 그럴듯한 동량(棟梁)이 되리라고……. 만약에 혹시 그들 중에 공직자라도 되는 경우가 있게 되면, 못난 이 할아비처럼 중도에 그만둠을 당하지 않는 유종의 미를 거두기를 바랄 뿐이다.

그러면서 나이가 들어서인지 작년에 소천하신 어머님이 그러하셨듯이, 이 손자 애들이 성인이 돼서 결혼 생활을 보는 데까지 우리 내외, 나도 살 수 있을지를 생각해 보게 된다.

건강관리를 정말 잘해서 100세 클럽 가입하기를 진심으로 소망해 본다. 사랑스럽고 귀여운 우리 손자들 송민이와 강민이가 결혼할 때까지, 아니, 그 이상을 이 세상에서 건강히 살 수 있기를 두 손 모아 열심히 기원해 보는 것이다. 송민이와 강민이를 지속적으로 사랑하고 귀여워해야 하니까.

- 2015년 12월 -

목욕중인 송민이와 강민이　　　　　　　　　사랑하는 손자

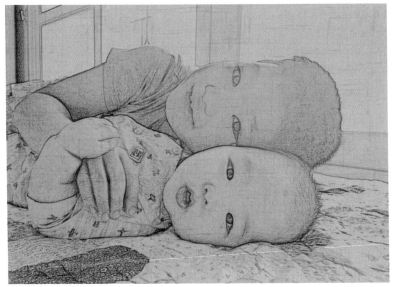

백만 불짜리의 미소 송민이와 강민이

백만 불짜리의 미소

대저 백만 불짜리의 미소가 어디에 있단 말인가. 미소의 가치를 돈으로 표현할 수나 있는 것일까. 그저 소리 없이 웃는 웃음에 불과한데…….

허나, 백만 불짜리의 미소가 분명히 있다.

그 장소는 굉장히 먼 곳도 아닌 바로 우리 집 안 우리 가정이다. 언제부턴가 우리 집엔 백만 불짜리 미소가 소리 없이 탄생했다. 아마도 정확히는 지난 9월부터라고 생각된다. 그때 저녁 무렵 집에서 애들을 보면서 즐겁게 한담을 나누고 있었는데, 딸 누리가 자신의 둘째 아이의 웃는 모습을 우리 내외에게 '백만 불짜리의 미소'라고 크게 말하면서 마냥 즐거워하는 것 아닌가.

모성애가 듬뿍 담긴 자기애를 키우면서 방긋 웃는 사랑스런 모습을 늘 보게 되자, 백만 불짜리 미소를 지닌 갓난애로 마음속에 저절로 새겨졌을 것이라는 생각이 번뜩 들었었다. 둘째 손주애 커 가는 재롱에 슬그머니 재미를 붙이고 있었던 우리 내외는 그 말에 마음속으로 짐짓 공감했고 맞는 말이라고 자연 맞장구를 쳐 주었는데, 아닌 게 아니라 시간이 지날수록 그 말이 딱 맞는 말이었으니…….

누리 엄마와 나에게는 외손자가 둘이다. 송민(頌旻)이와 강민(堈旻)이
이다. 송민이는 우리 내외의 8살 난 첫손주이고 강민이는 금년 4월
에 태어난 둘째손주이다. 헌데, 첫째와 둘째 터울이 7년이나 된다.
첫째 낳고 둘째애를 기다렸으나 여의치 않던 중 작년 8월 말, 85세로
어머님이 소천하시면서 당신이 손수 키운 손주딸인 누리에게 증손
주인 강민이를 선물로 주신 거라고 우리는 생각하게 되었다. 왜냐하
면, 어머님께서 소천하신 지 한 달 만에 우리 딸 누리에게 생각지도
못한 상서로운 태기가 있게 되어서……

우리 내외는 둘이서는 너무 단출하고 송민이 초등학교도 우리 집에
서 더 가깝고 딸아이의 둘째 애, 즉 어머님의 마지막 선물을 키우는
것을 곁에서 조금이라도 거들어주고 싶어서 그 애들로 치면 외할머
니·외할아버지 댁인 행당동 대림아파트 우리 집에 머물게 해서 지
금 같이 기거해 오고 있는 중이다.

살다 보니 나이가 들어가는 여느 사람들처럼 나도 할아버지가 되었
는데, 두말할 필요도 없이 송민이가 태어나면서부터이다. 갓 태어날
땐 잘 몰랐었는데 커갈수록 더욱 귀엽고 손주로서 애틋하고 사랑스
런 맛을 느꼈었고 송민이를 곁에서 보는 것만으로도 우리 내외는 할
머니, 할아버지로서 행복한 마음이 오롯이 지펴 왔던 것이다. 즉, 손
주 보는 참 재미를 새롭게 몸으로 느끼게끔 된 것이다. 그래서 "손주
없는 사람은 불행한 사람이야. 손주에 대한 이런 잔재미를 모르고 사
는 인생이니 얼마나 안됐어." 하는 등의 괜한 푸념 섞인 넋두리를 좋
아하는 술이라도 한 잔 마시게 되면 누리 엄마에게 시시껄렁하게 늘
어놓기도 했었던 것이다.

흔히 내리 사랑이라고 했던가. 둘째 외손주가 태어나니, 첫째 때의 경우보다 더욱 손주들이 사랑스럽고 귀엽다는 생각이 드는 것은 삼라만상 자연의 이치(理致)이런가.

헌데, 미소(微笑)와 웃음에 대해 국어사전을 찾아보니 미소(微笑)는 '소리를 내지 않고 빙긋이 웃는 웃음'으로, 웃음은 '기쁘거나 즐거울 때, 또는 우스울 때 나타나는 표정이나 소리'로 풀이해 놓고 있음을 본다.

이놈 강민이는 보는 사람 거의 모두가 잘생겼다고 평하는 잘생긴 자기 형보다는 미모가 못한 듯하지만, 하루가 다르게 무럭무럭 커 가면서 갓난애로서의 재치를 더해 가는 게 아닌가.

그리고 너 댓 달을 넘기니 그 어린 것이 자기 엄마를 분명히 알아보고 마음이 맞으면 방긋이 웃곤 하는 게 아닌가. 눈을 맞추며 미소(微笑)를 짓는 것이다. 엄마뿐만 아니라 자기 형인 송민이도 알아보고 잘 웃는다. 나아가, 건너편 한진아파트에 살면서 가끔 들르게 된 사위인 아빠에게도 꽤 오랜만에 보았는데에도 눈도 가리지 않고 기특하게도 곧잘 웃어 댄다.

역시 피는 못 속이는 거로구나, 정말 잘 웃는다. 계속 웃는 모습이 정말 천진스럽다. 웃는 모습이 순진무구한 모습 바로 그것이다. 정말 가식 없는 천사 같다. 아니, 천사 바로 그 천사의 미소이다. 할머니에게 특히 할아버지인 나를 알아보고 빙긋이 미소를 짓곤 한다. 자기에게 처한 지금, 모든 것이 쾌적하고 만족스럽다는 뜻일 것이다.

그러면 정말 기쁘고 대견하고 사랑스럽다. 나는 그 순간 무엇과도 바꿀 수 없는 큰 재미와 충만한 희열감을 만끽한다. 정말 이 세상에서 살맛난다고나 할까. 첫째인 송민이의 갓난애 때 모습이 아닌 또

다른 손주의 사랑스럽고 앙증맞은 귀여운 모습들을 보게 된 것이다. 우리 가족뿐만 아니라 다른 사람들에게도 첨엔 얼굴을 가리는 반응을 보이다가 좀 시간이 지나고 나면 그 특유의 그러한 미소를 지어 보이곤 하기 때문에 많은 사람들이 한결 더 우리 강민이를 귀여워하는 모습들을 나는 보게 되는 것이다.

그런가 하면, 우리 강민이가 항상 미소만 짓는 것은 아니다. 어쩔 땐, 쳐다보기만 하고 미소를 짓지 않는 경우도 있는 것이다. 그럴 땐 섭섭하다고 할까, 좀 뭣 한 점도 있었지만 알고 보니 그러할 때에는 나름의 이유가 있었던 것이니. 말하자면, 배고파 젖을 먹고 싶어 짜증을 낸다든지, 졸린다든지, 손가락을 빨고 싶다든지, 바깥에 나가고 싶다든지, 변을 보고 싶다든지, 심하게는 설사나 감기증상이 있는 등 몸 상태가 좋지 않을 경우 등이 그것인 것이다. 그러고 보니, 아주 작은 어린애지만 영리하게도 자기의 의사표시를 하는 하나의 수단으로서도 미소(smile)를 짓는 것으로 보인다.

그리고, 시간이 흐르면서 우리 강민이의 천진스런 미소 속에서 나는 오만 가지 함축성 있는 미소들을 읽어 보게 되었다. 엄마 아빠의 미소, 형 송민이의 미소, 삼촌 한해와 외숙모 한나의 미소, 할머니들 할아버지의 미소들 그리고 제행무상(諸行無常)이라는 불교의 진리와 자비심의 신비스럽고 부드러운 부처님의 미소, 모두가 다 알지만 대놓고 말하지 않는다는 염화시중의 미소 등 말이다.

하지만 미소로서 빼놓을 수 없는 레오나르도 다 빈치(1452~1519)의 가로 53㎝, 세로 77㎝의 명화에서 보이는 웃는 듯 웃지 않는 듯 알 듯 모를 듯한 모나리자의 미소와 세상을 냉소적으로 보면서 자신 나름의 멋을 찾는 듯한 안동 하회탈의 미소 등은 읽어 내지 못하겠다. 아마도 그러한 미소는 천진스러운 우리 강민이에게는 본래에 없어서 그러한 것 같으니…….

요즘은 우리 강민 군의 '백만 불짜리의 미소'를 그냥 집안에서만 보는 것이 아니다. 카톡에다 담아서 보고 싶을 땐 언제든지 장소를 가리지 않고 실제 모습을 즐겁게 볼 수 있게 됐기 때문이다. 지하철을 타고 가다가도, 등산을 하면서도, 도서관에서 책을 보다가도, 길을 걷다가도, 음식점에서 식사를 하다가도 문득 눈앞에 우리 강민이의 천진스러운 미소가 다가오는 것이다. 그것도 아주 선명하게. 눈을 감아도 크게 미소 짓는 천진스러운 얼굴 모습이 바로 다가오는 것이다.

그러할 제, 아! 백만 불짜리의 미소가 정말 맞구나. 귀여운 우리 강민이가 그 미소만큼이나 건강히 잘 자라기를 기원해 보기도.

하루에도, '백만 불짜리의 미소'를 그 환한 얼굴을 실제로 마음속으로 한없이 접하게 되니 정말 살맛나는 세상임을 나는 요즈음 거듭 확인하곤 한다.

– 2015년 11월 –

연말의 가족여행

"아버님은 안 됩니다. 60이 넘어서 타시면 안 된다고요."

"뭔 소리야? 탈 수 있어. 맘과 실제 체력으로도 아직 50이야. 괜찮으니 타게 해 주게나."

"정 그러시면 여기에 사인해 주세요."

"오케이, 그럼 타는 거지?"

"예에."

나는 전혀 예상치 못한 진행자의 제지를 무릅쓰고 고등학생 정도의 그가 요구한 안전기록부에 서명한 후에 안전모를 착용하고 아들 한해와 함께 큰 풍선튜브의 2인승 워터슬라이드 놀이기구를 근 1분 정도 타고, 지층에 있는 네모난 넓은 풀에 입수하는 마지막 코스까지 안전하게 마쳤다. 키와 몸집이 큰 아들이 뒤에, 나는 앞좌석에서 모두 손잡이를 강하게 잡고서 약간 흥분과 긴장감을 느끼며 탑승했다.

3층에서 출발해 천장이 막혀 어둡고 구불구불한 좁은 공간의 길을 아래로 빠른 속도로 내려가는 봅슬레이 경기와 같았기 때문에, 잘못하면 도중에 전복돼 부상당할 우려도 있는 등 좀 위험스러웠으나 괴성도 연발하며 우리는 매우 짜릿한 재미를 함께 느낄 수 있었다. 그래서 아마 그 놀이기구 앞엔 긴 줄의 대기자가 많았던 모양이다. 10여 년 전에 라스베이거스의 물폭포놀이도 타 봤던 나는 참 오랜만에 모험적인 경기로 기분이 업 됐으니……

김기철 사위와 외손자 송민이 그리고 아들과 나, 넷이서 그 기구를 함께 신청했는데 송민이 팀은 문제가 없어서 바로 출발했고 우리 팀은 나의 사전절차 문제로 좀 지연 출발한 것이다. 호기심과 모험심이 강한 자기 아들을 그 놀이기구에 태워 주려고 한 사위가 제안해서 타게 됐는데, 첨에는 무서울 것 같았는지 거부했던 송민이가 타 보고선 큰 재미를 맛본 손자의 억지로 인해 세 번이나 더 탔다고 사위의 즐거운 푸념을 나중에 듣기도……

도담삼봉의 단양, 단양읍은 난생 처음 온 곳.

소백산 자락에 자리 잡은 고장이어서인지 높고 고즈넉한 산악지대로 눈에 들어왔다. 12월 24일 오후 1시경 충북 단양에 도착한 우리 가족은 어느 맛 집에서 간단히 점심을 먹은 후, 아들 한해가 일주일 전쯤 자신의 직장 복지카드로 예약해 둔 대명콘도의 평강홀에 여장을 풀었다. 각자 수영복으로 갈아입고 콘도 내에 설치된 워터파크에서 바로 휴식을 취하게 된 것이다

성탄절 전날이어서 콘도는 여행객들로 붐볐고 워터파크는 겨울철인데도 수영복 차림의 사람들로 남녀노소 할 것 없이 더욱 북적댔다. 아마도 다른 때에 비해서 유난히 어린이들을 동반한 가족들로 보이는 여행객들이 많아 보이는 것은 크리스마스 시즌 때문이리라.

물을 좋아하는 송민이가 자기 아빠와 함께 워터파크의 풀장으로 뛰

어들었고 한해, 며느리 한나, 그리고 나도 풀장 안에서 슬슬 돌아다니면서 즐겼다. 한해와 같이 바로 붙어 있는 노천탕으로 가기 위해 문을 여는 순간, 시베리아에 온 듯한 한기가 온몸을 엄습해 왔다. 바닥이 약간 미끄러워 조심하면서도 빠른 걸음으로 노천탕에 들어갔다. 이미 많은 사람들이 삼삼오오 유쾌하게 즐기고들 있었다. 김이 나는 노천온천탕에서 목까지 담그며 휴식을 즐기니 피로가 싹 가시는 듯 개운한 기분이 한층 더해지고 있는 차에, 사위가 송민이를 데리고 와 노천탕의 우리와 합류했다. 가족단위, 연인들, 모르는 사람들이나 모두들 즐거운 모습들이다.

나는 역시 이제 시니어그룹에 든 것이 분명한가 보다. 겉보기에 내 또래의 연령층 사람은 이러한 수영장에 거의 보이지 않으니 말이다.

한참을 온천탕에 시간가는 줄 모르고 지내다가 좀 분위기를 바꿔볼까 하고 노천탕에서 나와 다시 문 안으로 들어오니 사람들이 줄지어 있는 곳이 눈에 띄어, 우리도 줄을 서서 기다리다 순서가 돼 타 본 것이 글 처음에 등장한 그 워터슬라이드이다. 그리고 워터파크 내에는 방마다 여러 즐기는 시설들이 설치되어 있었다.

우리들보다 늦게 들어온 누리 엄마를 만나 왜 누리와 같이 있지 않느냐고 했더니, 여자 전용 수유실에서 강민이에게 젖을 먹이며 거기서 그냥 쉬고 있다고 하지 않은가. 딸애는 자기 아기 때문에 물놀이는 아예 접어 두고 있는 모양이다. 모처럼 쉬어 보기 위해 온 휴양지에서도 맘 놓고 수영하면서 즐기지 못하는 것은 아마 여성이면 엄마로서 겪는 천성적인 모성애 때문일 것, 둘째 애한텐 엄마노릇을 제대로 해서 키우겠다며 직장을 그만둔 딸아이로서는 특히 더 그러하리라는 생각이 지펴 왔다.

　대다수가 다 그렇듯이, 자기 가족끼리 자유롭게 놀고 즐기기 때문에 나도 아내와 함께하는 시간을 많이 가졌다. 풀장 가장자리에 설치된 여러 강도의 물안마를 둘이서 여러 차례 실컷 맞기도 하고, 풀장 안에서 가벼운 수영을 하다가 밖의 노천온탕으로 갔다 다시 풀장으로 왔다를 반복하고 한증탕에도 들어가고 나오고. 그러는 동안 위생처리를 위함인지 풀장 밖으로 모두 나오게 해 새로운 물로 갈아 주기도 했다.

　근 4시간 정도 물놀이를 지속하다 보니 저녁 먹는 시간이 됐는지 허기도 지고 해서 샤워를 마치고 우리 가족 모두는 워터파크를 나왔다. 콘도 밖에서 저녁을 들자는 의견이 모아져서 크리스마스이브에 단양읍내 밤 구경도 할 겸 시내로 나갔다. 읍내의 네온사인이 휘황찬란해 연말의 밤 분위기도 더해져 환상적이었으며, 활기 있는 도시라는 인상이 들었다.

　도로가에 주차된 차량이 생각보다 많아서 물어보니 무료라고 한다. 지역경제 활성화 차원에서 단시간 주차와 휴일 주차는 거의 무료로 하는 지자체가 많다고 하는 소문을 들었는데, 말로만 듣던 사실을 실감할 수 있었다.

　사위가 미리 인터넷으로 검색해 둔 구경시장 내의 어느 맛 집을 찾아가서 방 하나로 온 가족이 꽉 차게 앉아 아내와 딸 누리는 둘째 외손자 강민이를 교대로 어르고 봐 가면서 단양의 대표 명물 식자재인 마늘 정식요리를 모두 배불리 맛있게 즐거운 식사를 했다. 애주가인 나는 막걸리를 시켜 사위와 한해는 맛만 보게 하고 기분 좋게 마시기도 했다. 저녁 식대는 얼마 전 대리로 승진한 하이투자증권에 다니는 귀엽고 사랑스런 며느리 하나가 한턱내기로 선약한 약속을 지켜주어 더욱 특별한 맛이 더해진 것 같다.

헌데, 문밖 옆 홀의 한 테이블에서 서비스와 계산상의 착오가 있었는지 주인이 와서 사과 운운하는, 장내가 떠나갈 듯한 어떤 여행 손님의 불평소리가 불현듯 울려 와 좀 안 좋은 사단이 나기도……. 이러한 일은 없으면 좋겠지만, 간혹 여행지에서 벌어지기도 하는 해프닝이리라.

숙소로 귀가해 한해 내외가 밤참으로 구경시장에서 사 온 순대를 여유롭게 먹으며 환담을 나눈 후, 사위 내외가 4명이어서 큰방에서, 그리고 작년에 결혼해 아직 신혼여운이 남아 있는 아들 내외가 작은 방에서, 우리 내외는 거실에서 단잠을 잤다.

다음 날 아침은 간단히 먹기로 해 콘도 내의 마트에서 구입한 라면을 끓여 먹은 후 단양 구경에 나섰다. 본래 보기로 한 고수동굴을 가니 보수 중이어서 대타로 새로 개발된 기어서 들어가는 코스도 있는 인근의 천동동굴을 송민이와 사위, 아들 내외와 나는 그런대로 새로운 맛을 가지고 구경을 했다. 소백산맥의 자락이 석회암층이어서 형성된 동굴이 많은 듯하다. 그 후 단양팔경(丹陽八景)의 백미인 도담 삼봉을 감명 깊게 관람하면서 기념으로 가족사진을 몇 컷 찍었다. 선착장에서 유람선을 타는 사람도 보이고 명승지라서 그런지 관람객이 많았다. 여말선초(麗末鮮初)의 역사적 풍운아 삼봉(三峯) 정도전(鄭道傳)을 기리는 동상이 지어져 강의 돌섬을 지키고 있는 자기의 정자(亭子)를 지긋이 내려다보고 있었다.

나루터가 저만치 내려다보이는 작은 커피숍에서 우리는 단양구경을 마무리하는 커피를 한 잔씩 마시고 그 유원지를 나오는 길 도중에 어느 길섶에 있는 마늘석불고기 집에서 점심식사를 했다. 갖가지 마늘로 요리된 색색의 찬들이 상(床)에 빽빽했고 따라서 마늘의 진미(珍味)를 음미할 수 있었다. 그러니 이렇게 손님들이 많은가 보다. 모두들 만족하는 얼굴들이다. 우리 가족들도 다른 손님들과 마찬가지로 맛있게 점심을 먹었는데, 그래서 그런지 단양 구경의 피날레로서는 정말 안성맞춤이라는 반응들이었다.

나는 못 보던 송이주가 메뉴에 있기에 송이향이 고운 그 술을 시켜 반주로 마시면서 먹다 보니, 깜작할 새 사위가 점심식대 계산을 해버려 결국은 사위가 낸 점심을 맛있고 행복하게 그리고 고맙게 먹게 된 것. 광고학을 전공한 김기철 사위는 ㈜애드라인에 입사해 경력을 쌓은 후 ㈜애드핑 인터넷 광고회사를 창업해 6년이 넘게 경영하고 있는 중소기업 사장으로 회사를 이끌어 오고 있으니 단양 구경을 마치면서 내심 처음부터 점심 한 끼는 사고 싶었던 모양이었다.

그리고 돌아오는 길에 시간이 좀 있어서 진천군과 음성군의 경계지에 있는 맹동면의 충북혁신도시를 들렀다. 금년 2월 생명공학 분야 박사학위를 받고 연세대를 졸업한 후 취업해 다니고 있는 아들 한해의 직장인 미래부 산하 연구기관인 한국과학기술기획평가원(KISTEP)이 2~3년 후 옮겨갈 곳이라고 평소 얘기를 들은 곳이라서 한 번은 가보고 싶었던 차에 이번 기회를 이용한 것이다. 둘러보니 상당히 광활한 부지에 이미 옮겨 온 소비자보호원, 한국전기안전공사를 포함 총 12개 정부관련기관이 이곳으로 내려오기로 돼 있다고 김 박사는 얘기한다. 이미 터 잡은 소비자보호원과 한국전기안전공사의 큰 건물과 아파트가 보이고, 여기저기 한창 건물 기초공사들이 진행되는 곳도 있어서 아직은 정착되지 않는 상태지만 그래도 활기차 보였다.

이제, 모든 여행 일정을 마친 우리 가족은 귀가 길에 올랐다. 사위는 아이들을 데리고 오는 친구들과 별도선약이 돼 있어 송민이를 데리고 곤지암으로 가고, 나머지 6인은 한해가 운전하는 차로 밤이 되어 귀가했다.

이번 여행은 의미가 참으로 깊다. 전 가족이 모인 모처럼의 연말 가족여행으로서 특히 8개월 된 손자 강민이까지 참여하게 됐으니까. 더욱 힐링되고 가족화합을 다지는 값진 연말 선물을 우리 모두가 만들어 냈으니까 말이다.

사실은, 전 가족이 참여하는 해외여행 이야기를 여러 번 나눠 왔으나 직장 문제로 조정이 쉽지 않아서 미루어 오다가 우선 국내 여행부터 하자고 합의된 월초의 얘기가 진전돼서, 연말 시즌임에도 불구하고 한해가 단양의 대명콘도를 일주일 전에 예약하게 되어 어렵사리 성사된 것이다.

내년 이후에는 꿈꿔 온 대로 전 가족의 해외여행을 하려고 한다.

그간, 전체 가족이 함께한 해외여행은 아니었으나 나는 일부 가족여행은 몇 차례 가졌었다. 누리와 한해 대학 시절 괌을 처음 셋이서 다녀왔고, 누리 엄마와는 나의 회갑여행으로 호주와 뉴질랜드, 누리 엄마의 회갑여행으로 중남미 8개국, 터키와 그리스, 시안·장가계 등 중국, 하롱베이의 베트남과 캄보디아, 이태리 등 유럽 6국 그리고 손자 송민이를 데리고 필리핀의 보라카이를 다녀오는 등 일부 가족

여행을 해온 것이다.

그래서 기회 있을 때마다 전 가족이 함께하는 해외가족여행을 가져
야겠다는 생각을 해왔다. 여행을 통해서 재충전되는 많은 것, 힐링
되는 참 인생을 배운다는 소중한 경험을 체득해 왔기 때문이다. 나는
1984년 4월 일본여행을 시작으로 지금껏 35개국을 여행했다. 앞으로
50개국 이상을 채우는 것이 목표다. 이는 내가 백세 클럽 가입을 위
한 하나의 방편이기도 하다.

이번 전 가족의 가족여행은 우리 가족 모두에게 잔잔하면서도 크
나큰 행복감을 심어 준 2015년 말의 좋은 선물로 나에게 그리고 우리
가족 모두에게 영원히 기억될 것이다.

- 2015년 12월 -

나의 아들 한해에게

다사다난했던 금년도 이제 서서히 저물어 가고 있구나.

잘 지내고 있다니 다행이다.

너는 금년 군 임무를 마치고, 영어연수를 위해 미국으로 떠난 중요한 한 해를 맞고 있는데 지금까지 잘하고 있다니 아빠로서 대견하고 고맙게 생각한다.

사실 모든 것이 낯선 외국 생활은 매우 어려울 터인데 그래도 대한민국의 젊은이로서 극복해 내어 소중한 체류기간으로 만들어야 하는데, 현지 미국 친구들과 잘 어울리고 사귀는 등 값어치 있게 보내는 것으로 보아 성공적인 해외어학연수가 되는 것으로 느껴져 더없이 기쁘구나.

사실 할머니를 포함한 전 가족이 미국에서 너를 만나려고 했으나 계절이 겨울이고 고령이신 할머니의 상황을 살펴볼 때, 누리 누나만 우선 너를 만나게 되게 된 것이 좀 아쉽지만……. 내년에 기회가 되면 엄마와 아빠가 미국에서 너를 보았으면 한다.

너의 엄마도 전화로 말했다는데, 이번 자기 집으로 너를 초대한 친

구들한테 아빠의 고마움을 전해 주고 향후 혹시라도 한국에 오게 되면 집으로 초대해서 대접하고 싶구나,

어학수준이 많이 향상됐다니 고맙고, 아빠가 처음에 말한 대로 대학 강의 경청, 국제회의 주재 수준의 영어가 되도록 더욱 노력하고 현지 친구들과의 돈독한 교류도 지속되어서 귀국 후에도 그 관계가 이어지도록 꾸준히 노력하는 것이 장기적 관점에서 바람직할 것으로 생각된다.

엄마와 아빠는 미국에 못 가는 대신 중국에 가기로 했다. 서안-장가계-계림으로 12월 30일 출발, 1월 4일 귀국 예정이다. 너를 만나기 위해 회사에 연말 휴가를 낸 누리 누나와 유익한 미국여행이 되길 바란다. 너의 여행경비에 보태도록 2백 불을 누나 편에 동봉하니 적지만 잘 쓰기 바란다.

그럼, 잘 계획해서 너의 띠 해, 돼지해인 내년을 너의 해로 만들기 바란다. 그럼, 몸 건강히 잘 지내길…….

- 2006. 12. 24 -

서울에서 아빠가

금효 씨에게 드리는 글(1재)

다소 쌀쌀한 감은 없지 않으나 낮에는 제법 훈훈한 느낌을 주는 완연한 봄이 되고 있습니다.

봄, 얼어붙고 긴 겨울잠을 잤던 만물이 이제 제 나름대로 큰 기지개를 켜고 소생하는 소망스런 봄이 된 것입니다.

소망스런 새봄을 맞이하여 금효(錦孝) 씨와 저와의 관계가 더욱더 두터워지고 공고해지기를 기원해 보고 싶군요.

새 학기를 맞이하여 여러 가지 면에서 바쁠 줄 압니다. 아직 낯선 고사리들을 하나하나 이름과 병행해서 익혀야 할 것이고, 학생들을 좀 더 효율적으로 가르치고 지도하기 위한 방안으로 학생들의 가정환경 등을 구체적으로 파악해야 할 것이고, 충실한 수업이 될 수 있도록 수업 준비도 해야 하는 등 말입니다.

아버님께선 진안(鎭安)에서 초등 교육의 발전을 위해 한 학교의 매사에 관하여 책임을 지는 교장 선생님으로서의 역할을 수행하시느라 노고가 많으실 줄 압니다. 또한 아버님 뒷바라지에 어머님께서도 즐거운 수고를 계속하시고 말이죠. 금효 씨 언니는 언니라서 그런지 금효 씨보다 훨씬 어른스럽다는 인상을 저에게 주었습니다. 언니의 아가를 몹시 좋아하고 귀여워하는 금효 씨를 보고 사랑을 담뿍담뿍 심어 줄 엄마가 될 것이라는 예상이 들었습니다. 나중에 태어날 우리의 2세에 대하여 좋은 엄마·아빠가 되어 봅시다, 허허.

그림을 그리는 금효 씨.

어찌 보면 우리의 인생(人生)은 그림, 한 폭의 그림이라는 생각이 드는군요. 하얀 도화지 위에 그리고 색깔을 칠하고 해서 완성되는 그림, 그것은 바로 하나의 완성된 생명체인 것 같습니다. 다채롭고 멋있는 그림, 훌륭한 그림이 되려면, 그것을 그리는 장본인이 머릿속에 그리고 데생을 해서 잘 파악하고 연구하고 고뇌해서 밖으로 표출하고 그리는 하나의 세계가 되어야 하니까 말이지요.

헌데, 부부가 되어서 빚어내는 그림은 어느 한 사람만의 그림이 아니요, 둘이 화합하고 공통된 정감과 신뢰를 가지고 그리는 공동 작품이라는 나름의 생각이 듭니다. 지구상에 태어난 숱한 인류의 짝들은 숱한 자신들의 그림들을 그렸었고, 그리고 앞으로도 그려 가게 될 것입니다.

후세에 길이 남는 명화(名畵)도 있고 그러지 못할 졸작(拙作)도 있을 것입니다. 우리도 앞으로 그리게 될 인생 화(人生 畵)가 명작이 되었으면 좋겠지만, 만일 그렇게는 되지 못한다 해도 우리의 열정과 성의, 진지한 삶의 자세 등을 꾸준히 그리고 가꾸어 수준작이라는 얘기를 들을 수 있는 작품을 그리도록 우리 둘이 진정 합심하여 앞으로의 인생을 연출해 나가 봅시다.

그러므로 나의 금효 씨는 실제로 눈으로 볼 수 있는 그림을 그리는 사람임과 동시에 저와 영원한 공통 대(共通 帶)를 갖고 보이지 않는 인생 화를 공동으로 그리는 사람, 즉 두 가지를 한꺼번에 하는 진실 된 의미에서의 화가란 말입니다.

훌륭한 인생 화가 그려지게 되도록 우리 스스로 마음을 가다듬고 다소곳이 머리 숙여 절대자인 하느님께 티끌 없이 맑게 소제된 마음으로 기원해 봅시다, 그려.

우리가 심혈을 기울여 수준작의 인생 화를 손수 그리기 위해서는 여러 가지 요인(要因)들이 중요한 의미를 띠고 작용할 것으로 여겨지나, 다음과 같은 다짐들이 있어야 한다고 느껴지는군요. 즉, 애정을 키우는 일, 감사하는 마음, 우애하는 자세, 이 세 가지가 필수적으로 소용되어야 한다고 말하고 싶습니다.

저번 서신에서도 말씀드렸지만, 부부로서 맺어지게 되는 애정은 부모와 자식 사이에서처럼 선천적으로 주어지지는 않으며, 서로 모르는 독립된 개체가 묘한 인연으로 만나서 상호간에 인내하고 가꾸고 노력함으로써 서서히 자라나 끈질긴 자력을 지닌 애정으로 승화되어 가는 것이라고 느껴집니다.

그리고 또한 매사에 감사하는 마음, 상호간에 관련된 모든 사람에게 감사하는 마음을 지녀야 한다고 생각됩니다. 우리를 낳아 주신 부모님께 감사하고, 가르쳐 주신 스승님께 감사하고, 우리를 맺어 준 사람들에게 감사하는 등 진심으로 감사하는 마음을 지녀야만 한다고 생각합니다.

더불어 우애하는 자세를 세워야만 합니다.

무릇 사람들은 자신 혼자, 한 가정만을 가지고 이 험난한 세상을 살아갈 수는 없습니다. 살아가는 과정에서 숱한 사람과 만나 부딪치게 되고, 부딪침으로써 생활이 영위된다고 여겨집니다. 그러므로 원만한 집안 생활이 우선 이루어져야 그보다 폭 넓은 사회에서도 원만한 관계가 이루어진다고 유추해 볼 때, 집안의 우애가 무엇보다도 중요하다고 느껴집니다.

우애하는 자세를 보유하기 위해선 서로 이해하는 마음, 조금 참고 양보하는 자세를 지니면 된다고 봅니다. 그렇게 되면 시어머니와 며느리 관계, 어머니와 자식 관계, 형제간의 관계, 집안 내부 및 외부 사이의 모든 관계가 매우 향기롭고 보기에도 좋은 우애 관계로 생성되어 매사가 잘 풀려 나아가리라고 생각되는군요.

저번에 상경했을 때, 금효 씨가 정성들여 싸 주신 맛있는 성찬을 먹게 되어 포만된 마음이 지금까지도 남아 있는 듯합니다, 허허. 여러 가지가 포함된 찰밥은 남겨서 어머님께 드렸습니다.

이것 참 부끄러운 얘기인지 모르겠는데, 금효 씨가 보고 싶고 그리울 때가 문득문득 여느 때나 일어납니다. 총천연색 금효 씨 사진을 수첩에 끼워 가지고 다니면서 상시적으로 무심코 쳐다보는 버릇이 생겼습니다. 천진스레 웃는 모습이 항상 머리에 남아, 사진에 대고 가만히 뽀뽀를 해 보곤 합니다.

사진에 대고 뽀뽀를 해대서 대단히 죄송합니다. 다음부터는 절대로 그러한 불미스런 무례는 범하지 않을게요. 약속하느냐고요? 물론이지요. 허허허.

다음 상봉 날짜가 몹시 기두려지는군요. 3월 23일 일요일 9시 30분에 대전 고속버스 터미널에서 만납시다. 전주에서 도착하는 차가 내리는 곳에서 기다리겠습니다. 저는 서울서 오전 7시에 떠나려고 합니다. 계룡산에 가서 갑사와 동학사 등을 구경해 볼까 합니다.

　그러면, 서신 기다리겠습니다. 건강한 모습으로 만날 날을 고대하면서. 안녕히…….

- 1980년 3월 11일 -
당신의 영원한 성주(城主) 드림

누리와 한해 엄마를 처음 만나던 날(1재)

1980년 1월 19일 토요일 오후 4시 30분.

서울발 전주행 고속버스가 전주 터미널에 닿자마자 버스에서 내려서 집안의 어른이신 오드목 당숙님께 회사로 전화를 드렸다. 당숙님이 근무하시는 대유건설주식회사 부근의 국제다방에서 만나기로 했다고 한다. 먼저 대유건설㈜에 들러 사장이신 당숙님을 뵙고 둘이서 브로커가 기다리고 있는 국제다방으로 갔더니, 두 여인이 먼저 와 있었다.

당숙님께서는 미리 교섭하여 나에 대한 PR을 해두었기에 대체적인 얘기는 알고 있으나 그녀들이 관례상 사전에 나를 직접 만나 보고 나에 대한 예비지식을 더 알고 싶어 한다고 하셨다. 그래서 나는 나의 결혼에서의 여인관(女人觀), 즉 홀어머니를 섬기는 특수한 환경에다 나의 형편상 수년간은 맞벌이를 할 수밖에 없기 때문에 맞벌이를 할 수 있는 생활에 강한 여자를 원한다고 얘기해 주었다.

중신하는 데에 베테랑으로 보이는 그녀들은 서울 소재 대학 출신 2인과, 전주 소재 대학 출신 1인을 꼬집어 주었다. 그리고 우리들은

303

내일 전주관광호텔에서 서울 소재 대학 출신과, 홍지서림 앞 다방에
서는 전주 소재 대학 출신의 현직 중등교사 1인과 선을 보기로 하고,
차후에 서울 소재 대학 출신 한 아가씨는 적당한 기회를 잡아 서울에
서 상면하기로 하고 헤어졌다.

　그녀들과 헤어진 후, 당숙님께선 나의 먼 친척뻘 되는 조수도 중등
교장 선생님 댁에 전화해 보라는 주문을 던지시고 회사로 돌아가셨
다. 6·25둥이로서 그해 조실부(早失父)한 나는 주로 숙부님과 오드목
당숙님 두 분의 도움을 받으면서 외로움을 타며 무녀독자(無女獨子)로
자랐었는데, 당조카인 나에 대해 항상 대부노릇을 기꺼이 해 주시는
매우 고마운 분이시다.

　나는 당숙님의 주문도 있고 해서 조 교장 선생님 댁에 전화해 보았
더니, 사모님이신 정 선생님께서 마침 기다렸다고 하시면서 내가 전
주에서 행정사무관 수습 시 나에게 운을 띄운 바 있었던 그 아가씨를
한번 보지 않겠느냐고 말씀하셨다. 나는 정 선생님의 전주여고 제자
이며 정 선생님께서 손수 주선해 주시는 아가씨라는 데 일종의 흥미가
좀 가기는 했으나, 그저 만나나 보자고 별 기대 않고서 만나보겠다는
약속을 하였다. 저녁 7시에 로자 레스토랑에서 만나기로 말이다.

　나는 약속시간보다 좀 일찍 로자 레스토랑으로 갔다. 옛날에도 한
번 와 보았던 곳이다. 거기서 정 선생님과 만나 아래층의 적당한 테
이블을 잡아 앉았다. 남자 측에서 먼저 회합 장소에 가는 것이 도리
라고 생각했기 때문이다.

　잠시 후 7시가 되자, 두 사람이 나타났다. 유 양 어머니와 유 양이

같이 온 것이다.

나는 일어서서 수인사를 하는 예의를 갖추었다. 파란 색깔의 오버를 걸친 유양. 둥글고 복스러운 얼굴 맵시를 갖추었으며, 그 어머니도 점잖은 의상을 입으셨다. 고교 졸업 후 처음 뵙게 된 자신의 은사인 정 선생님께 정중히 인사하고 가지고 온 선물(유 양이 그린 그림)을 전하는 유 양의 모습에서 명랑하고 선이 굵은 무게 있는 한국 여인상을 읽을 수 있었다.

모두 비프스테이크를 주문해 들면서 서서히 얘기를 진전시켰다. 양식을 드는 레스토랑이라서 그런지 조용하고 그윽한 분위기였으며, 어딘지 모르게 장중한 감마저 감돌았다. 간간이 집안 문제 등 방담을 나누면서 맥주를 마셨는데, 맥주잔을 유 양 것과 일부러 부딪쳐 마시기도 했다.

이야기 중 공무원인 나로서는 나의 아내가 될 여자에게 호강시켜가며 보살필 수 없으며, 나에겐 그러한 재력이 허용되지도 않으니 자연 고생이 많게 되리라는 점을 조심스럽게 강조하는 것을 잊지 않았다. 그에 대하여 유 양 어머니의 말씀이, 결혼 초의 상당기간은 서로 고생을 각오하는 것이 자연스러운 현상이라며 나의 의견에 동감을 표시하시었다.

식사가 끝나 가자, 두 분은 우리 둘을 위해서인지 자리를 피해서 먼저 나가셨다. 그러자 한 시간 전까지만 해도 이 세상 어디에 사는지도 전연 몰랐었던 두 남녀가 호젓이 마주 앉게 되었다. 나는 그녀의 안정적인 자태와 맑고 고운 눈과 눈매에 나의 시선이 끌림을 억제할 수 없었다.

으레 그랬었던 것처럼 별 기대도 없이 만나나 보자고 했었는데, 어인 일인지 지금까지 만났었던 여인 가운데 나의 마음을 가다듬지 않고 되는 대로 마구 대해서는 아니 될 아가씨란 생각이 처음 대하는 순간 들었고, 마음과 몸자세를 가지런히 하고 대좌해야겠다고 하는 생각이 뇌리를 스쳤고, 또 저절로 그렇게 되었다. 허나, 일부러 부자연스러운 격식을 애써 차리고 싶지도 않아 좀 점잖은 자세로 일관하면서 부드러이 대하기로 하였다.

원래 애주가인 나는 맥주 두 병을 더 시켜 마셨다. 가끔은 유 양이 스스로 따라 주기도 하였다. 상호 간에 상당한 얘기를 주고받았다. 주로 공무원의 직업을 택하게 된 동기라든가 앞으로의 자세 그리고 나를 반려해 줄 여인으로서는 생활력이 강하고 서로가 역경에 처해서도 함께 서로를 감싸 주고 아껴 줄 수 있는 여자가 나에게 절대적으로 필요하며, 나의 가정환경이 홀어머니 한 분 계시고 외아들이라는 특수한 점을 감안하여 어머님을 잘 모실 수 있는 자세가 나의 처에게 특히 필요하다고 역설하였고, 그녀의 표정과 간간이 답하는 대화에서 그에 상응할 수 있다고 느껴지는 기미를 읽을 수 있었다.

대체로 조용하고 화기애애한 가운데 대화를 진행시킨 나는 너무 늦게 귀가시키는 것이 좋지 않을 것 같아서 시간이 어느 정도 흐르자 로자 레스토랑을 나와서 좀 걷자고 하였다. 유 양의 집이 진북동이라고 해서 팔달로의 인도를 둘이서 걸었다. 거리에는 시민들이 걷고들 있었다. 어떤 때는 부축해 주고 싶은 마음이 불현듯 솟구치기도 했다.

전주역 앞길에서 서로 갈리기로 했다. 나는 택시를 잡아 유 양을 태워 보냈다. 그리고는 손짓으로 의미 있게 환송했다. 유 양도 나를 보고 즐거운 밝은 웃음을 띠어 보였다.

유 양이 탄 택시가 하나의 점으로 변하다가 사라지는 것을 물끄러미 쳐다보다가 나는 인후동 숙부님 댁으로 향했다.

숙부님 댁의 밤잠자리에서 여러 가지 생각이 일었다. 내일 선보기로 한 아가씨는 보고 싶지 않지만 약속을 지키기 위해 예정대로 약속 장소에 나가 보기로 작정했다. 유 양을 보는 순간, 십여 차례의 선보기를 이제는 닻을 내리고 정박해야겠다고 하는 생각이 자연스레 일었다.

전반적으로 그녀도 내가 싫지 않은 눈치임을 간파할 수 있었다. 상호 간에 무언가가 통하는 인연의 영감이 작용했던 것 같다.

– 1980년 1월 –